빗돌머리

빗돌머리

초판 1쇄 발행 · 2016년 5월 23일

지은이 · 임명희
펴낸이 · 황규관

펴낸곳 · 도서출판 삶창
출판등록 · 2010년 11월 30일 제2010-000168호
주소 · 04149 서울시 마포구 대흥로 84-6, 302호
전화 · 02-848-3097
팩스 · 02-848-3094
홈페이지 · www.samchang.or.kr

종이 · 대현지류
인쇄제책 · 스크린그래픽

빗돌머리

임명희

산문집

삶창

책을 펴내며

그 시절은 내게만 몹쓸 세상이라고 생각했었다. '빗돌머리'라는 지명은 그러니까 눈물의 터널 같은 구간, 그걸 누구에게 일러바치듯 쓰자 하여 시작한 노릇인데 어디에 먼저 손을 대야 할지 앞다투며 돋아나는 기억들을 받아 적는 일에 숨찼다.

쓰다 생각해도 우리 엄마 슬하에서 자란 날들은 여전히 억울하고 서러웠다. 추운 처마 밑에서 아직도 울고 있는 아이를 쓰다듬어 방으로 들이는 일을 이 글을 쓰는 목적으로 삼자했다. 무엇보다 그 시절의 젊은 엄마, 성격 까칠하고 괄괄하시던 엄마가 이제는 구순의 고령이시니 병약한 노인네인 어머니로 바뀌어 언제까지 건강을 유지하실지 모를 상황이어서 더는 미루고 어쩔 처지가 아니라는 생각이 들었다. 나를 의지처로 삼으시는 분께 대고 투정을 부릴 수는 없지 않겠는가. 그래서 서두른 건데 이건 한도 끝도 없이 길어질 듯 시시콜콜해졌다.

더군다나 강성의 그 어머니가 감기 정도에도 크게 앓아누우시는 일이 잦아 걱정이 아닐 수 없고 그 쇠잔한 모습에 대고 내 상처를 말하는 건 부질없어 접고 접어서 길이를 줄였다. 그래도 우리 어머니 기력이 아직은 그만하실 때에 책이 나오게 되어 다행이다.

똑같은 환경에서 나고 자란 형제자매들은 아무렇지도 않은 일들, 전혀 기억도 안 난다는 일들을 놓고 억울하다고 서럽다고, 무엇을 그리도 구구절절 사무쳐했던가, 어머니 표현대로 내가 별쭝맞아서 그런 게 맞다. 늦게 철이 드는 탓도 클 것이다. 그러니 수두룩한 엄살들은 내 방식의 사모곡일시 분명하겠다.

차례

책을 펴내며 / 4

외가

우리 외가는 북쪽은 면소재지 취평리에 면해 있고 남쪽으로는 한머리 바다에 닿아 있는 대두리다.

외가로 가는 길은 장터를 지나서 양조장 쪽 넓은 길이 쭉 곧아 걸어다니기는 쉬웠으나 커다란 개를 놓아기르는 집들이 많아서 무서웠다. 장터로 들어서지 않고 지서 쪽에서 샛길로 가는 길이 내가 자주 다니는 길인데 기와집이라 불리는 한 참의네 긴 담을 끼고 지나야 한다. 그 집도 송아지만한 개가 짖어서 간이 소스라치게 무섭지만 대개는 모습을 드러내지 않고 담 안에 묶여 있는 개라서 그나마 다행이었다.

그냥 빈손으로 외할머니 댁에 가는 날은 드물고 언제나 심부름을 가는 목적이 손에 들려 있는데 그 무게가 늘 버거웠다. 짐이래야 곡식 한두 되가 고작이었겠지만 그것이 무거워 쩔쩔매면서 간다. 땅이 미끄럽고 끈적거리는 흙이라 발을 떼놓기가 어려웠던 길, 비가 내린 뒷날만 심부름을 갔을 리는 없을 터인데 기억이란 놈은 이상해서 기억하고 싶지 않은 것을 더 많이 저장해두는 버릇이 있는 모양이다.

기와집을 지나 솔창부리를 지나 맹서방네 집, 거기서 조금 올라가면 포강이 나오는데 물살이 센 여울목에 걸려 있는 외나무다리를 건너기만 하면 몇 발짝 안 가서 바로 외할머니 댁이다. 뻘건 황토물이 기세 좋게 소리 내며 흐르는 모양은 바라보는 일만으로도 오금이 저려 둑에 쪼그려 앉아 누가 나오길 기다린다. 그렇게 오래 기다리면 외할아버지나 외삼촌이 나오실 때도 있고 동네 어른들이 지나가다 다리를 건네주는 날도 있는데 물에 불어 미끈거리는 통나무를 어떻게 건너라고 엄마는 그렇게 자주 외갓집에 심부름을 보냈을까.

지치고 허기지도록 쪼그려 앉아 사람을 기다리던 기억의 그 막막한 허방 같은 느낌, 소용돌이치며 콸콸 흐르는 냇물을 보다가 멀미가 나서 앉아서도 흔들흔들 몸이 기울던 일은 물가를 떠나 집으로 와도 한동안 멈추지 않고 잔상처럼 몸에 남아 괴롭히던 것이다. 그게 나중에 차멀미가 되고 사람멀미가 만들어지던 초머리였나 보다.

어느 날은 지게를 진 아저씨가 지나가다 "승네기 딸내미구나" 하며 지게를 내려놓고 나를 번쩍 안아 밑을 내려다보지 말라며 성큼성큼 걸어 건너편에 내려주었다. 승네기? 물음표를 달면서도 묻지는 못하고 하루 종일 그 이름 비스름한 걸 주문 외우듯 입안에 굴려보곤 했다. 우리 아버지 이름이 '임성록'이니 동네 발음으로 그 아저씨가 틀린 소릴 한 것은 아닌데 그런 조그만 궁금증에 오래 매달렸던 이상한 습관이 있었다.

북향집인 외가는 유난히 납작한 흙집이었다. 사람이 드나드는 문도 키 큰 어른들은 허리를 반으로 접어야 될 만큼 낮았다. 흙벽이 두툼하여 늘 밤중 같던 집, 울퉁불퉁한 흙벽이 쩍쩍 갈라져서 조그만 연필도막이나 작은 흙구슬쯤은 갈라진 틈새 아무 곳에나 넣어둘 수 있어 거기다 무얼 감추고 찾아내는 놀이를 하기 맞춤했다. 안방 뒤쪽으로 똘창이라 부르던 자그만 창이 있었는데 흙벽의 단면을 잘라 만든 구멍이어서 벽의 두께를 짐작할 수 있는 단초 같은 곳, 거기는 등잔을 올려놓는 등경처럼 사용되었다. 어린 아이 머리가 겨우 들어갈까 말까한 그곳에서 들어오는 빛으로 낮에는 그나마 방안이 희미하게 밝았다. 채광창 역할을 하는 그 구멍이 밤이면 호랑이가 손을 쑥 넣고 휘저어 낮에 말 안 듣고 말썽을 피운 아이들을 꺼내간다고 해서 외할머니 댁에서 잠을 자야 하는 일이 생기면 애들은 서로 호랑이 손이 닿지 않을 만큼 거리를 띄워 몸을 사리면서 잠자리에 들고는 했다. 날이 궂거나 저녁때가 되어가는 시간에 방에 들어가면 한참을 기다려야 사물의 윤곽이 그려지는 방이라서 방에 들어서면 함부로 움직이지 않고 가만히 서 있었다. 드디어 방안 풍경이 눈에 익어 둘러보면 내가 선 자리에서 한 뼘도 채 안 되는 곳에 화로가 있고 화로 곁에 물그릇이 있어 조금만 움직였다면 한바탕 난리를 치를 뻔했는데 다행이다.

집안에 경조사가 있거나 하면 먼데 살던 이모들이, 이모네 언니 동생들이 모여들어서 많은 식구가 그 좁은 방에서 바글바글 잠을 자는 날도 있다. 앉아 있기도 빠듯한 데서 얼기설기 엉켜서 잠을 청하노라면 그래도 웃풍이 없는 방이라서 겨울에도 춥지 않아 좋았다.

흙벽이 그렇게 두꺼운 판이니 단열 효과도 뛰어난 집이었을 테고 사람이 많으니 서로의 온기로 그렇게 따뜻하였을 듯, 그런데 문제는 불을 끄고 누워 있으면 뭐가 따끔따끔 물어서 가렵다. 긁느라고 잠을 못 들고 징징거려서 어른들 잠을 깨우게 되는데 등잔불이 다시 켜지고 왜 그러냐, 두세두세 잠이 깬 어른들이 등잔불에 드러난 내 살갖을 보고 놀란다. 우툴두툴 두드러기가 인 것처럼 부풀어 오르는 모양으로 벼룩이나 빈대에 물려 그렇게 된 것이라고 이모들이 내 가려움의 성체를 잡아낸다. 그러나 흙벽이 갈라진 틈새로 나를 물던 것들이 다 숨었으니 해결된 것 하나 없이 다시 잠을 청해야 한다.

왜 나만 가려운가, 어린 마음에도 참 이상했다. 어린애들도 함께 자는 방이어서 그 가려운 물것들이 나만 물었을 리는 없는데 잠을 못자고 꽁꽁대는 것은 언제나 나 혼자다. 아무리 눈을 크게 떠도 빛이라고는 씨알도 없어 먹물을 엎지른 듯 캄캄한 방을 두리번거린다. 졸려서 눈은 자꾸 감기는데 내가 들어가 누울 자리도 없어지고 가려움만 기승을 부리는 밤, 세상 모든 일들이 대체 왜 나한테만 심술궂게 그러냐는 불평을 제대로 입 밖에 낼 줄도 모르는 채 나는 날밤을 밝히고 그 침침하고 가려운 방에도 어렵사리 아침이 온다.

아침에 일어난 자리를 보면 미처 피신을 못하고 깔려 죽은 빈대거나 벼룩 몇 마리는 찾아진다. 다른 애들의 얼굴이나 팔뚝에도 불긋불긋 물것에 물린 자국들이 보이는데 나처럼 심하게 피부가 부풀거나 가려워하는 사람은 없으니 별일이었다. 어디를 가도 무슨 일이 닥쳐도 언제나 죽을 것 같은 느낌이 드는 건 나뿐이라는 사실이 숨통을 조이듯 답답하였다. 외할머니와 외할아버지가 생존해 계시고 막내이모가 결혼을 안 한 때였으니 여러 정황으로 미루어 대여섯 살밖에 안 되었을 내게로 닿는 세계가 그렇게나 고통으로 느껴졌던 걸 보면 나는 생래적인 겁쟁이였거나 엄살이 심한 아이가 아니었을까 생각될 때가 있다. 가려워 잠을 못자고 밤을 새우는 건 언제나 나 혼자니 말이다. 세월이 흐르고 나중에서야 몸이 약해 알레르기 체질이라 그런 걸 알았다. 어린 깜냥으로 아무도 나와 같은 사람이 없다는 생각은 그렇게 숨이 막힐 듯 무서운 느낌이 들곤 하였다.

생솔가지로 군불을 때면 터진 벽 틈으로 뽀얀 연기가 폴폴 나오던 외가, 처음에는 하얀 명주실 다발처럼 솔솔 부드러운 곡선을 그리며 새어나오다가 뭉클뭉클 무더기가 되다가 벽을 타고 실실이 풀린 명주실 다발이 폭포처럼 흘러내리는 장관, 점점 연기가 많아지고 온 방안에 캄캄하게 연기가 차오르면 숨이 막혀 더는 연기가 그리는 그림을 못 보고 뛰쳐나와야 했던 방, 그렇게 연기를 마셨으니 숨을 못 쉬고 목에서 쌕쌕 소리가 나면서 고생하게 된다. 그것도 또래 아이들 중에 나만 하는 짓이었다. 미리 나오지 못하고 꿈지럭거렸다고 우리 엄마가 숨쉬기 힘들어 고생하는 내게 야단을 치게 된다.

내가 엄마에게 혼나면 이모들이 역성을 들어 연기가 나서 그랬지 그게 왜 애 잘못이냐고 우리 엄마를 막아서고 엄마는 게을러 터져서 그렇지 다른 애들은 멀쩡한데 그럼 왜 재만 그 꼴이냐 하신다. 그 말은 맞다. 왜 나만 그러냐는 말이다. 추운 밖으로 나오기 싫어 나보다 더 오래 연기를 참았던 이종형제들은 아무렇지도 않으니 엄마 말이 맞다. 말은 맞는데 억울한 부분은 게으르다는 질책 부분이다. 어른들이 말하는 게 뭐 그런 저런 거 따져서 말을 하랴만 나는 그렇게 사실이 왜곡되는 부분이 마음에 걸려 꽁하게 마음에 꼬불쳐 두는 탓에 속이 늘 상하는 것이다. 아이가 아이답게 밥 잘 먹고 잠 잘 자고 튼튼한 걸 바라셨을 우리 엄마에게는 유난스럽게 예민하고 몸이 약한 우리 자매들이 못 마땅하셨던 듯하다. 어디 내놓아 자랑삼을 거리가 없는 아이들, 더구나 나는 다 크도록 언제 죽을지 늘 의문이 들었다 하니 더 정이 안 가는 아이, 건강하지 않아서 정을 안 주었다는 말을 언젠가 엄마가 하신 적이 있는데 그 한마디로 엄마를 다 읽었다는 생각이 들었다. 그래서 그랬구나 싶으니 서운하게 꼬인 매듭이 다 풀리는 느낌이 들던 것이다. 의문으로 기억 구석구석에 남아있던 일들을 하릴없어했던 건 세월이 많이 흘러간 뒷날의 얘기였다.

우리 엄마는 그런 쪽으로 몸이 약한 자식들을 건사할 만큼 성숙한 어른이 아니었던 모양이라고 생각하며 자랐다. 자식들이 비실거리는 게 귀찮고 자존심 상하는 일이어서 늘 불만스러웠던 것이다. 그래서 엄마는 툭하면 남의 집 애들을 부러워하셨을 터이다.

외가는 일마다 모두 어둡고 각진 데가 없이 두루뭉술하게 찌그러지고 흘러내리는 흙벽처럼 격조가 없었던가? 물것이 득시글거리는 방이며 빛이 안 드는 집안 구석구석은 원시시대의 늪처럼 퍼럭퍼럭 빠지는 우울만 있었던가?

외가 추녀 밖으로 생각을 끌어내면 눈이 환하게 밝아온다. 남의 밭이긴 하지만 집 옆이나 뒤로 모두 보리밭이어서 바람이 눕히고 지나던 청보리의 물결, 바람이 저만치 가고 나면 다시 일어나 출렁대던 초록 파도는 외할머니 댁에서만 보이는 그림은 아닐 터인데 보고 있으면 새록새록 기분이 좋았다. 어둑한 흙집에서 한 발짝만 나서면 모든 것이 다 서글서글하고 수월한 느낌을 주는 풍경들이니 말이다.

봄이 오는 외가를 생각하면 기억의 한 구석을 환하게 밝히며 피어나던 복숭아꽃 향기, 집 둘레로 복숭아나무가 빽빽하게 둘렸던 외가에 봄이 오면 집은 꽃에 묻혀 안 보이고 분홍빛 고운 복숭아꽃 살구꽃이 만발하여 그야말로 꽃대궐이 차려지는 것이다. 그 가난하고 볼품없는 집이 문득 성채가 되고 눈부신 광영에 휩싸이는 것인데 그런 봄날이면 심부름이 아니라도 자꾸만 외가에 가고 싶었다. 멀리서 보면 꽃대궐이고 가까이 가면 꽃으로 차일을 두른 집, 잉잉거리는 벌이며 나비가 어느 곳에 눈을 주어도 분주하게 날아다니던 집, 꽃 사이로 간신히 보이는 하늘도 꽃물이 번져 원 없이 고왔다.

그 진하지 않은 향기가 좋아 눈 감고 양팔을 벌린 채 나무 아래 오래 그러고 있으면 울렁울렁 땅이 움직여 떠오른다. 지금쯤이면 내 손이 꽃에 닿을락 말락하겠다. 눈을 떠보면 처음 섰던 자리, 땅은 시침을 떼고 아닌 척 나를 내려놓는데 아무래도 좋았다. 그렇게 활짝 핀 꽃의 날도 좋지만 꽃비가 내리는 날도 지상에서 일어나는 일답지 않게 몽환적이다. 풀풀 한 잎씩 셀 수 있도록 내리던 꽃비가 실바람이라도 지나면 자오록하게 천지가 꽃잎으로 뒤발하던 낙화, 땅에도 하늘에도 어디랄 것 없이 촘촘촘 분홍눈이 오는 것이다.

그렇게 봄이 가고 한 두 번 크게 앓고 나면 다시 외할머니 댁에 심부름을 가게 되는데 어느새 복숭아 알이 솔방울만큼 커져 있다. 머잖아 장마철이 되고 장마 개이고 나면 새콤달콤한 향기가 풍기는 복숭아를 먹을 수 있는 철이 되는 것이다. 복숭아 생각을 하면 침이 고이면서 외가는 이미 을씨년스런 북향집이 아니다. 납작하게 엎드린 흙집이 아니라 햇살 가득한 곳, 내가 찾아가야 할 꿈의 고향 같은 이미지로 살아

나는 것이다. 세월이 흘러 외할머니 돌아가시고 또 세월이 흘러 외할 아버지도 돌아가시고 막내 이모가 결혼을 하여 떠나신 외가, 심부름 갈 일도 줄어 발길이 뜸해졌다.

어느 새인가 복숭아나무들도 늙어 하나 둘 베어지고 적나라하게 들어난 집은 바로 보기 민망하게 작고 초라한 모습이었다. 내 마음에 존재하던 꽃대궐은 그렇게 지워졌나고 서운해 하였는데 세월이 흐르고 또 흐르니 그런 그림으로 존재하던 게 허구는 아니었을까, 내가 마음에 키운 이상향 같은 한 폭의 관념이 아니었을까, 의심이 들 때가 있다. 거기 가면 꿈에도 그리운 외할머니가 계시고 다정한 이모, 막내이모가 내다볼 것 같은 곳, 꿀벌들이 잉잉 나는 봄이 있는 곳, 춥지도 덥지도 않아 고생스러운 느낌이 사라진 그런 한바탕 꿈이라도 좋을 그리움, 그런 꿈은 아니었을까. 죽지 않고 살아서 그래도 내게 남아 있는 것들, 그게 실제로 있었던 풍경이 아닌들 어떻고 다른 사람의 기억과 맞아떨어지는 공감이 아닌들 어떻겠느냐. 아침 햇살을 튕겨내는 사금파리 조각처럼 영롱한 빛을 발하고 있는 그런 저런 기억들이 내 안에 있어서 내 존재의 총량이 실해진다면 말이다.

어느 회사 홍보 책자를 보다가 하늘빛 바탕에 마블링 기법으로 분홍물감이 뿌려진 그림을 본 적이 있다. 무얼 광고하는 것이었는지 잘은 모르겠는데 벌에 쏘인 듯 놀라운 각성, 나를 단박에 육십여 년 전의 꽃대궐로 데려다 놓아서 물큰하게 사무쳐오는 그 고운 분홍의 향기 속에 가라앉듯 아련했던 날이 있었다.

사람이 지나온 한 생애 속에는 어둡고 힘들었던 구간도 있고 환하고 복스러웠던 구간도 있을 터이다. 유독 내 유년만 불우했다고 기억

하는 고집이라니, 딱한 일이다. 살아내면서 행복했었다고 따로 묶어
둘 부분이 많지는 않았을지라도 좋았던 날들이 아주 없기야 했으랴.
자랑스럽고 환한 건 금방 잊어먹고 춥고 고생스럽던 일만 새록새록 생
각난다는 게 문제 같은데 그 부분도 내 습관 탓을 하는 게 맞을 것 같
다. 나쁜 쪽만 과장하는 탓이겠으니 말이다.

　외가에 관한 느낌 속, 복숭아꽃구름에 감싸여 하늘로 오를 듯 오를
듯 아련하던 날들을 생각하면 마음에 복숭아 꽃냄새 같은 평화가 찾
아든다. 가난한 내 외가의 한때는 꽃대궐이었고 거기 차려진 것들, 돌
아가 만질 수는 없지만 그리움으로 그것들을 기억하는 한은 그 어린
날들은 송두리째 향기인 것이다.

베 매는 날

봄이 오고 농번기로 접어들기 바로 전쯤이면 외할머니가 우리 집에
오셔서 며칠씩 묵으며 베를 맨다.

어른 두 사람이 껴안아야 손이 닿을 듯 커다란 통나무절구가 놓인
토방을 방앗간이라고 불렀는데 그 절구를 치우고 삭정이를 태운 재 위
에 식은 재를 엎어 방앗간에 둔덕처럼 긴 재 무더기가 만들어지고 불은
재 속에만 들어 있도록 다독거린다. 시간이 걸리고 공이 드는 불 만들
기가 끝나면 겨우내 삼아서 날아놨던 모시나 삼실을 도투마리에 거는
작업, 베매기가 시작되는 것이다. 눅지도 되지도 않게 쑨 메밀 풀 옹배
기에 커다란 솔을 담갔다가 바디에 끼워진 모시 올을 쓱쓱 빗기면서
손으로 훑어 풀 덩어리가 뭉치지 않도록 쓰다듬어 나아간다.

밑에서 올라오는 알맞게 뜨거운 불기운이 메밀 풀을 말리면서 모시

올이 서로 달라붙지 않도록 빳빳해지면 도투마리에 날실을 감는 작업이다. 도투마리는 애들 머리에 달고 다니는 리본을 크게 확대해놓은 듯 양 날개는 넓적하고 가운데 부분은 홍두깨 정도의 굵기인데 그 가운데에 날실을 감는다. 그 모든 작업들은 복잡하고 정교하여 작업 전체를 관장하는 이는 한 동네에 한 사람 있을까말까 하다고 했다. 그래서 베 매는 기술자는 다른 동네서 모셔오는 경우도 많다는데 우리 동네는 그 일을 외할머니가 오셔서 해준다. 그 길고도 어려운 길쌈 과정 마지막 단계인 베 짜기 직전의 공정이다.

연기 나는 잿더미 위에서 날마다 그런 일을 하시는 외할머니, 기관지가 안 좋으셔서 항상 기침을 달고 사셨던 기억이 난다. 우리 엄마가 그 베매기 일을 배우려고 할 때마다 곁에 얼씬도 못하게 하셨다는데 우선 눈이 나빠지고 건강에 치명적인 일이라 판단하셔서 그랬다는 것이다. 당신은 남의 집에 품을 팔러 다니면서 딸에게는 그런 일을 대물림하지 않으셨다는 말을 들으면 우리 엄마가 외할머니 딸이라는 사실이 뭔가 안 맞는다는 생각이 들고는 하였다. 엄마는 태어날 때부터 무섭고 애들에게 매몰찬 사람이라는 생각 때문이다. 그런 엄마를 외할머니가 보호해줘야 할 애틋한 대상이라는 일이 믿기지 않았다. 다정다감한 외할머니와 엄마 성격이 비교할 수 없이 턱이 져서도 그렇고 엄마 뜻에 반대라고는 없으셨던 순한 외할머니의 태도가 모녀관계라는 생각에 의문이 들게 되는 까닭이다.

아무튼 외할머니가 오시면 우리 집은 분위기가 바뀌어 우리가 맘껏 뛰어다니며 놀 수 있는 자유천지가 된다. 애들이 기를 편다고나 할까. 무슨 짓을 해도 엄마 눈치를 안 보고 지내니 우리는 갑자기 마음이 붕

붕 나르듯 달뜨는 것이다. 거기다 잠깐 오신 것도 아니고 며칠씩 이웃들의 베매기가 다 끝나도록 묵어가실 것이니 왜 아니 기쁘랴.

그렇게 동네 베매기 일이 다 끝나고 나면 엄마가 커다란 곡식자루를 이고 외할머니는 검정 두루마기 주머니에 양손을 넣은 단아한 모습으로 빗돌머리를 지나 대두리 외가로 가신다. 엄마가 이고 가는 곡식자루는 외할머니 품삯으로 사람들이 가져온 것이고 그것은 한동안 외가 식구들의 식량이 되어 주리라.

그런 작업을 거친 모시나 삼베 날실 들은 베 짜기에 들면서 다시 외할머니의 일거리가 된다. 집집마다 베틀이 차려지고 외할머니는 베 짜러 나서는데 길쌈 솜씨가 좋고 성격이 수더분하신 외할머니는 서로 모셔가려고 동네 아녀자들이 잘 보이고 싶어 노력하는 계절이 온 것이다. 외할머니는 경우 바르고 서슬이 추상같았다는 말은 나중에 커서 들었다. 우리들에게는 핀잔 한마디 하신 적이 없어서 외할머니의 어디에 추상같은 서슬이 숨었나, 믿기지 않았다. 참빗으로 곱게 빗은 낭자머리가 머리카락 한 올 흐트러짐 없이 단정하게 빛나던 외할머니, 언제나 다듬이발이 반질반질한 정갈한 두루마기 차림으로 외출하던 외할머니, 전주 이씨 몇 대손만 따졌지 생활능력이 없었던 외할아버지를 원망하신 적이 없으셨다는데 그 시절 많은 식구들을 먹여 살리느라 고생하신 게 우리 외할머니뿐이겠나, 하지만 그런 정갈한 느낌으로 자녀들을 궁색 없이 긍지로 키우셨던 외할머니는 어느 모로 보나 양반가의 기품이 흐르는 분이셨다.

토지개혁법이 시행되던 시절, 나라에서 지주의 땅을 몰수해서 소작농들에게 농토를 분배해 주었는데 동네서 나중에 지주에게 땅을 돌려준 사람은 외할아버지 한 분뿐이셨다고 한다. 굶어죽어도 남의 땅을 거저 취하는 일은 옳지 않다며 사람이 어찌 그리 살겠느냐 하셨다는 할아버지, 그 외할아버지는 나라에서 합법적으로 분배해준 토지를 세월이 잠잠해지고 나자 땅의 소유권을 지주에게 무상으로 되돌려놓은 일로 유명하다.

그때부터였을 것이다. 농사하여 가솔들을 건사하던 일에서 외할아버지는 손을 떼고 가족의 생계는 외할머니가 짐지게 된 것이다. 외할머니 혼자 길쌈 품, 바느질품을 팔아서 호구를 해나갔다는 이야긴데 생각해보면 외할아버지가 반드시 의로운 판단을 하신 일이냐는 의문에 닿는다. 그 일은 두고두고 동네 사람들에게 회자되던 것이어서 그 외할아버지의 일을 겉으로 의로운 사람이라 했지만 돌려 세우고는 바보 같은 인사라 손가락질 하는 사람들도 있었다는 것이다.

그렇게 올곧으려면 가족의 생계나 제대로 떠맡아야 되는 거 아니냐는 비난이었다. 그 땅의 지주였던 기와집, 한참의네라고 불리던 집에서는 할아버지를 정직한 사람이라고 고마워했다는데 지주 영감이 죽고 그 당시 분배를 당하지 않은 토지들은 자식들이 탕진하여 다 사라졌다고 전해온다. 그렇다면 외할아버지가 비장하게 지켜낸 양심의 산물도 허랑방탕한 한량의 손에 보람 없이 녹아버린 셈인데 가족들 입장에서 본다면 가장의 본분을 다하지 못하면서 웬 객기였나 하는 원망도 나왔을 법한 일이다.

세월이 가고 그런 저런 사정을 알아줄 사람들도 다 가버린 뒷날에 우리 외할아버지는 잘한 일이라 긍지를 느끼셨을까. 농사짓던 남의 논을 자기 것으로 받아들인 동네 사람들이 유복하게 잘 살아서 그 가정들이 고생 없이 평탄하게 꾸려지는 일들을 보면서, 고생을 너무 시켜 일찍 돌아가신 외할머니께 미안하고 안타까웠던 적는 없으셨을까, 궁금하다고 한다면 불경스러운 일이겠으나 먼 조상도 아니고 내가 가장 사랑하는 외할머니 일이고 보면 그런 생각이 들 때가 있었다.

길쌈을 많이 하는 집의 베매기는 하루 이틀로 끝내지 못하고 여러 날 이어진다. 불 위에 매어둔 모시올 들은 밤이 와도 중간에 그냥 걷을 수가 없어 한 틀이 끝나기까지 등잔불을 켜놓고 베매기가 계속되는데 모시를 잘못삼아 이음새가 허술하여 툭툭 끊어지는 경우 어두운 불빛 아래서 끊어진 부분을 찾다가 시간이 많이 축난다. 날은 점점 어둡고 내일 할 일이 또 하루 밀려 나가는 게 싫어서 둘러서서 구경하던 여자들이 쯧쯧쯧 혀를 차는데 말로는 못하고 길쌈 솜씨 없는 데데한 아낙을 비난하는 소리다. 정작 일이 더디고 밤까지 계속되므로 불편하실 외할머니는 한 말씀도 없는데 외할머니가 어려워 어찌구저찌구 하고 싶은 말을 참는 아줌마들의 그 '쯧쯧쯧'이 모시를 잘못 삼아온 당사자에게는 말보다 더 싫은 비난이었을 게다.

둘러선 젊은 아낙들이 쓸데없이 말이 많아지면 흠! 한 번 목을 다듬는 걸로 경계를 하면 그만이신 말 수 적은 외할머니, 하루 종일 잿불 앞에서 오른 먼지를 닦고 방에 들어오면 반듯이 누워서 눈을 감으신다. 기진하신 것이다. 그럴 때 우리는 숨을 죽이고 외할머니를 오래 들여다볼 수 있는데 눈자리가 움푹하여 일렁거리는 등잔불에 음영이 지면 외할머니가 무섭기도 하고 슬펐다. 외할머니가 움직이지도 않고 가만히 있으니 꼭 돌아가신 것만 같아 겁이 와락 나는 것이다. 저녁상을 들여올 때까지 그렇게 외할머니를 들여다보고 있어도 외할머니는 내가 곁에 있는 걸 아는지 모르는지 날마다 똑같이 그러신다.

외할머니가 저녁을 드시고 나면 그 때부터는 우리가 기다리고 기다리던 그 시간, 외할머니의 옛날 얘기가 시작되는데 같은 말이라도 외할머니를 거쳐 나오는 그것은 언어 이상의 어떤 현상으로 도드라져 우리에게 닿았던 것 같다. 하루 종일 고된 일을 하신 뒤라 외할머니가 얼마나 피곤하실까. 배려를 몰랐던 우리들은 외할머니 손을 꼭 잡고 무서워할 준비를 단단히 하고 이야기를 조르는 것이다.

옛날 얘기는 늘 그렇게 손에 땀을 쥐게 하는 무서움이었고 콩닥콩닥 내 심장 소리가 귀에 들리도록 놀라웠고 한 구절 한 사건 마다 흥미진진한 세계로 끌려들어가는 일이었다. 조금 있으면 언니가 잠들고, 외할머니 고단하시다고 우리가 옛날 얘기 조르는 걸 싫어하는 엄마가 잠들고, 동생들의 숨소리도 모두 똑 고르게 조용하여 괴괴한 어둠만 가득한 밤이다. 이슥하도록 잠들 줄 모르는 나를 위해 외할머니의 옛날 얘기는 소리를 낮춰 고시랑고시랑 이어진다.

밤이 깊어 밤새가 울거나 가을이 아닌데도 오동잎 떨어지는 소리가 나거나 쥐들이 천장에서 경주마 달리듯 반자를 다다다다, 두드리며 달려가는 소리, 모든 소리들이 외할머니의 얘기에 바탕화면처럼 깔려 실감을 낳는다. 아무도 참견하지 않고 누구 눈치 볼 일도 없이 외할머니 손을 잡고 혼자만 듣는 얘기는 그렇게 모든 감각을 다 동원해 눈앞에 펼쳐지므로 얘기 속 상황들이 손에 닿을 듯 닿을 듯 생생해서 땀을 쥐게 되는데 외할머니가 먼저 잠드시는 경우 외할머니의 곤한 잠을 깨우면 안 되므로 내게는 가장 두려운 시간이 온다.

외할머니 숨소리 속에는 별게 다 들어 있어서 산골마을에서 재를 넘어 심부름 가는 아이들을 둘씩이나 잡아먹은 호랑이가 바위 아래 앉아서 발바닥을 핥으며 크르렁거리는 소리가 나는가 하면 고양이로 둔갑하여 부모 원수를 갚으러 어느 갑부댁으로 들어간 소녀가 재주를 한번 넘을 때마다 한 마리 두 마리 세 마리, 나중에는 우글거리는 그들의 야옹거리는 소리들이 바람처럼 몰려오는데 그러다보면 고양이 소리가 아닌 사람의 말소리로 들린다.

"꽹이야, 야옹, 꽹이야, 야옹, 빗자루 들구 야옹, 나와 야옹" 가르릉 소리는 단순히 외할머니 숨소리가 아니라 듣기에 따라 벼라별 소리가 다 만들어지는데 원수 갚으려고 들어간 판에 빗자루는 왜 들고 나오라는 소린지 외할머니가 내는 숨소리 속에는 몰래 모여 수군거리는 고양이들의 인광이 뚝뚝 흐르는 눈빛으로 비밀스런 신호가 오가고 수상쩍게 숨어서 살기를 내뿜는 것이다.

고양이로 둔갑한 것은 요괴가 아니고 약자인 소녀였으니 많은 고양이들이 부모를 해친 부자 집 사람들을 향해 살금살금 기어 다가서는 부분이 통쾌해야 맞는데 마음은 세상모르게 잠든 그 집 식구들을 깨우고 싶어진다. 잠든 사람을 해친다는 부분은 좀 너무하다는 생각이 드는 것이다.

외할머니가 해주신 얘기 내용에서 내 입맛대로 곁가지를 친 얘기들이 무섭기도 하고 때로는 슬프기도 하여 이불 밖으로 고개를 내밀지 못하다가 숨이 막혀 이불자락을 들치면 이불이나 사람, 경계가 보일 리 없는 한 덩이 검정, 달이 뜨는 날이 아니면 눈은 뜨나마나다. 그 어둠속에서 간절하게 빛이 그리운 밤들은 끝도 없이 첩첩하였다. 모두 잠든 밤중에 잠이 안 와서 꽁깃거리는 일은 아이의 정신건강에도 해가 되었을 듯 숨 막히는 어둠 속에 외할머니 숨소리가 내는 가지가지 사연들이 모두 다 한결같이 음울하고 불쌍하고 딱했다. 얘기로 만들어지는 그 소리들은 듣는 내 마음대로 그야말로 벼라별 형태로 변용되어 나타나는 것이다.

그게 호흡기가 약하신 위에 하루 종일 연기를 쐬면서 일을 하신 후유증이라는 사실을 알 턱이 없으므로 어떤 나쁜 어둠의 세력이 외할머니께 주술을 거는 건지도 모른다는 다급한 상황으로도 들리고 내일 아침 외할머니가 온전하게 거동하실지도 근심이어서 잠을 못 이루는 것이다. 밤새 그렇게 주무시면서도 호흡 자체가 중노동만 같았던 외할머니는 아침이 되고 일어나 앉는 순간 모든 소리들이 감쪽같이 사라진다. 촘촘한 바디 살에 끼워진 베올만큼이나 숱한 갈래의 소리들은 어디로 숨은 것일까. 외할머니께 정면으로 물어봐선 안 될 것 같아 그 부분 또한 혼자 마음에 담아 상상을 하다 갑갑해지면 밀어놓는다.

그런 외할머니의 내림이었던가. 알러지 체질은 내게도 기관지 천식이라는 성가시고 힘이 드는 병증을 달고 살아가라는 저주가 떠워졌다. 찬 기운에 노출되거나 담배를 피우는 방에 들어가거나 어느 연기를 쐬더라도 영락없는 그 숨 막혀 죽을 듯한 시간이 오는데 나중에는 외부의 자극이 아니라도 너무 피곤하거나 잠이 부족한 상황을 견디거나 마음에 근심이 일면 당연한 듯 내 숨을 점령한다.

얼핏 생각하면 지나갈 것이므로 별게 아닐 수 있을 것 같은데 숨을 못 쉰다는 것은 생을 무뚝 끊어낼 수도 있는 무서운 상황에 휘둘려야 하는 두려운 일이다. 사는 일을 살얼음판 기듯이 조심하고 챙기며 가야 하는 일, 혹시라도 즐거운 자리에 끼어 웃고 떠들 일이 생긴다 해도 피해야 하고 먼지 나는 일에서는 몸을 사려 도망쳐야 하고 알레르기를 일으킬 소지가 있는 것들을 요리조리 피하며 산다는 건 참 재미없는 삶, 대상도 없이 화가 치미는 노릇이다.

외할머니는 그런 몸으로도 그 확실한 항원을 피하지 않고 연기 나는 재 무더기 앞에서 날이면 날마다 베를 매는 노동을 하셨구나, 생각한 것은 외할머니 돌아가시고 숱한 세월이 흐른 다음의 일이다. 그런 일거리를 마다하시기는커녕 찾아 헤맸을 사정을 짐작하면 밤을 새워 호흡을 힘들어 하던 그 소리들은 눈물겨운 일이었다.

무서움의 정체는 외할머니의 옛날이야기에서 파생되었을 것이고 외할머니 숨소리가 내는 이상한 소리들이 상상 속으로 들어와 갖가지 형태소를 갖는 것이니 외할머니를 피해 다른 쪽 이불 속으로 들어가면 될 일인데 외할머니 손을 놓치지 않으려고 정신을 차려 잠들지 않으려고 기를 쓰는 밤, 날마다 그렇게 잠을 설치면서도 고단한 외할머니를 졸라 밤이 이슥토록 얘기를 듣는 것이다. 옛날 얘기 밝히면 가난하다 하시면서도 계속 꺼내놓는 얘기들, 언젠가 들은 적이 있는 얘기도 다시 나올 때가 있지만 그렇다고 재미가 감해지는 건 아니니 내가 듣는 건 내용이 아니라 외할머니가 그려내는 내가 본 적 없는 그림, 무섭고 슬프고 불쌍한 사연의 주인공들이 어딘가 내 처지와 한 가닥쯤은 닿아 있다고 생각하였던 동질감 같은 것이었는지도 모르겠다.

우리 외할머니는 글은 배운 적이 없으셨고 그러니 책을 직접 읽으신 일도 있을 리가 없는데 그렇다면 그 얘기들은 다 무엇일까. 내용이 이솝우화에 나오는 줄거리와 흡사한 것들도 있고 책에서 읽지 않으셨다면 출처가 어디였을까. 글자 문화로부터 멀리 떨어진 벽촌에서 접하실

리 없는 것들을 알고 계셨던 외할머니는 창의력이 뛰어난 이야기꾼이었거나 내가 모르는 어떤 경로로 누가 책을 읽어드렸거나 하였을 것이다. 구전동화에 곁가지로 들어가 원래 얘기와 많이 달라서 그 얘기의 원본을 짐작할 수 없게 변화무쌍하다보니 그렇게 된 게 외할머니로 건너와서 생긴 현상이라면 외할머니는 정말로 상상력이 뛰어난 분이었을 듯, 아쉽다는 생각이 밑도 끝도 없이 밀려들곤 했다.

날이 밝으면 당신이 해야 할 일이 산더미인데 곤한 몸을 생각지 않으시고 호흡도 힘든 날에 단 한 사람의 신통치 않은 관객을 위해 일인극을 하듯 구연하셨던 동화들, 성장기에 내게 닿았던 호강스러운 구간이었고 두고두고 꺼내먹을 마음의 자양분이었다.

베를 매는 자리에 애들은 접근 금지인데 불씨가 살아있는 재를 조금만 잘못 건드려도 큰일이 날 수 있어서다. 불기가 겉으로 나온다면 모시 올을 태울 판이니 한 발짝 폴짝 뛰면 넘어갈 수 있는 거리를 비잉 돌아서 멀리로 외돌아 다녀야 한다. 그런데 나는 금기를 깨고 외할머니 곁으로 갈수가 있는 특권이 자주 주어진다. 도투마리에 베실을 감을 때가 그런 순간인데 도투마리 바로 앞에서부터 재 무더기가 있고 그 위를 지나는 날실 다발 한쪽 끝은 사랑방 부엌까지 가서 맷돌 손잡이인 어처구니에 한 묶음으로 묶여 있고 도투마리에 베실을 감을 때면 그 맷돌이 드르륵 드르륵 끌려온다.

가까이 가지는 못하고 멀찌감치 서서 물끄러미 구경하고 있을 때 도투마리를 들려고 일어서던 외할머니가 나를 보시고 얼른 맷돌 위에 앉으라고 하신다. 말씀을 따라 얼른 맷돌위에 올라앉아 그 천천히 끌려가는 재미라니, 어쩌다 엄마 눈에 띄면 경을 칠 노릇인데 끌개가 가벼워 실이 탱탱하게 안 감겨서 그런다고 얼른 외할머니가 둘러대면 엄마도 말이 막히고 만다. 외할머니는 나를 보호하는 확실한 권력인 걸 다시 증명하는 순간이다.

도투마리를 감을 때는 또 뱁댕이를 집어달라고도 하시는데 껍질을 벗겨낸 삼의 속대를 베실과 베실 사이에 넣어 먼저 감은 실과 새로 감은 실이 서로 엉키지 않게 하는 장치였다. 그러므로 도투마리는 점점 뚱뚱해지면서 한 틀의 베를 짤 날실이 완성되어가는 것이다. 가로지른 뱁댕이가 삼 껍질을 벗겨낸 그 가벼운 막대기가 아니라 여느 나무였다면 아마도 도투마리를 베틀에 올리고 내리는 일이며 아녀자들이 혼자 움직이는 길쌈 도구로는 적합하지 못하였을 것이다.

그 뱁댕이는 우리들이 잠자리채를 만들 때도 요긴한데 어른들 몰래 기다란 그걸 꺼내다가 끝을 꼬부려 묶고 추녀에 쳐놓은 거미줄을 훑어내듯 끈적거리는 거미줄에 휘두르기만 해도 잠자리가 잘 붙도록 탄탄한 거미줄 잠자리채가 완성되는 것이다. 하늘 높이 나는 것들이 우리 손에 쉽게 잡히는 일은 또 얼마나 신나는 일이었던가.

잠자리의 불행은 생각 못하고 그때는 잠자리마저 우리를 즐겁게 하기 위해 머리 위를 빙빙 도는 것으로 여겼다. 뱁댕이의 용도는 회초리로도 썼는데 사실 아이들을 위협하는 용도로 쓴다면 모를까 뱁댕이는 애들의 종아리에 닿기도 전에 부러지는 무른 것이라서 별 위력이 없다는 걸 애들이 먼저 안다. 하얗고 매끈한 뱁댕이 다발을 동으로 묶어 변소 뒤쪽에 세워놓는데 그걸 베를 매는 날이나 되어야 꺼내온다. 커다랗던 뱁댕이 동이 우리가 날며 들며 빼냈으므로 홀쭉해져서 헐렁거리는 데도 어른들은 그 부분을 아는지 모르는지 탓하지 않는다.

그 알맞게 잘라진 뱁댕이를 하나씩 집어 외할머니가 원하실 때 드리면 되는 일, 그리고 있으면 외할머니는 엄마가 없는 틈을 봐서 메밀묵 껍질을 벗겨 우리들 입에 넣어주곤 하셨다. 그 슴슴하고 아무 맛도 안 나는 묵껍질은 메밀로 쑨 풀 껍질인데 씹는 맛이 쫀득해서 애들이 은근히 눈독 들이는 것이다. 외할머니가 입에 넣어주는 것이니 누구 눈치를 볼 것도 없고 여봐란 듯이 드러내고 쩝쩝거리며 맛있어 해도 된다. 애들 손을 탈까봐 메밀 풀을 쒀놓은 양푼 근처에 얼씬도 못하게 하는데 풀 껍질을 먹으면 시집갈 때 이불도 못 해간다고 어른들은 말하지만 우리가 언제 커서 시집을 가나? 별로 설득력이 없는 엄포였다.

외할머니의 비호를 받으며 그런 호강을 하는 일은 며칠 안 되지만 베 매는 동안 동네 아줌마들까지 우리에게 관심을 가지고 다정하게 대한다. 지나가는 나를 붙잡아 앞치마를 걷어 올려 나오지도 않은 코를 닦아 준다거나 다른 때라면 상상도 안 되는 친절을 베푸는 것이다. 그게 우리가 갑자기 예뻐졌을 리는 없으니 외할머니에게 잘 보이려는 몸짓이란 건 우리 깜냥으로도 잘 보이는 일인 것이다. 아무튼 그 평화가 여러 날씩이나 우리의 삶에 박혀 있다는 것, 지나가면 또 내년을 기다리면 된다는 것은 좋은 일이었다.

그런 기다림이 있고 기다린 끝에 반드시 돌아오는 그리운 날이 겨울 지나면 봄이 오듯이 어김없이 한 평생 이어질 복락인 줄 알았다. 내게 점지되어 변함이 없이 오고 또 오는 날들인 줄만 알았다.

엄마는 동막골 가고

오래 전부터 궁금한 지명이 있었다. 동막골, 거기 누가 사는지 우리
와 얼마나 가까운 친척인지 지금도 잘 모르는데 친정어머니께 물어봐
야겠다면서도 잊어먹고 미루다가 또 잊어먹어 지금껏 알 수 없는 수수
께끼 같은 이미지로 남아 있는 곳이다.

오랜 세월 내 궁금증이던 동막골이 영화 〈웰컴투 동막골〉에 나오는
그 동막골은 아닐 테고 동막골에 가려면 이웃집 마실 가듯 쉬운 차림
새로 나서지 않고 옷을 갈아입고 챙기던 엄마의 면면을 기억해보면 거
리가 좀 있는 곳인 건 확실한데 언니는 많이 컸으니 걸어서 따라가고
내 바로 밑에 동생 옥희는 아직 젖먹이 아기니까 업고 길을 떠났다. 왜
나만 떼놓고 가느냐고 떼를 써본 적도 없고 혼자 집에 남겨지는 게 부
당하다는 생각을 못했던 어린 아이였으므로 아버지가 들일을 끝내고

들어오서서 저녁밥을 줄 때까지 방구석에 쪼그려 앉아 울다 자다하는 그런 날이었다.

동막골로 엄마가 떠나고 나면 휑한 집에 나 홀로 놀다가 무서워서 울기도 하다가 제풀에 울음을 접었다가 아버지가 들어오시면 또 운다. 그러면 우는 내가 안 되었는지 아버지가 업어서 달래주는 일도 있지만 대개는 밖에 일이 많은 듯 서둘러 다독거리며 어서 자라고 하신다. 나를 돌볼 새가 없이 바쁜 아버지, 장작 패는 아버지 곁에 쪼그려 앉아 있다가 장작이 내 쪽으로 튀어 살짝 비켜간다거나 하면 내가 곁에 와 있는 줄 몰랐던 아버지가 깜짝 놀라 큰일 날 뻔했다고 어두컴컴한 방에 다시 들여놓는다. 그래도 심심하여 밖으로 나와서 엄마가 넘어간 고갯마루 쪽을 바라보며 저무는 날을 견디는 것도 그런 날이다.

엄마가 없는 우리 집에 밤이 오고 아버지가 나를 재우려고 자리를 깔아주고 토닥토닥 하면서 천자문을 읽듯 자장가 같은 걸 부르신다. 자고 싶지 않은데도 오래 그러고 있는 아버지가 미안하여 억지로 눈을 감고 잠든 척 하는 그쯤의 시간에 아버지 이름을 부르며 들어서는 아저씨들, 뭐가 그리 우스운지 아버지 친구들은 모이기만 하면 껄껄껄 웃는 소리에 천장이 들썩거리는 것 같다. 턱고개 쪽으로 가는 길옆에 사는 경식이 아버지, 산 아랫집 앙자 아버지, 술푸대 을수 씨, 우리 아버지처럼 순이 아베라 불리는 속말 아저씨, 그럭저럭 대여섯 사람이 모이고 커다란 그림자들이 벽에, 천장에 일렁이면서 손짓도 하고 벌컥 큰 소리도 지르며 둘러앉아 화투를 친다.

아버지는 나를 오래 토닥거려 재워놨지만 그렇게 소리를 내는데 어떻게 잠을 자랴, 잠든 척 그림자 구경만 하다가 더 궁금해지면 일어나서 옷궤가 있는 윗목 구석에 쪼그려 앉아 졸다 깨다하며 구경한다. 몸이 작은 내가 장롱과 벽 사이로 쏙 들어가서 안 보이는가, 오래 그러고 있지만 아무도 내가 일어난 줄 모르는 것 같다. 밤이 깊도록 어른들은 껄껄거리며 하는 일이 화투를 쳐서 이기거나 지는 대로 옷을 한 겹씩 벗거나 벗었던 옷을 주워 입거나 하는 옷 벗기기 놀이를 한다. 그게 싫증이 나면 손목 때리기를 하기도 하고 이마에 딱밤 먹이는 경우도 있어서 보고 있으면 아슬아슬하고 재미있을 때도 있긴 하다.

그러다가 밤이 깊으면 아버지가 밖으로 나가 동치미 양푼과 막걸리 주전자를 들여와 환성이 터진다. 화투장이 널린 담요를 접어치우고 술판이 벌어지면 더 신나는 아저씨들, 동치미를 제대로 썰지도 않고 무청 채 얼기설기 들여왔어도 아무도 탓하지 않고 어석어석 먹는 소리가 방에 가득 찬다. 술잔이 오가고 담배 연기 자오록한 속에서 아버지들은 별명을 부르거나 누구 아베라 부르던 자식들 이름을 떼어버리고 승네기, 이넹이, 괜히 부르기도 하면서 혀가 꼬부라져간다.

나중에는 어깨를 얼싸안고 노래를 부르기도 하고 곁사람을 주먹으로 치는 시늉을 해서 바라보는 내가 깜짝 놀란다. 언제 잠이 들었는지 써늘한 기운에 눈을 떠보면 어느새 아저씨들이 돌아가고 담배연기를 빼느라 문을 열어놓고 아버지는 구석에서 잠든 나를 안아다 잠자리에 옮기는 중이다.

그렇게 몰려다니는 아저씨들은 한 동네에 사는 아버지친구들인데 논밭에서 이웃하여 일하면서 얼굴을 날마다 볼 터인데도 모여 앉기를 좋아하고 어울려 떠들기를 좋아했다. 그렇게 안주인이 친정에라도 가는 날 밤이면 슬금슬금 기별을 넣고 모여들어 밤이 이슥토록 떠들고 웃는 것이다. 따로 만나서 뭐 뾰족한 일을 도모하는 바는 없어도 그렇게 모여 어깨를 맞대고 노래라도 부르면서 오며가며 정을 다졌던 그분들, 서른여덟에 먼저 떠난 우리 아버지를 선두로 세월 차를 두고 한 분씩 떠나다가 마지막으로 경식이 아버지가 2014년, 백수를 누리고 돌아가시기까지 취평리를 지키던 진정한 의미의 취평리 사람들이었다. 도비산이 품어 안은 아늑한 동네, 거기 그 분들이 살았던 사실을 이제 누가 기억해줄까. 오래 잊지 않을 상징물로 빗돌이라도 남겼으면 좋겠다는 생각이 들기도 하는 것이다.

그리도 애틋한 친구들인데 아버지들은 호젓하게 모일 공간이 없었던 것이다. 한데 모여 누구네 집 돼지 새끼 낳을 날이 며칠 남았다 거니, 누구네 소가 발톱을 다쳐서 밭갈이를 못하여 큰일이라 거니, 모여 앉을 곳이 없어 안주인이 집을 비운 사이 서로서로 눈짓하여 친구 집으로 몰려왔을 것인데 그런 정경들, 나중에 기억 위로 떠오르면 별스럽지 않은 일에도 왁자지껄 신이 나던 어른들 일은 오래 생각할수록 물안개 서리는 풍경이 된다.

우리 집에 잘 오시는 아버지 친구들은 일본 탄광으로 징용도 함께 끌려가고 해방도 함께 맞았으며 한국전쟁 때도 다 같이 죽을 고비를 넘기며 살아남은 사람들이다. 사는 형편도 그만그만하여 누가 크게 부자라거나 격이 지게 못사는 사람도 없이 가지런한 중농들이었다.

동막골에 갔던 엄마가 돌아오고 기억에는 없지만 내가 아버지들이 무얼 하며 놀았는지 엄마에게 다 일러서 엄마는 두고두고 그 일로 아버지며 아버지 친구들을 싸잡아 투전꾼들 취급을 했다는데 그 부분 좀 억울한 생각이 든다. 화투장을 왕골자리 밑에서 찾아낸 사람이 엄마였으니 내가 이르지 않았어도 다 아셨을 터이다.

지금껏 화투장을 보면 느낌이 나쁜 것으로 봐서는 내 마음 속에도 왜곡이 심한 생각들이 엄마 뜻대로 심겨진 듯, 나는 나중에도 마음의 저항 탓에 고스톱도 못 배운(?) 사람이 되고 말았다. 농담이겠지만 고스톱망국론이란 말이 생겨날 만큼 모여 앉으면 재미있게 펼쳐지는 놀이, 요즘도 읍내 재래시장에 들어가 보면 옷가게나 으슥하고 한적한 상점에 도래도래 모여 화투를 치는 이들이 종종 눈에 띈다. 손님이 들고나는 자취에도 아랑곳없이 몰두하는 사람들을 보며 남녀노소를 불문하고 그렇게 좋아할만한 놀이라면 내가 모르는 뭔가가 숨겨져 있는 건 아닐까 궁금해질 때가 있다.

아흔이 넘은 친정어머니가 지금도 그 옛날 아버지 친구들을 투전꾼들 취급하듯 일컬을 때면 대체 어디서 그렇게 화투라면 경기를 일으킬 듯 심한 혐오증이 생겼던 것일까, 갸웃해질 때도 있고 우리 어머니는 참 여러 곳에서 나를 소외시켜놨구나 새삼스럽다.

그 시절 농촌에는 가끔 누구네 가장이 화투를 쳐서 농토를 날렸다느니 하루 저녁에 알거지가 되었다느니 풍문으로 들려오는 소리가 있긴 했어도 아버지 친구들이 심심풀이로 둘러앉았던 화투놀이와는 거리가 먼 얘기였다. 엄마가 심하게 화를 내는 이유가 지금 생각해도 여전히 난데없다는 생각이 든다. 아버지와 아버지 친구들은 농한기가 되면 일거리가 없어 사랑방에 모여 새끼를 꼬거나 멍석을 짜거나 메꾸리나 구럭 따위를 만드는 데 눈치가 보이는지 엄마가 집에 있을 때는 우리 집에 얼씬도 하지 않았다.

우리 엄마는 나중에도 아버지 얘기를 할 때면 못마땅한 부분만 부풀러서 말하는데 그 시점이 들쭉날쭉하여 일제 강점기로 거슬러 올라가는 경우도 많다. 결론은 반드시 아버지가 미련하다거나 또는 게으르다에 닿아 있기 마련이어서 들으나마나 빤한 이야기다. 말수가 적으셨던 부분까지 '벙어리 마빡을 쳤나'로 시작되는 얘기를 듣고 있으면 아버지의 면면이 눈앞에 그려지면서 우리가 태어나기 전 아버지까지도 잘 이해된다. 돌아가신 아버지의 흠을 잡아 우리와 사이를 떼어놓으려는 듯, 엄마의 이상한 의도가 엿보이는 그런저런 얘기들이 엄마 뜻과는 반대로 내게는 좋은 느낌으로 그려지는 것이다.

그러니 결과가 늘 엄마의 예상에 적중하지 못하고 빗나가는 셈이다. 그런 사실을 아는지 모르는지 엄마는 틈만 나면 "그 미련한 인사가 송진 공출을 해야 하는데 어쩐 줄 아느냐?"로 시작하여 우리가 모르는 일들이 줄줄이 이어지면 엄마가 아무리 험하게 말하여도 키가 후리후리하고 귀골로 잘 생기셨다는 우리 아버지 모습이 살아난다. 아버지 모습을 상상하면서 얘기를 들으면 아버지의 장점이 잘 나타나는 쪽으로 재구성되는 것이었으니 내게는 더없이 기분 좋은 기회다.

전쟁 막바지, 패망을 향해 가던 일본이 발악하듯 패악을 부린 일 중에는 송진을 공출하라고 할당량을 집집마다 정해주고 강제노역을 시킨 일도 있었다. 정해준 날짜까지 그 양을 채우지 못하면 악명 높은 지서에 끌려가 매 맞는 건 보통이고 더 밉보이면 죽을 수도 있었다는 것이다. 그런 살벌한 분위기 속에서 동네 사람 모두 송진 채취에 여념이 없는데 우리 아버지만 들은 척 만 척 유유자적하셨다는 것이다. 그러다가 공출 마감날 즈음 면사무소에 받아놓은 송유를 물통으로 떠다가 다시 냈다고 한다. 총을 든 일본 순사들이 지키는데 어떻게 그곳에 접근을 했는지, 그 부분은 엄마가 설명을 못하므로 우리는 상상으로 그 허방을 메꾼다.

큰 키를 반으로 접어 민첩하게 송유를 받아놓은 드럼통에 접근하는 아버지, 지키는 순사들의 눈에 띄지 않게 다가가서 그들의 주위를 다른 곳으로 따돌려놓고 스사삭! 일을 끝내는 부분은 얼마나 신나는 장면인가. 항일독립투사들이 써먹던 무용담이지 싶은 상상을 해볼 수 있었던 건 세월이 많이 지나 위인전깨나 읽고 난 다음이었을 터이다. 아무튼 아버지는 송유공출을 독려하는 일로 살벌할 때마다 그런 식으로 순사들을 골탕 먹여 곁에서 보는 엄마는 간이 소스라졌다는 얘기다.

게을러 터져서 남들은 악착같이 소나무에 달라붙어 송진 채취에 정신없을 와중에 목숨이 몇 개나 되는 것처럼 그러더라는 것이다. 나중에 생각하니 우리나라 백성들을 그렇게 고생시켜가며 일제가 훑어간 송유는 전투기 기름으로 썼다는데 아버지가 자랑스러운 일을 하신 게 아니냐, 묻고 싶으면서도 우리 엄마 듣는 데서 그런 말을 했다간 경을 칠 것 같아 입을 다문다. 나라에서 시키는 일에 사사건건 엇나가면 역적밖에 더 되겠느냐, 말도 안 되는 엄마의 역사인식으로는 통치하는 힘이 어떤 더러운 세력이었더라도 '나라'라고 새겨져 있을 터이니 우리가 입을 다무는 게 상책이다.

어린 날에 엄마가 아버지를 뭐라고 폄훼하든 말없이 들으면서도 나는 세상에 안 계신 아버지 편, 세월이 가면서 점점 팬이 되어가고 있었다. 그렇게 전적으로 엄마의 반대편이었으므로 엄마는 결국 우리를 앞혀놓고 아버지를 미화하는 일에 골몰하신 폭이었다. 그런 사실을 엄마가 아셨다면 화를 내도 엄청 크게 내셨으리라. 지금까지 궁금한 부분은 우리 아버지의 설득력이면 엄마의 잘못된 역사관이나 일제가 강점하여 못할 짓을 하고 있는 현실 상황이며 우리가 왜 그 억압에 저항해야 하는지 바르게 알려주실 수도 있었을 터인데 바로잡으려는 노력을 왜 안 하셨을까. 생각이 거기 닿으면 엄마가 아버지에게 화를 내는 부분이 혹시 아버지의 그 무시하듯 침묵으로 엄마를 대하는 태도 탓은 아니었을까. 달라도 너무 다르셔서 접점이 없었을 듯한 두 분의 내력이 안타깝다.

"느이 애비 살았으면 핵교 근처 구경도 못했을 거다." 엄마는 우리들을 초등학교 보내놓고 무슨 선심이나 쓴 것처럼 노상 그러셨는데 아버지는 우리가 미워서 쳐다보지도 않았다거니 다 아는 내게는 씨도 안 먹힐 인신공격을 하셨다. 엄마 말을 들으면서 마음속으로는 우리에게 따뜻하셨던 아버지를 떠올리며 그리움이나 키우고 있었다. 배 아프다고 징징거리거나 넘어져서 무릎이 조금 긁혀 들어오면 빨간 약을 발라주고 호호 불어주던 아버지, 바쁜 일을 제쳐두고 우릴 업어서 달래주던 아버지가 그랬을 리는 없다는 생각은 점점 굳건해지고 엄마 말을 곧이들을 일이 없으니 점점 더 아버지가 그리울 수밖에 없는 이치였다.

내가 엄마한테 혼나고 있을 때면 번쩍 안아 엄마 눈을 피해 밖으로 나와 업어주던 아버지, 누름망울이 드는 콩밭에서 새콤달콤한 땅꼴을 따주며 달래던 아버지인데 설마 내가 기억을 못하리라고 여겨서 저러시는 건지 엄마 마음은 정말 모를 일이다. 나보다 세 살 위였던 언니는 맏딸이라고 아버지가 더 귀애하셨는데 아버지에 대한 기억이 더 뚜렷했을 언니가 곧이곧대로 엄마 말을 믿는 눈치여서 그때마다 안타까운 느낌이 들곤 했다. 내게는 자잘한 아버지와의 기억들이 어제 같아서 엄마가 아버지를 깎아내리는 작업을 아무리 열심히 하신다 해도 어림 없이 역효과를 내는 노릇인데 그럼에도 엄마는 심심하면 아버지 흉보 는 일을 재미 삼고 나는 그 말을 뒤집어 듣는 청개구리가 되어가고 있 었다.

남동생 상이는 태어난 지 7개월 만에 아버지가 돌아가셨으니 아버 지가 기억에 남았을 리 없을 터인데 귀하다고 말로만 아들, 아들 하는 엄마는 그 귀한 아들을 향해서도 시시때때로 아버지의 험담을 하셨다. 말이 독한 엄마는 귀한 아들이라고 봐주는 법이 없이 싸잡아 욕을 하 는데 그 애가 욕을 먹는 이유는 뭘 잘못해서가 아니라 아버지를 닮았 다는 탓에서 비롯되었다. 그것도 모습을 닮았다는 게 아니라 게으르 다거나 뭐가 어떻다는 행동을 지적받는 일이었다.

인정이 많고 마음이 여린 그 애가 성장하여 자기사업을 할 때도 엄 마는 일마다 발 쏘심을 하시는 거였다. 사사건건 참견을 하다가 엄마 의 시야를 벗어나 잠시라도 안 보이면 어디서 화투를 치고 있을 거라 느니 뭘 어쩔 것이라느니 경우에 안 맞는 억측을 하는 것이다. 지레 넘 겨짚어 속을 끓이는 엄마를 보면 딱하기 짝이 없는 노릇인데 우리 엄 마의 병증일시 분명해 보이는 그런 집착들이 나중에는 엄마의 불행으 로 굳어가는 형국이었다. 멀쩡한 자식들을 그렇게 노심초사 믿지 못 하니 뭘 해도 되는 게 없다고 우리가 만류해도 늙어가는 남동생이 한 번도 전기세를 내본 적이 없다는 사실을 자랑삼는 엄마였으니 딱 한 일이다.

아흔이 넘은 연세에 지금도 엄마는 환갑이 다 된 아들에게 누구네 집 경조사에 가라마라, 부조는 얼마쯤 해라마라를 지시하며 사신다. 딸들이 모르는 갈피마다 아들을 과보호하여 난처하게 만드는 일은 또 작히나 많으셨을까. 그렇게 애틋한 아들이거든 그 마음을 헤아려 배려하는 구석이 있을 법도 하건만 간섭이 지나쳐 엄마 앞에서는 아들 딸 누구라도 명령을 받들며 살얼음판을 기듯 살아야 했다.

더군다나 한집에 사는 자식은 자기 생각이나 의지를 내보여서는 안 되었으니 세상 일이 소꿉놀이가 아닌 담에야 사는 일이 어머니 뜻처럼 호락호락 하랴. 오랜 세월을 그랬으므로 일찍 따로 살아온 딸들보다 함께 산 시간이 길었던 남동생은 상처의 부피가 엄청났을 것이고 걸음걸음을 어머니의 독설이 가로막았을 세월을 생각하면 명치끝이 막히듯 뻐근하다.

아무튼 우리 어머니 소생들은 가엾고 짠하다. 밖에 나가면 칭송을 듣는 우리 어머니, 남들에게는 최선을 대서 베풀 줄 아는 어머니가 자식들 훈육방식은 왜 그럴까. 이리 맞춰 보거나 저리 대 보거나 납득이 안 되는 일 투성이다. 이제 어머니 나이가 연만하시니 이런 말조차 접어야 할 때가 되었지만 살아생전에나 이런 말도 해볼 수 있는 것 아니냐 싶어 그 또한 쓸쓸해진다.

모든 사람이 자신의 부모는 늙지도 않을 것 같고 돌아가시지도 않을 거라고 믿는다는데 우리 어머니의 건강을 믿다가도 퍼뜩 현실을 따져보게 된다. 어지럽다 하시는 걸 괜찮다고, 우리도 노상 어지러운데 참고 산다고 한 것도 걸리고 입맛이 없다 하시는데 한걸음에 달려가지 못하고 며칠 있으면 갈 건데 뭐, 드시고 싶은 거나 생각해보라고 느싯했던 점인들 후회거리가 아니겠느냐.

맏딸인 언니 나이가 칠십인데도 우리 어머니는 아직 마음이 청춘이시니 그 아니 고마운 노릇이랴만 우리가 정신에 짐 지고 온 것들이 모두 우리 탓인 줄도 모르고 정신을 내리누르는 억압들이 어머니로부터 온 것이라고만 생각했다.

어느 해 생신 때였나 사람들이 빼곡하게 둘러앉은 방에서 흐뭇하신 어머니가 하신 말씀, '이래 뵈도 나는 이제껏 헛 투표한 적이 없다' 하셨다. 찍은 족족 다 대통령이 되었다고 자랑하시는 거다. 노무현 대통령 적에만 그 신통력이 흐려졌다는 얘기여서 어머니가 찍지 않았어도 대통령이 되셨던 노무현 후보는 우리 엄마의 욕을 많이 먹어서 시대의 스승으로 오래 오래 사실 줄 알았다.

생일에 초대되었던 사람들이 다 돌아가고 그 부분부터 어머니의 자랑이 왜 깨져나가야 하는지 그 깨는 작업이 우리 몫인 것 같아 말을 꺼냈는데 어머니의 고정된 생각이란 완강하기가 철옹성이었다. 뭐 별것도 아닌 일에 화를 돋구랴 싶어서 어물어물 물러앉고 말았지만 옛날 아버지 살아생전 생각이 났다. 아버지가 엄마를 설득하거나 잘못 생각하는 부분을 바로잡지 않았다고 이상해 하였더니 사람의 능력으로 어째볼 수 없을 듯 완강한 고집을 누가 어쩌랴, 이해가 되었다.

그러니 우리 아버지가 일제에 반항하는 일을 어머니는 모두 이적행위로 간주하였을 것이고 두 분의 영역이 한 집이어서는 안 되는 거였구나, 삶과 죽음이 인간의 의지로 좌지우지 되는 것도 아니고 스스로 수명을 단축하고 싶어 뭘 어쩌신 일도 없는데 가서도 너무 일찍 가신 아버지가 어렴풋이 이해가 되더란 말이다.

아무려나 동막골에는 뭔가가 있을 것 같으니 이번에 친정에 가는 날

엔 또 잊어먹지 말고 어머니께 물으리라. 무지개가 서면 한 끝이 닿았
던 언덕너머 그곳, 내가 못 가 본 아름다운 동막골.

돼지

대문을 나서면 바로 돼지 울이 있었던 우리 집은 아침이면 돼지들이 밥 달라고 지르는 소리 때문에 시끄러웠다. 사람보다 항상 먼저 아침을 먹는 그 시커먼 놈들은 먹성이 좋아 구유에 그득 부어준 구정물을 후룩후룩 마셔버리고 다시 밥 달라고 꿀꿀거린다.

구정물에 겨를 풀어주는 건 어른들 몫이지만 끼니 사이에 풀을 뜯어다 먹여야 하는 건 아직 학교 갈 나이가 안 된 내가 해야 할 일이다. 낫은 위험하다고 근처에 얼씬도 못하게 하는 어른들 탓에 소쿠리만 들고 나가 밭둑이나 개울가, 논두렁 어디랄 것 없이 풀이 우거진 곳이라면 달려가 맨손으로 풀을 뜯는다. 그러나 풀을 뜯는 일도 아무 곳에서나 뜯어선 안 된다. 우리 논둑이나 밭 근처만 맴돌다보면 많은 양을 뜯어올 풀이 없어 할 수 없이 남의 밭둑이나 개울가에 가서 풀을 뜯는데 집짐승을 안 기르는 집이라도 풀은 퇴비를 만들어야 하는 것이어서 다른 집 아이들이 자기네 밭둑에서 풀을 뜯으려고 얼씬거리면 어른들은 먼 곳에서 보고도 동네가 다 들리도록 쩌렁쩌렁 소릴 지른다. 그렇게 자기 땅에서 풀을 못 뜯게 하는 일을 '풀을 말린다' 했는데 가뜩이나 없는 풀, 말리는 어른이 없는 곳만 찾아다니며 뜯자니 풀이 쉽게 소쿠리 위로 차오를 리가 없다.

그렇게 한나절을 고생하여 뜯어온 귀한 풀 한 소쿠리를 돼지가 먹는 것은 눈 깜짝할 새, 그야말로 게눈 감추듯 먹어치운다. 돼지 울 바닥에 푸릇푸릇 밟힌 풀들이 남아 있어야 그나마 풀을 뜯어다 먹인 표라도 되련만 깨끗한 돼지 울 바닥은 엄마한테 야단맞기 딱 좋은 조건이다. 그래서 생각해낸 것이 풀을 모아 놨다가 한꺼번에 주는 일이었는데 돼지 울 밖에 큰 소쿠리를 놓고 풀을 뜯어 모으는 대로 거기에 담아놓고 다시 풀 뜯으러 나간다. 햇볕이 따가운 날에는 다시 풀을 뜯어 돌아와보면 먼저 가져다 놓은 풀들이 시들어 소쿠리 밑바닥으로 주저앉는데 아무리 꾀를 내어도 돼지란 놈들이 풀을 남길 일은 없고 풀은 소쿠리 위로 차오를 줄 모르니 딱한 노릇이다.

한수네 논샘 근처에서 풀을 뜯다보니 샘에는 미꾸라지가 물보다 많은 듯 바글바글했다. 저걸 건져다가 구유에 부어 놓는다면 돼지의 간식이 될 것이고 풀 뜯기 보다는 쉬울 것 같았다. 얼멩이로 샘 가장자리를 한 번만 훑어도 미꾸라지며 붕어, 물방개들이 내 힘으로 얼멩이를 끌어올리기 벅차게 잡히는데 그것들을 돼지 구유 가득 채워놓는다면 풀을 뜯으려고 뛰어다닐 일도, 엄마한테 야단맞을 일도 없겠다.

신이 나서 미꾸라지를 퍼 날랐다. 돼지도 좋은지 미꾸라지들이 난리를 치는 구유를 들여다보며 구룩구룩거린다. 들에 나갔던 엄마가 돌아오기를 기다리다가 의기양양하여 말한다. 돼지에게 미꾸라지를 줬더니 돼지가 좋아서 구룩거린다는 말이 채 끝나기도 전에 "아이고 저 미련텡이!" 돼지 울을 들여다보자마자 엄마가 소리 지른 첫마디다.

언제 돼지가 미꾸라지 먹겠다더냐고 야단치며 얼른 퍼내라 하신다. 그러고 보니 구유마다 가득가득 부어놓은 미꾸라지들이 사방으로 튀어나가 난장판이 되었을 뿐 부피는 줄지 않고 서로 머리를 박고 밑으로 들어가려고 구불텅거리는 그놈들은 신이 난 건지 뻑뻑 소리를 내며 난리다. 논샘에서 집까지 힘에 부치는 무거운 그걸 떠오는 일도 만만치 않아 다리가 후둘거리도록 수십 번을 왔다 갔다 했는데 저걸 퍼내라니 어디다 퍼다 버리나 눈앞이 캄캄했다.

그 세월, 우리 동네는 미꾸라지나 붕어 따위 민물고기는 먹는 걸 모르던 때라서 그렇게나 흔했던 건데 미꾸라지는 돼지도 안 먹고 멀거니 들여다만 본다는 사실을 처음 알았다. 돼지 구유는 내 손에 닿지도 않고 말뚝으로 담장을 친 돼지 울에 엎드려 봤자 내 손이 구유에 닿을 일도 없고 닿는다하더라도 저 시커멓고 힘만 센 놈들이 잡아먹으려고 할 터, 아무리 생각해도 묘안이 없었다. 엄마가 다시 나와 보기 전에 미꾸라지를 안 보이는 곳에 퍼다 버려야 하는데 그 일은 내 능력으로는 불가능한 일이었다. 돼지한테 잡아먹히는 일보다 어쩌면 더 어려울지도 모르는 엄마의 폭언을 감당할 일이 깜깜했다. 한참을 그렇게 햇볕 아래 땀을 흘리며 궁리하는데 아버지가 오셨다. 가까운 밭에서 일을 하셨던 듯 늘 지고 다니던 지게도 없이 괭이를 어깨에 멘 아버지가 역광을 받으며 성큼성큼 캄캄한 내게 오셔서 울상을 짓고 서 있는 상황을 한눈에 알아보시고 "아이고 이 미련아" 껄껄 웃으셨다.

아버지는 구유 한쪽을 기울여서 돼지 울 바닥에 미꾸라지를 쏟아버렸다. 온 바닥을 꾸불텅거리는 그것들, 어떻게 저 많은 것을 건져왔을까. 눈앞에 보면서도 어이없다. 그 많은 징그러움이 한데 움직인다. 눈을 감아도 눈을떠도 쨍한 햇빛을 오래 바라봐서 깜깜한 천지, 그 속을 끝없이 미끈거리고 구불텅거리는 것들의 행태는 온몸에 스멀스멀 달라붙는 느낌으로 남아 오래도록 가시지 않는 가려움처럼 나를 괴롭혔다. 엄마나 아버지는 똑같이 내게 미련하다 하셨는데 왜 아버지한테 듣는 미련하다 소리는 머리를 쓰다듬는 느낌이고 엄마가 던진 미련하다는 말은 명치끝을 둔한 뭔가가 쿵, 치고 가듯 아픈 건지 모를 일이다.

돼지란 놈들은 늘 그렇게 내게 애물단지 노릇만 하는 것은 아니다. 좋은 혈통의 새끼들이 태어나 새끼를 낳을 만큼 다 자라면 먼 동네로 팔려 가는데 그것들은 곱게 다뤄야 하므로 묶어서 지고 가거나 달구지에 실어내는 게 아니라 아버지가 직접 걸려서 데려다줘야 한다. 그 일을 하는 날이면 아버지는 꼭 나를 앞세우고 간다. 내가 뛰거나 손을 움직이면 달그락거리도록 바가지에 마른 콩을 한 수저쯤 담아 들고 앞을 가고 뒷다리 한쪽만 묶인 돼지가 중간에 가고 아버지는 돼지를 묶은 끈을 잡고 따르신다.

돼지는 울 밖에 나와서 기분이 좋은지 이리 닫고 저리 뛰면서 야단법석을 한다. 가야하는 길을 벗어나면서 제멋대로 노는 돼지를 데려가기 위해 내가 할 일은 콩 바가지를 흔들어 돼지가 따라오게 만들어야 하는 일이다. 그런데 길가를 기웃거리며 딴청을 피고 있던 돼지가 내 손에 들린 콩 바가지가 흔들리면 귀신 같이 알아채고 뛰어서 나를 쫓아온다. 돼지한테 길을 재촉하느라 대글대글 콩 소리를 냈던 나는 기겁을 하여 밭둑 아래로 구르기도 하고 아버지가 일러준 길을 두고 저만큼 곁길로 정신없이 달려가기도 하는데 그러면 가는 길은 자꾸만 축이 난다. 바쁜 아버지가 핀잔이라도 한마디 하실 법한데 아버지는 괜찮다고 안 무섭다고 너무 멀리로 달아나지 말고 몇 발짝 앞에서 콩 바가지를 흔들며 가라고 일러주신다.

콩을 다 쏟아버린 빈 바가지에 다시 콩 한 줌을 넣어주며 돼지는 눈이 나빠 소리만 내지 않는다면 니가 거기 있는지 모른다고 하신다. 아버지의 말이 사실일지라도 돼지가 가까이 다가오면 나는 또 기겁을 하여 아버지를 향해 비명을 지를 것이고 밭둑 아래로 구를 것이다. 그러면 아버지는 쥐고 있던 줄을 당겨 나와 돼지 사이를 떼어 놓는다. 아버지가 따라가는데 설마 돼지가 나를 물도록 버려둘 리야 있으랴만 돼지가 눈을 부릅뜨면 눈동자가 위쪽으로 올라붙어 아래 흰자위가 유난히 많아 그놈이 눈을 희번덕일 적마다 나를 벼르고 있는 것만 같아 오금이 저렸다. 아버지보다 돼지가 나에게 더 가까이 있다는 건 무서운 노릇이었다.

그렇게 가는 길은 돼지 탓에 더디고 험하여 한나절을 실랑이하며 걷는다. 그러나 되짚어 집으로 돌아올 때는 가파른 언덕이 나오거나 땅이 젖어서 퍼럭퍼럭 빠지는 곳에서는 아버지가 나를 번쩍 들어 마른 땅에 옮겨주거나 업고 오시는데 아버지 옷에 흙 묻은 신발이 닿을까봐 양발을 뻗치고 등에 뺨을 대고 납작 엎드린다. 아버지가 부는 가느다란 휘파람 소리가 좋고 땀내 나는 베옷에서 올라오는 아버지 냄새가 좋아서다. 아버지 등에 머리를 대면 자꾸만 잠이 오려고 가물거리는데 아버지는 용케도 아서서 잠들지 말라고 산길을 지나다 시엉도 꺾어주고 삐비도 한 줌씩 뽑아주셨던 걸 보면 봄도 늦봄 길이었던 것 같다. 그 지천으로 피어난 들꽃들을 보았어도 이름을 모르니 기억에도 남지 않아 나중에 그게 어떤 꽃이었는지 생각해보면 이름을 알거나 모른다는 간단한 차이로 사물의 위상에 간극이 크게 난다는 게 묘했다.

다시 그 봄 산길을 가보고 싶을 때가 있다. 그러면 들꽃 하나 마다 이름을 불러 또렷이 마음에 돌아오는 초저녁 별 같은 그것들을 아버지 기억 둘레에 심어놓을 수도 있었을 터인데 그냥 한 무더기 노랑이었거나 보라로 뭉뚱그려진 들꽃길을 지나 언덕을 오르고 비탈을 내려갔던 것이다. 아버지 등에서 바라보는 풍경을 뭐라 말할까. 졸음이 쏟아지는 눈에 나른하게 내리는 평화, 아른거리는 아지랑이 커튼 저쪽 양광에 빛나던 그림들은 곱고 순해서 아무 집에나 들어가도 낯설지 않을 것만 같았다.

그런 풍경들을 한 폭 한 폭 지나면서 아버지는 휘파람을 불거나 노래를 가만가만 부르며 걸었는데 아버지가 콧노래로 부르던 노래는 나중에 인터넷을 뒤져서 알아낸 것이니 육십여 년이 넘은 후의 일, "봄이 왔네 봄이~와 저 처녀의 가슴에도 봄은 찾아왔다고 아장아장 걸어가네~ 산들 산들 부는 바람 아리랑타령이 절로 난다~" 자세한 건 모르지만 제목이 '처녀 총각'이라던가?

무척 경쾌한 리듬의 그 노래는 아버지가 입을 다물고 불렀으므로 노랫말이 무엇인지 알 수가 없었다. 누가 지나면서 바라봤어도 우리 아버지가 부르는 노래라고는 생각 못할 것 같았다. 등에 업힌 나도 궁금하여 어깨너머로 무표정한 아버지 얼굴을 넘겨다보곤 했으니 말이다.

아버지 등에 귀를 대고 들으면 웅웅웅, 겹음으로 그 가슴께서 나는 듯 아버지의 콧노래는 오래도록 그레고리안 성가처럼 마음속에 깔리고 번져서 긴 세월 너머까지 골고루 퍼져오는 것이었는데 아마도 내가 자라면서 어떤 경우에도 삶의 끈을 놓지 않고 살아갈 그 무슨 응원처럼 웅웅웅 사무치던 소리였다.

어떤 혹독한, 혹독하다는 건 지극히 주관적인 생각이었을 터이지만, 상황이 아니라 느낌에서 난관이라고 생각되는 굽이마다 그런저런 자잘한 기억들은 주저앉고 싶은 허구렁을 만나더라도 나를 저편 기슭으로 밀어가는 힘이 되었으리라. 아버지 돌아가시고 매사에 가시만 세우고 있는 엄마 앞에서 그래도 숨이라도 쉴 수 있었던 건 그런 힘들의 작용이 아니었겠나. 맨손으로 돼지에게 먹일 풀을 뜯노라면 시커먼 풀물이 든 손이 화닥화닥, 아리고 쓰려도 언제나 엄마한테 혼날 일들이 그 돼지로부터 비롯되는 일이라 해도 아버지와 둘이서 가곤 하던 호젓한 길, 송시리며 강당리길, 대두리며 갈마리 길은 비길 데 없는 고운 꿈이 깔리던 길이었다.

아버지 살아생전엔 돼지가 울 밖으로 탈출하더라도 우리 자매들에게까지 불똥이 튀지 않아 어른들 선에서 해결되었다. 그러나 집안에 젊은 남자가 없는 가정의 그 허술하고 무방비한 황폐함이라니, 하다못해 돼지 울 하나 건사할 사정이 못 되는 것이다. 말뚝이 빠져 돼지 울에 구멍이 나면 돼지는 요때다 싶은지 용하게도 잘 튀어나온다. 밖으로 나온 돼지는 별별 말썽을 다 부리는데 그게 우리 땅 안에서만 일을 저지르면 괜찮겠지만 남의 밭에 들어가 작물을 짓밟아놓거나 하면 밭 주인으로부터 싫은 소릴 듣게 되고 기분이 상한 엄마의 화풀이 대상으로 우리는 고스란히 내맡겨져 윗대 조상님들까지 들먹이는 독한 말을 오랜 시간 듣고 있어야 했다.

세상에서 그중 싫은 일을 고르라면 질퍽거리는 땅을 뛰어다니며 울 밖으로 탈출한 돼지를 몰아오는 일이 첫째라 할 만큼 고생스런 일이다. 그것도 나중에 생각해보면 모든 어려움이 엄마의 야단을 맞는 일에서 비롯되는 것, 좋은 소릴 들으며 할 수만 있었다면 세상에서 일어나는 모든 일들이 아버지 생존하셨을 때처럼 따뜻하고 환한 마음으로 내게 다가왔을 것인데 우리 엄마는 왜 그토록 사사건건 짜증만 내는 것이었을까. 물론 앞뒤 정황이 이해 안 되는 바는 아니라도 딱한 노릇임에는 틀림없었다.

수십 년이 지난 지금도 꺼먹 돼지들이 꿈속을 헤집어놓을 때가 있는데 사람들이 돼지꿈을 길몽이라 좋아하는 것과는 반대로 내게로 드는 돼지꿈은 콜타르가 칠해진 벽에 부딪친 만큼이나 난감하고 칙칙한 기분이 들게 하는 것들이다. 늘 울에서 튀어나갈 궁리만 하는 놈들을 지키는 일이거나 끝없이 달아나는 그 시커멓고 거대한 놈들을 쫓아다니는 꿈, 내가 작은 아이였을 적에 본 돼지의 크기도 세월에 비례하여 자라는지 점점 더 커져서 검은 바위처럼 흉물로 나타나 나를 위협할 때가 많다. 갑자기 흰자위가 많은 눈을 흡뜨고 코앞에 다가온 돼지, 그렇게 가까이서 이마를 부딪칠 지경으로 마주친 일이라면 아버지와 돼지를 걸려서 데려가던 들길의 좋은 기억 속에 나오는 그림일 텐데 내게 대드는 돼지를 말려줄 아버지도 없고 너무 가까이 와버린 괴물 앞에서 달아나야지, 조바심을 쳐도 다리가 땅에 붙어 움쩍도 못하는 꿈에 가위 눌리는 그런 돼지꿈을 뉘라서 길몽이라 하랴.

아무튼 꿈속에서도 가위눌릴 정도로 무서운 게 돼지였는데 아버지 돌아가시고도 우리 집은 계속하여 돼지를 키웠다. 무거운 구정물 그릇은 언니가 들어다 부어주고 틈틈이 풀을 뜯어다주는 일은 여전히 내가 했는데 그 탐욕스럽게 풀을 먹고 죽을 다 먹고도 언제나 꿀꿀거리는 그놈들 때문에 우리가 날마다 엄마에게 들볶이는 기분으로 살았던 일은 아무 때 생각해도 싫고 억울한 일이었다.

세월이 흐를수록 돼지울의 그 탄탄하던 말뚝들은 내 앞니처럼 흔들리는데 언제 빠질지 아슬아슬하고 두려웠다. 그걸 어떻게라도 보수할 생각은 안 하고 엄마는 또 어딜 가셨을까. 회초리를 들고 돼지 울을 지키라고 세워놓고 언니는 또 어디로 갔을까. 날이면 날마다 돼지가 내 근심이었다. 돼지 울을 지키는 회초리도 내가 구해다 써야 하므로 사방을 두리번대다가 담을 둘러 지천으로 돋아나는 족제비싸릿대가 눈에 띄면 그걸 꺾어서 회초리로 썼다.

그러나 보기만 회초리 비스름했지 족제비싸리란 게 연하기가 풀대 같아서 돼지를 때리면 돼지 등에 회초리가 닿기도 전에 동강나기 일쑤다. 그래도 내 힘으로 튼튼한 나무는 잘라올 수가 없으므로 그런 부실한 막대기를 들고 황실장미원을 지키는 제국의 근위병처럼 시대착오적인 걸음으로 왔다 갔다 한다. 그런 나를 돼지가 무서워했던가? 어림없는 소리 같지만 그래도 내가 울간 앞에 있을 때는 돼지가 나오지 않는다는 사실을 알았다. 내가 잠깐 자리를 비운 사이, 또는 생각에 골몰하느라 한눈을 파는 사이 그것들은 그 지독히 난시라는 눈을 두리번거리며 튀어나가는 것이다.

그래서 머리를 짜낸 생각이 긴 대갈퀴로 돼지 등을 긁어주는 일이었다. 등을 긁어주면 돼지는 재미있는지 서서히 바닥에 주저앉는다. 계속 그러면 눈이 가느스름해지다가 앞다리를 접고 쓰러지듯 울간 바닥에 눕는데 처음엔 등 쪽이 위로 가게 엎드려 누웠다가 점점 배 쪽을 옆으로 하여 제대로 잠자는 자세가 되는데 잘하면 잠이 들 수도 있다. 대장 노릇을 하는 그놈을 재우면 다른 것들은 순해서 조용해지므로 그 상태만 유지된다면 내게 이로운 일이다.

배를 긁어주고 있으면 흐뭇해서 내는 구룩거리는 소리가 잦아들다가 잠이 들기도 하는데 잠든 돼지는 천진하고 순해보여서 밖으로 탈출하고 싶어 난리를 치던 교활한 모습이 사라진다. 돼지가 그렇게 순해지면 무거운 대갈퀴가 힘도 들고 팔도 아파 참을성에도 한계가 와서 살금살금 손을 뗀다. 그리고 서너 발짝 소리를 죽여 돌아서면 벌떡 일어서는 돼지, 등에서 진땀이 날 정도로 놀라서 다시 처음으로 돌아가야 하므로 내 시간을 다 차지한 놈들이 원망스럽고 밉다.

내가 힘들다고 돼지를 그만 기르자고 호소하고 싶어도 천지에 누가 있어 내 마음을 들어주나, 씨가 먹힐 구석은 어디에도 없으므로 겉으로 말을 내지는 않지만 늘 그런 가능성이 없어 뵈는 염원으로 하루가 오고 하루가 저물어 간다.

돼지를 길러 가계에 아무 보탬이 되지 않는다는 생각은 초등학교에 들어간 다음부터다. 놉을 사서 농사를 짓는다 해도 중농 정도의 전답이 있고 우리 엄마의 육아나 생활 방식으로는 살림살이에 돈을 들일 구석이 전혀 없는데 그토록 끊임없이 키운 돼지들은 뭐였을까. 그러니 마릿수는 적어도 고생고생하면서 기르는 돼지 탓에 애들 마음에 골병이 들어가는 걸 엄마가 알아서 선처하실 리 없다는 게 탈이었다. 사실

돼지 기르기가 엄마를 힘들게 하는 부분은 없었으니 언니와 내가, 나중에는 바로 아래 동생이 함께 고생하였는데 우리 자매들의 근심으로 몸을 불려가는 돼지 기르기는 내가 초등학교를 마치자마자 집을 떠나기까지 한결같이 이어졌다. 우리 자매들의 어린 날은 끊임없이 주둥이로 말뚝을 밀어 근덩거리게 만들어놓고 내빼려는 돼지들에게 휘둘린 폭이다.

우리 엄마와 그 친구들이 걸핏하면 '노세 젊어서 노세' 사흘이 멀다고 장구소리 덩덩거리던 날들, 우리가 그 열악한 저녁밥을 먹다가 쫓겨 가던 굴뚝모캥이는 그래도 날카로운 성격인 언니가 우산 노릇을 해줘서 그만했을 부분이다. 아흔셋이 되도록 우리 엄마 허리가 반듯한 모습으로 보기 좋은 건 젊어서 일을 하지 않은 덕이니 그 부분은 고맙다 하면서도 엄마의 면면을 보며 자라던 우리는 엄마와 꼭 반대로만 살자했다. 여자가 술 냄새 풍기며 풀어진 모양새를 보이는 걸 혐오했고 독한 말을 입에 담지 않으려고 노력하였으며 음주가무가 있는 곳을 질색하였고 동작 폭을 최소한으로 절제하면서 심신을 오그리고 살았다.

내면이 깊고 가볍지 않으며, 다정다감하며 품위가 흐르는 엄마, 특히나 말소리가 조근조근 조용한 분위기를 지닌 여자다운 엄마, 가당찮게도 고매한 성품의 엄마를 꿈꾸며 살았다. 자식이 어찌 부모의 허물을 말하냐고 누가 질책을 준비했다면 그 사람을 더도 덜도 말고 열흘만 우리 엄마 슬하에 데려다 놔봤으면 좋겠다는 생각이 들곤 하였다. 뭐라고 말로는 표현이 제대로 안 되는 부분까지 학습하고 나면 누구든 우리말에 토를 달지는 못할 터인데 억울하게도 검증가능한 일이 아니므로 어째볼 수가 없었다.

그래도 우리 형제들 정신에 크게 질환이라고 부를 만큼 드러나는 중세는 아직 없으니 참기만 하면서 살아냈던 유소년기의 모진 고통으로도 우리가 지니고 태어난 그 무엇은 훼손되지 않은 모양이다. 어렵던 시절에도 안 가본 관광지가 없을 정도로 노는 일에 발이 넓으신 엄마가 아직도 추상같은 영을 세우며 우리 형제자매들 위에 군림하시니 그나마 얼마나 다행이냐.

우리와 마주 앉아 아주 드물게는 미안한 뜻을 비칠 때가 있는데 엄마가 그런 말을 내놓으면 정색하고 들을 수 없어 우스개로 눙치고 만다. 엄마 마음속에 그런 것들이 남아있다니 그나마 고마운 일이라 치고 혹시라도 거먹돼지 꿈이 다시 내게 들면 길몽이라고 마음에 기쁨을 삼아볼까 생각을 돌려보는 참이다.

천당할머니

몸이 건강하셨던 어머니가 아흔 줄에 들어서고부터는 요기 아파 조기 아파, 자주 짜증을 내신다. 어지러우신 건 기본이고 허리가 아프다거나 입맛이 없다는 게 요즘 주로 하는 말씀인데 '메르스' 확진 환자가 가까운 의료원에 들어왔다는 소문이 있어 우리 어머니가 자주 들르는 곳이라 조심해야 할 것 같아 전화를 했다.

엊그제만 해도 손아래 동서인 대두리 숙모가 돌아가셔서 의료원에서 장례식을 치렀는데 바이러스 감염을 염려해 발길을 안 하시던 걸로 미루어 안심을 하면서도 아흔이 넘은 어머니 나이는 어디에 대봐도 취약한 노릇이라 한 번 더 일깨우는 셈치고 거기 가시지 말라는 말을 한다. 친한 사람들이 한 분씩 그곳 서산의료원을 거쳐 떠나고 이제 같은 또래조차 없는 어머니의 외로움을 미루어 짐작해서 그쪽을 향하지 말

라는 말을 에둘러 했는데 우리 어머니, 대뜸 아무 거라도 들려서 죽고
싶다는 말을 돌멩이처럼 던진다. 처음엔 얼른 의중이 헤아려지지 않아
서 한 호흡 쉬었는데 내가 못 알아들어 머뭇거리는 줄로 아시는지 다
시 아무 병이라도 걸려서 얼른 죽었으면 좋겠다고 콕콕 집듯이 설명하
신다.

　육십 여년 세월이 후딱 뒤로 물러나고 머릿속이 하얘져서 아무 생각
도 안 나는 그 공포의 날이 눈앞에 스륵 내려오는 현상 탓에 우리 엄
마는 백세수 하시고도 너끈하실 테라고 너스레를 떨어야 하는 순간을
놓쳐버렸다. 문득 백세라는 말에서 어머니의 나이를 빼고 나면 칠년이
라는 짧은 날이 남는다는 사실을 느낀 것인데 그게 그동안 서운하셨
을지도 모른다는 사실이 뭔가 가슴으로 떨어지듯 소리를 낸 것이다.
왜 그런 생각이 지금에야 든 것인지 모르지만 백수에서 남는 그 짧은
기간을 우리가 발음할 적마다 머리 회전이 빠르신 어머니는 얼마나 서
운하셨을까.

　어머니가 우릴 키우면서 시시때때로 우리를 공포 속에 가두던 말이
어머니가 죽는다는 그 말이다. 어머니 말이라면 토를 다는 법 없이 설
설 기는 애들에게 왜 그러셨는지 몰라도 그건 우리들 정신에 극약 같
은 영향을 미쳤으리란 건 짐작이 된다. 어머니가 지금껏 최선이라 믿어
의심치 않는 훈육방법치고는 너무 극단적이어서 듣는 자식들이 충격
을 받는다는 건 뭐라 에둘러도 바람직한 방법은 아니라는 말이다.

　어머니가 그 말을 입 밖에 내면 우리의 생도 끝이라는 걸로 알았던
어린 날이나 지금이나 비슷한 느낌을 받는 것은 그 말을 독하게 하실
때의 억양이 옛 상처를 일깨우는 효과 때문이 아닐까, 짐작은 되는데

모든 게 끝장이라는 그 말은 두려움 이상의 무엇, 그보다 더 극한 협박은 세상에 다시없을 듯 공포의 맨 꼭대기 개념이었을 터이다.

천지가 무너지던 그 말을 회초리 대신으로 쓰던 예전 젊은 엄마가 아니고 이제는 배려를 하실만한 세월을 건너 다다른 노년의 부모자식 간인데 회초리 효과를 겨냥해 내놓으셨다 해도 우선 내게 지금 급한 일은 어머니의 의중을 읽어내야 하는 일이다. 무엇엔가 많이 서운하고 못마땅하다는 다른 표현이 그렇게 나온다는 걸 알기까지 우리 자매들은 한 생애가 저물만큼 오래 걸린 셈이다.

내 어린 날은 유난스럽게 몸이 약해서 또래 애들이 아무리 재미있게 논다 해도 그 노는 판에 섞여볼 수가 없었다. 애들이 그토록 재미있게 들레며 노는 술래잡기나 고무줄놀이 따위에 끼워주지 않을 만큼 내가 형편없이 비실거렸던 한 세월, 반들반들 잘 다져진 마당 귀퉁이에 앉아 혼자 놀았다. 마당 표면을 찬찬이 바라보면 아주 작고 동그랗게 뚫린 구멍들이 송송 나 있었는데 아이들은 그걸 찔찌래미 구멍이라고 불렀으니 그 속에 사는 주인 이름이 찔찌래미였을 터였다.

그 주인을 불러내기 위해 별 짓을 다 해보지만 그들은 지상으로 얼굴을 내미는 일이 드물다. 무슨 일에나 궁리하고 오래 참는 일을 잘했던 내가 찔찌래미를 불러내는 일에는 선수인데 얼마 안 가서 다른 애들도 내가 하는 대로 따라하므로 별난 기술도 아닌 셈이 되었다. 다행스러운 일은 애들이 그 놀이에 이내 싫증을 내서 금방 손을 털고 일어선다는 건데 그 애들이 후두둑, 후두둑 뛰어 몰려가거나 흙먼지 자오록하게 마당 가운데서 뛰며 놀거나 나랑 상관없는 일이었듯이 애들도 내가 거기 있거나 없는 따위는 기억에도 없을 일이다.

부추 잎을 끊어다가 찔찌래미 구멍에 꽂아 놓고 오래 기다리면 낚시찌가 흔들리듯 지상으로 나온 부분의 부추 잎이 움직인다. 그 때를 잘 보고 있다가 톡! 긋는 식으로 잽싸게 부추 잎을 나꿔채면 그 끝에 달려 나오는 희멀겋고 허리가 잘록한 애벌레가 있었다. 그게 무엇의 유충이었는지 지금 생각해도 궁금한데 그렇게 갑자기 끌려나온 놈들은 어리둥절한 듯 처음에는 가만히 있다가 조금 있으면 쌀쌀 잘도 도망간다.

조약돌로 담을 만들고 그 안에 놈들을 가둬두고 다시 낚시질을 계속하는데 그걸 잡아서 어디에 쓸 요량이라도 있는 양 어스름이 들 때까지 그러고 놀았다. 순간포착을 잘 못해 부추 잎만 올라올 때도 있는데 부추 잎 끝을 자세히 보면 잇자국이 선명하여 그 구멍의 주인이 나를 물 수도 있겠다는 생각에 겁을 내면서도 그것들이 죽은 척 하다가 내가 딴 데를 보는 사이 굼뜨게 생겨먹은 몸으로 재게 달아나는 게 재미있어 웃게 되는 놀이였다. 한 번에 낚이지 않는 놈은 한참 지나도록 건드리지 말고 놔둬야 다시 입질을 한다. 아마도 경계심이 많아져서 어두운 땅굴 속에 죽은 척 웅크리고 있을 것이다.

죽은 척을 잘 하기로는 쥐며느리인데 또르르 잘도 기어가던 쥐며느리를 건드리면 그런 시늉을 했다. 찔찌래미를 낚아 놓으면 그러듯이 살아 있는 기척을 접고 꼼짝을 안 하는 것, 아버지 돌아가시던 순간이 그랬다. 심장에서 먼데부터 차갑게 맥을 걷어 올려 나중에는 목에서 숨만 겨우 느껴지다가 그마저 딸깍 전등 스위치를 내리듯 소리를 내며 끝나던 생, 아버지의 마지막 숨이 전등 스위치를 내리는 소리와 같았다는 생각은 두고두고 공포였다. 사람의 끝, 적어도 우리의 우주였던 아버지의 마지막 순간이 그렇게 간단하다는 일이 무서웠다.

어른들은 어디까지 맥이 걷혔다는 걸 잘도 알았다. 병수 아버지 문서방이 내 등을 아버지께로 밀며 애가 누구냐고 했을 때 아버지는 내 이름을 부르며 작은 소리로도 분명하게 '어서 가서 자거라' 하셨는데 그 말을 듣고 나오려고 돌아서는 찰나, 그 딸깍하는 스위치 내리는 소리가 들려왔던 것이다. 아무렇지도 않은 아버지를 흔들며 사람들은 아버지가 돌아가셨다고 했다. 돌아가시는 게 무슨 뜻인지 알지 못하는 나는 잠깐 눈을 감은 아버지가 곧 다시 일어나 동그랗게 말았던 몸을 펴고 팔팔하게 움직이는 쥐며느리처럼 그럴 거라고 생각했던 것 같다.

어른들이 여기저기서 흐느끼는 통에 덩달아 울음을 터트렸던 그 순간 울기는 하면서도 마흔 살도 안 된 젊은 아버지는 너무 편안한 표정으로 그렇게 시침을 떼는 것이었으니 내가 한눈을 팔면 얼른 일어나 언제 그랬냐 싶게 훤칠하게 큰 키를 펴고 일어나실 것이라 믿었다. 굼뜬 척 엎드려 있다가 조약돌 울타리를 넘어 그 많은 찔찌래미들이 달아나던 것처럼 아버지는 일어나실 터인데 둘러선 어른들의 호들갑 때문에 꼼짝없이 자는 척하시는 것 아닌가 믿고 싶었다.

날 저문 마당귀에서 졸래졸래 달아나는 찔찌래미들을 보다가 손을 털고 일어서면 세상이 캄캄한 어지러움, 어지러움은 늘 메스꺼움까지 달고 나오는데 집으로 들어오면 아버지가 떠나신 뒤로 온 집 안을 점령한 듯 감돌던 보리밥 냄새, 왜 속을 뒤집는 그 냄새로 집이 채워졌다고 느끼는 건지 생각이란 앞 뒤 없이 엉뚱할 때가 많았다. 보리밥이 먹기 싫어 속이 뒤집히는 내게 돌아오는 건 엄마의 모진 말의 회초리였다. 점점 사그라지는 몸으로도 고집은 세서 날이 밝으면 다시 마당귀에 앉아 쩔찌래미 낚시를 할 것이었다.

　그렇게 애들하고 섞이지 못하고 혼자 마당귀나 방구석에서 기어다니는 놈들이나 데리고 노는 내가 안돼 보이는지 나를 만날 적마다 천당할머니는 머리를 쓰다듬어주고 가느다란 팔다리를 어루만져 보면서 건강하게 커서 귀하게 되라고 무슨 주문처럼 곡조를 붙여 그러곤 하였다. 세월이 많이 지난 나중에 교회에 가서 그 곡조를 다시 만났는데 할머니 집사님들이 부르는 모든 찬송가가 한 곡조였다는 걸 알고 악보도 필요 없이 모든 말이 그 곡에 실리면 어루만짐이 되고 가슴 어딘가 따뜻한 무엇이 목화솜처럼 피어나는 신기한 느낌을 받곤 했다.

　천당할머니는 언덕 위에 있는 교회당에서 사는데 우리의 먼 친척이고 남편이 작은댁을 얻어 아이를 낳자 남편이며 살림이며 다 내주고 거기다 덕담을 더해 작은 마누라에게 잘 살라고 이르고 집을 나와 교회 사택에 사신다고 했다. 아이를 못 낳은 할머니는 친정에서도 손이 귀했는지 외동딸이라 하셨는데 물려받은 유산을 모두 교회에 바치고 방한 칸을 당신 몫으로 받아 노후를 의탁하신다 했다. 예수 믿고 천당 가라는 말을 입에 달고 살듯이 자주 하셔서 별명이 천당할머니가 되었다. 그보다 더 어울리는 이름이 없을 듯 할머니는 그 존재감 자체가 천당 같은 분이셨다.

　우리 엄마는 교회 다니는 사람이면 '예수 믿는 것들'이라고 뭉뚱그려 폄하하는 중에도 천당할머니에게만 예외여서 깍듯이 대하셨다. 그런 천당할머니의 성품이 워낙 인자하시고 공평한 저울 같이 어느 곳에 치우침이 없는 바른 분이어서 그렇기도 하였을 터이지만 그 할머니의 언어 때문이 아닐까, 나중에야 그런 생각이 들었다. 누가 어떤 짓을 한

대도 그야말로 사랑으로 감싸 안아 다독여주던 성녀 같은 할머니, 그 앞에 서면 누구든 부드러워져서 순해지는 것이다. 엄마가 우리들을 잡 도리 하다가도 천당할머니한테 들키면 한 마디 대꾸도 없이 멋쩍게 물 러서던 일만 봐도 천당할머니의 힘은 대단한 거였다. 심지어는 그 질색 하는 예수 믿으라는 말씀을 하시는 데도 반박을 접고 웃고 마는 엄마 를 여러 번 봤는데 이상한 일이라는 생각이 들곤 했다.

하루 종일 흙 마당에 다리 뻗고 앉아 놀던 아이의 몰골이야 두 말 할 필요 없이 꾀죄죄 흙물이 흐를 터인데도 꼭 얼굴을 쓰다듬고 뺨을 대주 던 천당할머니, 사람들은 그 할머니는 너무 정갈하여 삼신할미가 아이 를 점지하지 않았을 거라고들 했다. 한번은 교회 앞을 지나다가 천당 할머니가 불러서 할머니 방을 들어가 본 적이 있다. 깨끗한 도배장판이 무슨 예쁜 곽 속에 들어온 느낌이었던 것은 방 안에 성경책과 찬송가 한 벌이 머리맡에 놓였을 뿐 어디에도 사람이 살고 있는 흔적이 없어서 어린 깜냥에도 어리둥절한 생각 때문이었다. "아이구 울 애기 어디 가 시는 중인가?" 코를 닦아주면서 알사탕을 물려주면서 그렇게 할머니 가 말을 내시면 이상하게도 마음이 평화로워져 금방 집에서 야단맞고 쫓겨나듯 심부름을 가는 판인데도 마음이 환해지던 것인데 그 대책 없 는 기쁨이 뭐였는지 알 길은 없었지만 그 효과가 오래 가곤 했다.

우리 순이, 우리 명희, 우리 옥희, 우리 자매들은 제각각 그 천당할 머니와 자신의 관계가 모든 사람에게 베풀어지는 사랑이 아니라 내게 만 특별난 켯속이라고 믿고 살았을 만큼 천당할머니의 면면은 독점하 고 싶은 따뜻한 무엇이었다. 어린애답지 않게 아무도 없는 마당 구석 이거나 어둑한 방구석에 벌레들이나 데리고 논다는 사실이 안 돼 보였는지 바쁘신 전도 길을 멈추고 오래 쓰다듬고 말을 거는 할머니는 그 별명처럼 천당이라는 사후 세계에서나 만날 수 있을 법한 사람, 누구에게나 귀한 사람이었다.

위안과 치유의 능력이 있는 할머니, 잡아먹히지 않으려고 죽은 척, 엎드려 숨기를 떠는 벌레들이 그러하듯 사람 기척이 나면 숨을 곳을 먼저 찾는 내게도 그 할머니를 만나는 날은 환한 광영의 세계로 들어선 듯 마음이 밝아지는 거여서 나는 꼭 예수 믿는 사람이 될 거라는 결심을 하곤 했다.

천당할머니는 말귀 못 알아듣는 내게도 늘 하나님은 너같이 약하고 작은 사람을 사랑하신다 하셨고 그러니 너는 귀한 사람이고 대단한 사람이 될 거라는 말을 하셨는데 성경책이 없이도 구절마다 인용되는 말씀이 내게 내리는 축복만 같았고 귀하게 되리라는 덕담이어서 뭔지다는 몰라도 가슴으로 사무치던 거였다.

언제 천당할머니를 잃었는지도 모르게 학교에 들어가고 집을 떠나고 커가는 와중에 할머니는 마음에서 엷어져서 잊고 살았다. 나를 데리고 놀았던 쩔찌래미나 쥐며느리 따위들이 내게서 잊혀 멀어지듯이 어린 날이 내게서 밀려나면서 흐려진 모습들 중에는 그렇게 귀한 보배 같은 어른도 계셨다는 걸 문득 떠올린 어느 날 천당할머니 소식을 물으니 그 할머니 돌아가신 지가 언제라고 이제 묻느냐, 빈축을 샀을 정도로 오래된 일이었다. 어쩌면 내가 잊은 사이, 내가 한눈파는 사이 감쪽같이 사라지던 애벌레들처럼 천당할머니도 그렇게 천당으로 숨으신 게 아닐까, 하면서도 할머니는 내가 너무 외롭고 쓸쓸하여 만들어낸 가상의 인물만 같아 그 할머니와 닿았던 접점들이 허구가 아닐까 생각

될 때가 있다.

삶의 와중에 휘둘려 기억 위로 떠올린다는 일도 드문, 한바탕 좋은 꿈이었던 천당할머니, 그 햇솜 같던 목소리가 살갗을 스치듯 가까운데 허구가 아닐까 했을 정도로 믿음이 없는 내가 상처투성이로 어떻게 그 긴 구간들을 살아냈나. 돌아보면 집안에서만 그렇게 살았지 천당할머니나 외할머니, 막내 이모며 기모 아저씨, 감나무 집 고모며, 너는 반드시 글을 잘 쓰는 작가가 되리라고 대책 없는 자존을 심어주던 시인 강우규 선생님이 준비된 듯 구간마다 이정표처럼 나를 기다려 주셨던 것은 아니었을까.

나를 늘 안쓰러워하던 막내 숙모의 비호를 받았던 세월이며 취학연령 전후로 나를 알은체 하던 이들은 모두 내게 용기를 주던 분들이었다. 빈 곡식자루처럼 주저앉으려는 내게 서 있도록, 무엇이 어쨌든 직립을 포기하지 않도록 자존감을 심어준 덕에 대책 없는 무엇일지라도 마음 안에 그런 튼튼한 뼈대가 형성되어 '적어도 나는'으로 시작되는 후렴구를 갖게 되었을 터이다. 아무튼 누가 어떤 심한 방법으로 가시를 내밀지라도 그 가시가 내 삶의 심장을 관통하더라도 이제는 별로 큰일이 아니라고, 괜찮다고 눙치고 희석하는 수단도 생겨서 별로 위험한 문제가 아니더라는 것인데 그건 우리 엄마의 뼈 박힌 말들이 진화가 더뎌서 가능한 일이었을 수도 있었다.

아무튼 오늘은 우리 어머니가 내미는 모진 말의 몽둥이거나 회초리를 슬기롭게 건너야 또 한 굽이가 편안할 터인데 녹용을 넣어 보약 지어오게 한의원에 가자고도 해봤다가 뭐 드시고 싶으냐고 묻다가 점점 거세지는 억양에 안 되겠다 싶어 통화를 끝낸다.

여유가 다시 회복되도록 시간을 벌어야 한다. 생각이 다급할수록 전전긍긍 마음만 뒤숭숭한 요즘, 우리 어머니가 죽고 싶다하시는 부분도 우리를 가장 잘 다스리는 회초리로 아서서 써먹는 거라면 저 빗돌머리 시절, 어려서부터 그래왔듯이 설설 기는 시늉마저 접고 동그랗게 말고 들어가 호흡을 감춰야 맞는데 오늘은 어머니의 짜증스러워 하는 말에 토를 달다가 잘못 걸린 것이다. 오늘 어머니의 억양은 서러움 같은, 서운함 같은 색채가 짙다. 이건 예후가 안 좋은 징조, 실랑이가 오래 가리라는 신호다.

아무리 연세가 높아도 우리 어머니는 끝내 보편적인 어머니 자리로 올라설 뜻이 없는 모양이다. 자식을 위하여 희생하는 수준까지는 아니더라도 남들 다하는 배려나 측은지심 정도도 적성에 안 맞는 노릇이라면 아무 것도 기대하지 말자면서도 어머니의 생각 속에 우리가 있기나 한지 아무리 죽는 시늉을 해도 힐끗하는 법도 없다는 게 새삼스럽게 무슨 서러움인가 모르겠다. 아직도 내게는 부모자식 사이라면 모름지기 그리저리해야 되는 거라는 고정관념 같은 것이 있어서 그런 쪽과 거리가 먼 어머니를 억지로 그 틀에 넣고 짜 맞추려는 짓을 고집해왔던 건 아닐까, 찔찔래미 낚시나 하며 놀았던 시절을 넘어 어쨌든 살아남아 예까지 왔는데 무슨 군더더기를 붙여보고 싶은 것인가.

빗돌머리 시대를 넘나들며 더 꼼꼼하게 내 마음에 껴 있는 것들을 헤집어 찾아봐야 처방전이 나올 것 같다.

사슴학교 선생님

밤이 되자 집 뒷길로 두세두세 사람들 지나는 소리가 들린다.

언니도 얼른 쪽문을 열고 나가는 게 무슨 일인가 긴한 일이 있구나, 궁금하여 살그머니 따라나섰다. 언니는 마실 가는 길에 내가 따라다니는 걸 질색한다. 언니가 가는 곳에는 뭔가 좋은 일이 있을 것만 같은데 그 서슬에 대고 따라가겠다고 말한다는 건 내 주제로는 언감생심, 그래서 그런 말을 해본 적도 없다. 살그머니 언니 뒤를 따라갔다가 언니보다 앞장서서 몰래 돌아올 수밖에 없는 것이다. 부석 장터에 무슨 구경거리가 났거나 내가 모르는 가설극장이 차려지고 있다거나 하다못해 약장수가 데려오는 악극단을 그려보며 추위도 잊고 발소리 안 나게 언니와 거리를 두고 졸래졸래 따라가는 것이다.

어스름이 짙게 내린 길, 사람들과 얘기하느라 내가 쫓아오는 걸 알아채지 못한 언니가 아줌마들, 언니들과 휩쓸려 시장 쪽으로 가려니 했는데 한적한 단감나무 집 고모네 아랫길로 들어섰다. 그 길로 가면 밭머리에 은규네 집이 있을 뿐, 동네의 끝이라서 막다른 곳이다.

하늘에 별들이 돋기 시작하는 그 마른 풀밭 길을 따라가면서 많이 이상했다. 은규네라면 아무리 생각해도 볼일이 없을 것 같기 때문이다. 예상대로 언니와 함께 가던 사람들이 은규네 사립문을 열고 들어선다. 거기엔 와글와글 먼저 와 있던 동네처녀들, 아줌마들이 그들먹했다.

은규네는 아버지가 경찰이어서 한국전쟁 당시 고초를 많이 겪었다고 들었다. 은규 엄마가 잡혀가서 고문도 당하고 말로 할 수 없이 심한 폭행을 견뎌왔는데 전쟁 말기까지 잘 피해 다니던 은규 아버지가 집 소식이 궁금하여 집에 잠깐 들렀다가 잡혔다. 누가 고자질했는지 그 잠깐 들른 새 들이닥친 인민군들에게 발각이 됐다고 했다. 조금만 더 피했더라면 살았을 거라고 그 얘기만 나오면 혀를 끌끌 차며 애석해 하던 어른들 얘기를 흔히 들었던 것 같다. 결국은 오랫 동안 피신했던 보람도 없이 잠깐 들른 집에서 은규 아버지는 붙잡혔고 인민군들이 은규네 가족들이 보는 앞에서 총을 쏴 즉결처형을 하였다는 것이다.

그 일을 목격한 탓인지 아들 종규는 어린 나이에 청력을 잃었고 전쟁이 끝나고부터는 정부에서 나오는 연금으로 살아가는 웃음기 없고 말수 적은 가족이었다. 오두막 초가 기둥에 태극마크가 박힌 "영예의 집"이라는 팻말을 명찰처럼 달고 춥고 조용하게 외따로 있던 집, 그렇게 인적 없이 외딴 그곳에 붙박여 있는 그 집에 우리 기억으로는 그렇게 들끓는 사람들이 모여 보기는 처음이었지 싶은데 난데없이 북적거리는 은규네는 사뭇 느낌이 다른 집으로 변신해 있었다.

적막의 빛깔이 그럴까. 늘 컴컴하던 집에 추녀 근처까지 지등이 내걸리고 방에도 사기등잔에 가물거리는 불빛만 보던 우리 눈에 휘황찬란한 램프불이 둘씩이나 켜져 눈이 휘둥그레질 지경으로 밝았다. 추운 날에 방문을 열어놓고 마루에까지 넘쳐나던 사람들, 언니와 함께 온 사람들은 어떻게 방으로 들어가 자리를 잡았는지 안 보였다. 다행인 것은 사람이 많아 시끄럽고 어수선하여서 내가 따라온 것을 언니가 모르고 있는 점이었다.

나와 내 뒤로 온 사람들은 차가운 마루에 앉아 방을 들여다본다. 뒷문 쪽으로 커다란 칠판이 걸리고 키가 작달막하고 살결이 뽀얀 도회 아가씨 둘이서 자기들 소개를 하는 중이었다. 자기들은 사슴학교를 다닌다 했고 여러분에게 한글을 가르치려고 겨울방학을 이용하여 내려왔다는 말을 했는데, 사슴학교? 옷깃에 달린 빼지를 보여주는데 내가 읽을 수 있는 글자가 아니었다. 아마도 내가 돼지풀을 뜯어다 먹이듯이 저 언니들도 하얗고 고운 손으로 사슴 풀을 뜯는 사람이겠다, 짐작을 하며 듣는다. 그 선생님들은 학교 다니는 사람 손들라 해서 글을 잘 읽는 언니들을 골라내고 한 달 내 빠지지 않고 공부하러 올 수 있는 사람만 남으라 하여 방에 앉았던 아줌마나 언니들이 처음엔 미적거리다가 웃말 엿방집 아줌마가 일어서 나오니 따라서 우르르 밖으로 빠져나왔다. 그들이 앉았던 자리가 비자 마루에 앉아있던 사람들 틈에 끼어 나도 가까스로 방 구석자리로 들어갈 수 있는 공간이 생겼다.

앞에서 칠판에 무얼 그리고 있는 사슴 기르는 언니들은 자기들은 선생님 되는 공부를 하는 사람이라 했다. 학교란 말은 우리 집 옆에도 학교가 있었으므로 뭔지 알겠는데 방학이니 한글이니 처음 들어보는 말들이 절반이었으나 그림자가 가려주는 구석자리에 앉은 나를 언니가 알아챌까봐 조마조마해서 궁금한 말에도 제대로 물어볼 수도 없고 선생님 말에 집중할 수가 없었다. 언제 언니가 빽! 소리 질러 나를 내쫓을지 모를 일이었다.

서산을 지나 대전 쪽으로 많이 가면 공주라는 도시가 나오는데 거기서 학교를 다닌다는 선생님들은 친절하고 다정하여 무엇을 일러줘도 쏙쏙 들어오는 말솜씨였다. 그렇게 시작된 야학, 나는 너무 어리다고 제외될 뻔 했다가 일곱 살이라니까 그냥 붙여줬고 글을 알았던 언니는 어떻게 했는지 첫날 저녁에는 집으로 돌아가지 않고 공부를 하게 되었다가 며칠 안 다니고 중동무이 되어 그만뒀는데 자세한 것은 기억에 없었으나 아마도 한글을 알아서 그랬지 싶다. 언니는 나를 보고도 큰소리로 쫓아내지는 않고 눈만 흘겼으므로 드디어 마음을 놓고 다음날부터 밤이면 당당한 마음으로 은규네 가는 일이 시작되었다.

달빛도 없는 어두운 밤에 은규네서 집으로 오려면 긴 밭둑을 걸어 나와야 하는데 길이 험했다. 넘어져 둑길에 손이라도 짚으면 억새밭이었던 곳이라 어슷 베어진 억새끌에 찔려 상처가 난다. 어느 날은 피가 멈추지 않을 정도로 깊이 찔리기도 했는데 그 정도야 별 것도 아니므로 어두운 길을 죽어라 열심히 다녔다. 아무 것도 안 보이는 길, 하늘을 봐야 희미한 별 몇 개가 보일 뿐, 땅에는 먹빛 그대로 사물의 경계가 전혀 없으니 막막한 길을 왜 그렇게 죽자하고 열심히 가려고 했을까. 지금 생각하면 사글사글한 도시 선생님들의 그 음성, 세상에 나서 내가 들어본 적 없는 칭찬을 해주던 그 솜사탕 같은 음성 때문은 아니었을까.

무섬을 잘 타던 그 때는 야맹증인 걸 몰랐으니 다른 사람들이 뚜벅뚜벅 잘 걸어가는 게 부럽기만 했는데 몇 십 년이 지난 훗날에 알게 된 야맹증이었다는 사실을 그때 내가 알았다면 어땠을까, 생각을 해보게 된다. 다른 사람들과 다른 줄도 모르고 기를 쓰고 그곳을 향했던 의지를 접지는 않았을 테지만 그래도 그때 그걸 모르고 산 것이 어쩌면 다행이었겠다는 생각이 든다. 자신이 다른 사람보다 열등하다는 사실 하나가 더 추가되어 밤길에 왜 그렇게 넘어지고 다치는지 그게 부주의 탓이 아니라 내 병증 때문이라고 정확하게 알았더라면 어느 부분을 접고 말았을 수도 있겠으니 말이다.

억새끝에 손바닥이 찔려 피가 흥건하고 지금 같으면 병원에 가서 몇 바늘을 꿰매야 할 상처를 입어도 엄마 몰래 그걸 감추는 일에만 급급했던 일곱 살은 밤새 상처가 욱신거리는 걸 참으며 은규네로 향할 다음날 밤에 설레면서 잠이 들곤 했던 것이다.

아는 게 힘이라는 말은 그런 부분에선 별로 동의할 수 없는데, 사금파리에 베이고 철조망에 긁히고 갈대 서슬에 깊이 찔린 상처를 몇 날 끙끙 앓으면서도 약도 바르지 않은 채 아물던 거였으니 나를 약하다 여겼던 엄마도 몰랐던 나의 다른 면이었다. 밤에 나가기만 하면 어디 한 곳쯤은 상처가 나는 노릇이라서 겁이 나면서도 곧 아문다는 사실을 알고 있으므로 별게 아니라고 생각했다. 녹슨 쇠에 찔리거나 흙이 묻은 끝에 찔려 상처가 깊이 나면 파상풍에 걸릴 수도 있다는 걸 그때 알았더라도 그렇게 편안하게 잠들고 견딜 수 있었을까? 상처를 입으면 하루 이틀 욱신거리고 열이 나는 건데 아무런 처치를 받지 않아서

염증이 생기느라 열이 나는 거라면 큰일이라 할 수 있는데 그게 예삿일이었으니 몰라서 견딜 수 있었던 것 같기도 하고 내일이면 나으리라는 믿음이 있어서 쉽게 낫고는 했던 것도 같다. 성할 날 없이 베이고 다치면서 약이란 걸 써보지 못하고 생으로 참아 넘겼으니 어찌 약한 생명이라 할 수 있으랴. 그런데도 약해서 언제 죽을지 몰라 그토록 데면데면하게 함부로 대했다던 엄마의 말은 동의할 수도 용납할 수도 없는 일이었다.

아무튼 그렇게 긁히고 찔리면서 춥고 어두운 밤길을 걸어 나는 은규네를 갔다가 눈을 뜨나마나한 어둠을 헤치며 눈을 부릅뜨고 돌아왔다. 문을 안 잠그면 바람에 열려 덜컹거리는 탓에 빗장을 지른 문, 어린애가 삭풍이 몰아치는 추운 밤에 나갔는데 그렇게 꽁꽁 문을 잠가놓고 깊은 잠을 자는 가족들이 야속하다는 마음이 들어야 마땅할 상황에 자는 가족을 깨워 문을 열어 달라는 게 미안했고 화를 낼 엄마나 언니가 무섭고 두려웠다.

잠긴 문 밖에서 크게도 못 흔들고 식구들이 깰까봐 바람소리인 듯 문을 살살 흔들었다. 그렇게 너무 춥고 힘이 빠져 웅크리고 앉았다가 얼어 죽을 뻔한 날도 있었다. 사랑방 아줌마가 변소에 나왔다가 웅크리고 잠든 나를 발견해서 안으로 들였는데 엄마는 가물가물 멀어지려는 내 정신에 대고 문 열어주기 성가시다고 다시는 은규네 가지 말라는 말과 함께 밤새 잠이 안 올 만큼 심한 소리로 야단까지 치셨다. 그러거나 말거나 나는 다시 다음 날 밤이 되면 엄마가 잠들기를 기다렸다가 사선을 넘듯 비장한 마음으로 은규네로 향할 것이다.

눈이 오는 날이거나 쌓인 눈이 녹지 않는 날들은 미끄럽기까지 하여 손바닥 성할 날이 없는데 선생님들이 발견하고 약을 바르고 붕대를 감아준 적도 있었다. 그 붕대를 두툼하게 감은 손의 포근함이라니, 처음 경험하는 보드라운 느낌이었다. 그도 그럴 것이 겨울이면 뻣뻣하게 풀먹인 광목천으로 된 옷을 주로 입고 여름이면 껄끄럽고 거친 모시옷을 입으며 살았으니 세수수건마저 삼베였던 사정을 생각하면 내가 부드러움이나 포근한 감촉에 천착하는 일은 자연스런 현상이었으리라.

그 날은 붕대 감은 손을 빌미로 엄마한테 또 실컷 욕을 먹었다. 남에게 신세지는 걸 좋아하면 비렁뱅이가 되는 거라고 혼내고 다시는 가지 말라는 말로 마무리를 했는데, 다시 밤이 되면 엄마가 잠든 틈에 또 빠져나가면서 한 달을 겨우 채웠다. 그래서 학교 들어가기 전에 책을 읽을 수 있었는데 이름도 쓸 줄 몰랐던 내게 글눈을 틔워주며 한 달 동안 내게 안겨준 선생님들의 칭찬은 아마도 한평생 받은 모든 칭찬보다 훨씬 많았을 것이었다.

넌 아무래도 천재인가보다 거니, 하루에 이걸 다 익히다니 굉장하다 거니, 내가 마치 대단한 무엇이라도 되는 양, 번쩍 들어다 칠판에 글을 쓰게 하곤 했는데 나이로 치면 적어도 서너 갑절을 더 산 어른들 틈에서 그분들을 제치고 받아내는 칭찬이어서 더군다나 어깨가 으쓱해지던 일이었다. 내 생각을 글자로 써놓은 그걸 다른 사람이 읽어낼 수 있다니 얼마나 신기한 노릇이냐, 야학이 끝나는 날 '선생님 고맙습니다. 안녕히 가세요' 어른들이 안아 올려서 칠판에 쓴 내 삐뚤빼뚤한 글씨를 읽으며 글썽해서 박수를 쳐주던 선생님에게선 그윽한 향기가 났다. 그건 사슴 향기라고 생각했는데 먼 뒷날에야 화장품 냄새였다는 걸 알았다. 아무려나 시무룩한 나날을 살았던 내가 무슨 일에나 신명나고 어느 일을 도모해도 자랑스러워지던 마음, 어딜 가도 무얼 해도 나는 다르다는 긍지를 품기 시작했던 계절이었다.

발이 땅에 안 닿을 듯 붕붕 들떠서 다니는 것 같았다. 나를 위해주던 어른들이 다 떠나고 천지간에 기댈 데 없고 세상에 쓸모없는 지천꾸러기라 생각했더니 나를 알아주고 좋아해줘서 용기를 갖게 하는 이들은 언제 어디서 나타날지 모른다는 은근한 자신감 같은 게 새싹처럼 마음 여기저기로 뾰죽뾰죽 솟아나고 있었다. 그게 대책 없는 자만으로 나를 채우게 했을지라도 겉으로 그런 게 나올 리는 없었으니 마음 바닥에 그득하도록 긍지로 내려앉았을 터, 대책 없는 내 자존감은 그런 부분에서 길러진 게 아닐까, 생각해 볼 때가 있다. 우리 엄마의 그 간단없는 비하 발언이나 모독에도 살아남을 만큼 자존감이 높았으니 말이다.

살면서 만나는 아주 의외의 사람들, 그 스침이 잠깐이더라도 생애 전체에 큰 영향력으로 작용하는 경우가 많다. 그들을 잠깐 내게 보내진 수호천사라 해도 되는 거 아닐까? 그렇지 않고서야 나는 그분들의 이름도 기억 못하는데 내 생애를 관통하는 자긍을 주고 갔으니 말이다. 자긍, 그것이 내게 가장 필요한 시기에 그런 요소가 극히 부족하다는 걸 어찌 알아서 그랬을까, 생각해보면 그런 답이 저절로 나온다. 나중에 공주사범 학생들이라고 그 선생님들을 바로 알고도 막무가내로 사슴 기르는 선생님으로 그냥 놔둔 채 정정하고 싶지 않은 요지부동의 이미지만 봐도 그분들은 나를 지키려고 꿈처럼 다녀간 능력의 사람들이 맞다.

그 선생님들은 낮에는 아줌마들을 모아놓고 수 놓기, 양재기술, 뜨

개질 따위를 가르치는 모양, 단감나무집 고모네가 그 숙식을 도맡았다. 한 달 동안 짧은 기간에 수예교육의 일등 수혜자는 그 고모였다. 선생님들이 떠나고도 고모는 수놓는 일에 열심을 냈는데 횃대보며 커튼이며 하다못해 세수수건 모서리마다 피어나던 모란이며 채송화들, 그 선생님들이 글을 읽을 줄 모르는 고모에게 좋은 일을 하고 간 것은 또 있었는데 글을 배운 내가 고모에게 책을 읽어주기 시작한 일이었다. 때때로 초등학교 일 학년짜리가 의미를 알 수도 없는 소설책까지 빌려와 읽어달라고 하는 고모에게 의미를 모르는 대로 글자를 읽어가는 게 재미있어 밤마다 고모와 함께 책을 읽으며 겨울, 봄, 여름밤이 깊어갔다. 그러니 내게도 고모에게도 대단한 인연으로 거듭난 세월인 셈이다.

단감나무집 고모는 내가 책을 읽어주는 일도 좋아했고 내게 편지를 써 달라 하여 편지 주고받는 일도 무척 좋아했다. 친구에게, 인천에 사는 언니에게, 병원에서 한 병실을 썼다는 사람에게도 요즘말로 주소를 따났다가 그렇게 편지 보낼 일을 만들었다. 고모는 그렇게 조그만 인연들에게도 정답고 살뜰한 성격이었다. 고모는 내가 그런 저런 말을 절대로 옮기지 않는 걸 칭찬하곤 했는데 남의 말 옮기지 않는 것은 엄마가 어려서부터 귀가 따갑도록 훈육한 부분이다. 그런데 그게 귀여움을 받을 사항이 되기도 하는구나, 처음 안 사실이었다.

고모 얘기든 막내숙모 얘기든 우리 엄마가 아무리 집요하게 물어도 입을 다물었으니 어쩌면 우리 엄마는 교육을 너무 잘 시킨 탓에 알고 싶은 정보를 아이가 알고 있는 게 빤한데도 알 수 없어 손해를 보신 것이니 나를 향해 그런 일로 부아가 날 때면 '소 물려 죽은 구신'이라

욕을 하셨다. 그럴 때마다 무섬을 많이 타는 내게는 귀신이라는 말이 싫고 두려운 노릇인데 '저기 귀신 있다'고 했더라면 무척 놀랐을 테지만 내가 귀신이라 하니 무서워할 일은 없어서 다행이라는 생각을 하곤 했다.

단감나무집 고모네까지는 밤길이라도 길이 넓고 판판하여 넘어지는 일이 별로 없었으므로 상처를 달고 다니지 않아도 되고, 확실한 내 편 하나가 새로 생긴 셈이어서 단감나무집 고모와 내 우정은 초등학교 졸업할 때까지, 졸업과 함께 집을 떠나던 전날까지 부단히 이어졌다. 그러니 고모가 읽어낸 그 독서량이 적다고 할 수 없는데 나는 뜻이 어려워 글자만 읽었을지라도 고모는 제대로 내용을 챙겼을 터여서 사유의 폭을 얼마든지 넓혀 갈 자양을 만들 수 있지 않았을까. 결벽에 가까울 만큼 깔끔하여 동네 아이 누구라도 그 집을 드나들 마음을 못 먹었지만 옷맵시 한 번 흐트러진 모습을 보이는 법이 없는 그 고모가 나를 용납하여 별 짓을 다 한대도 받아주고 다독거리던 걸 생각하면 고모도 내게로 내려준 하늘사람 아닐까. 고모를 보고 있으면 문득 그렇게 행복해지던 거였다.

우리 엄마가 고모를 말할 때는 '되알지다'거나 속을 알 수 없고 고집만 센 '벽창호'란 표현을 쓰곤 했는데 전혀 아닌 말이란 걸 안다. 누가 뭐래도 감나무집 고모는 인색하지도 않고 고집도 세지 않으니 너그럽고 정감 있는 사람인 것이다. 그 숱한 만화책이거나 소설책이거나 읽어가면서 어린 내 생각에 공감해 주고 울고 웃던 고모, 물론 내 친고모도 아니고 동네 고모였던 그분과 혈연관계는 아니었어도 더 가까울 수 없을 정도로 의기투합했던 시간들은 내 황폐한 성장기 정서를 쓰다 들어 평탄케 해줬던 오랜 은인이고 친구였다. 나이와 상관없이 친구라는 건 동질감의 다른 이름일 수도 있는데 같은 책을 읽으면서 그렇게 함께 느끼며 산다는 건 말로 다 설명이 안 되는 친밀한 마음인 것이다. 내가 누군가에게 이해된다는 그 기쁘고 편안한 마음을 뭐라 할까, 그런 건 고모도 느껴서 그렇게 말마다 맞다, 맞다 했던 것, 동의요 지지요 손뼉을 치지는 않더라도 고모의 마음은 내게 고스란히 전달되어 온다는 것이다. 그러고 보면 내가 살아낸 구간마다 그런 사람을 만나서 나를 이끌어줬던 게 아닐까. 그 인연들을 겹치지 않게 고루 펴놓기 위해 어린 날 우리를 향한 엄마의 냉대가 존재 했던 게 사실이라면 그 또한 좋은 일이었다고 위안을 삼아 마땅한 부분이겠다.

생각하면 내게 온 것들이 좋은 운을 타고 오지 않은 게 없었다. 울퉁불퉁 땅이 얼어 위험한 밤길이라 해도 나만 잘 넘어지는 그게 어둠 속에선 기능을 못하는 시력 탓이라는 생각을 못하고 참 오랜 세월을 살았던 것도 그러고 보면 고맙다. 남들도 밤은 어둡고 깜깜하여 움직이기 곤란할 거라고 생각했으므로 내 삶은 남들 따라갈 만큼은 공평하다 여겼으니 말이다. 무슨 글엔가 먹물 같은 그믐밤이라는 표현을 썼는데 그런 어둠이 어디 있느냐 의문을 다는 사람과 얘기하다가 자세히 파고들어 실험을 해봤는데 같은 어둠 속이라도 남들은 별빛만으로도 사물의 구별이 가능하고 운신하는 데 지장이 없다는 걸 알면서 대상도 없는 배신감 같은 그런 감정에 어이없기도 했다. 남들과 많이 다르다는 걸 인정하기까지 육십여 년 세월이 필요했던 모양이다. 생각할수록 그 부분도 억울한 것 중의 하나여서 다른 부분도 마음에 안 들고 늘 늦되지만 어쩌면 내 몸 상태 하나 제대로 아는 게 없었을까 자책이 되기도 하는 것이다.

남들도 나만큼 어두운 눈으로 사는 줄 알았듯이 내게 붙어 있는 두통도 그렇게 짐작하며 살았고 배가 고프면 속이 못 견디게 쓰린 일도 어려서부터 그랬으니 당연히 다른 애들도 그러면서 사는 거라 생각했고 기름기를 먹으면 배가 아픈 것이라거나 떡국을 먹는 날이면 몇날 며칠을 위통으로 고통을 받는 따위, 모두들 그렇게 사는 줄 알았다. 호시탐탐 기회만 있으면 달려드는 두통을 설마 나만 그런 줄 알았다면 어땠을까. 그리고 보면 나는 그 보통이란 뭉뚱그림 안에 들어갈 정도만 되면 좋겠다는 염원을 마음 저 밑에 깔고 살아왔는지도 모르겠다. 수준 이하의 건강이며 뭐며 내가 골라잡은 적은 없어도 내게 태인 모든 게 누구와 맞비길 만큼만 수준이 있는 무엇이길 바랐던 노릇이었다.

하다못해 엄마나 언니가 내게 안기는 인격을 깔아뭉개는 심한 말들조차 세상 아이들이면 다 들으면서 크는 보통 말인 줄 알았다. 모든 엄마가 우리 엄마처럼 정 없이 혹독한 줄 알았고 내가 견디는 부당한 것들이 모두 정상인 줄 알았다. 그게 아니라면 내가 타파해 나가면 극복이 되는 줄로 착각하며 살았던 것일까. 그래서 그런 조그만 부분들조차 무작정 참고 견디는 일을 해야 하는 사람, 노력하고 이해하고 용납하며 너그러운 사람이 되면 아무 문제도 없는 일이라고 생각했다. 나 하나 참아서 되는 일이라면 아무 문제가 아닌 일, 꾹꾹 눌러 가라앉힌 것들이 뭐가 되었든 그것은 반드시 그래야 옳은 일이고 당연한 일인 것이었다.

조금 커서 다른 애들 집에서 그 애 엄마를 보고 그 분들이 하는 양을 보고 우리 엄마가 얼마나 남다른가 견주어 보다가 아무래도 나를 낳은 엄마가 따로 있거나 내가 모르는 출생의 비밀 따위가 존재하는 게 아닐까. 근심도 하고 뭔가 깊은 내막이 있는 게 아닐까 고민도 했다가 아무리 봐도 우리 엄마는 형제자매들 모두에게 똑같이 그러시므로 우리가 같이 겪는 노릇이라면 나만 데려온 건 아닌가보다 안심을 하기도 했다.

예나 지금이나 참 어지간히 늦된 것을 부정할 수 없을 것 같다. 그러니 참고 견디는 것도 내가 부여받은 몫이고 그걸 잘하는 일도 복이라 불러 별로 틀린 말은 아니다. 그래서 두통을 참고 위통을 참느라고 숱한 좋은 것들을 내게 점지해준 능력을 고마워하며 살지 못했다. 내가 힘들다고 내가 못 견디겠다고 어디에 대고 항의라도 하고 싶어질 때마다 엄살을 줄이려는 연습을 해왔다. 그게 독서라 해도 좋고 글쓰기라 해도 별로 틀린 것이 아니겠다.

작년에는 어두운 밤에 넘어지는 사고가 서너 번 거푸 났었다. 갑자기 부주의한 것도 아니고 평지에서 조그만 장애물에 걸린다거나 낮에 가보면 넘어질 까닭이 없는 장소에서 그랬다. 어린 날 가로등이 있을 리 없는 시골 동네에서 넘어졌던 것과 차원이 다른 것은, 부딪치는 땅이 딱딱한 고형물 시멘트거나 아스팔트 따위여서 머리를 다친다는 점이 문제였다. 그 캄캄하던 어린 시절 빼고는 그런 일이 없다가 갑자기 생겨서 은근히 걱정이 되는 거였다. 공간감각을 놓쳐서 생기는 일이라면 그 인지능력의 급격한 감소가 무얼 말하겠는가, 근심이 됐다. 그렇다면 인지능력이 급하게 사라져간다는 그 치매는 아닌지 오싹한 생각이 드는 것이었다.

애들도 심상치 않은지 머리를 찍어 보자 해서 큰아들 출신학교 병원에 가서 머리 단층 촬영을 해보게 되었는데 뇌를 여러 각도에서 찍어놓은 내 머릿속을 그걸 설명하는 의사가 아무 이상이 없고 뇌는 나이보다 훨씬 젊다는 말을 했다. 아들이 부담하는 검사 비용 따위는 안중에도 없는 양, 얼마나 고마운지 그간에 나를 괴롭히고 위축되게 만들던 두통이나 야맹증 따위쯤은 열 번이라도 용서할 것 같았다.

야학과 야맹증은 앞 글자가 같아서 그랬을까, 늘 함께 끌려나오는 이미지다. 그 시절 내가 전깃불의 혜택을 받았더라면 얼마나 좋았을까, 생각해볼 때가 있다. 일마다 제한을 당하고 빛이 없어 안타까웠던 깜깜했던 날들이 과연 내게 아무것도 아니었을까. 그 숨 막히는 어둠에서 파생되는 느낌이거나 상상력 부분을 떠올린다면 어둠이 내게 얹어준 선물들이 어찌 적다고 하랴. 이 땅에서 살며 지나온 구간이나 내가 닿은 모든 상황을 작디작은 용량의 두뇌로는 따로 떼어놓고 이해득실을 따질 노릇이 아니라는 결론에 닿게 된다. 이쪽이 짧으면 저쪽이 길어지는 참 공평하게 마련된 게 사람살이라는 사실을 잘 잊어먹는 것도 잘 범하는 오류인 듯하다. 내게 온 아름다웠던 순간들 중 하나가 그 '야학시대'라 할 수 있는데 그 영향 때문일까. 초등학교에 다니던 어린 날부터 십대 후반기 '구로동 시대'나 '송암 시대' 그 바쁘고 힘들던 '가락골 살이' 구간까지 내가 살아낸 곳곳마다 누구를 가르쳐야겠다는 그런 희떠운 마음을 먹곤 했던 기억이 있다.

내가 쓸 학용품조차 조달이 어려웠던 날에도 그랬고 제 목숨 하나 건사하는 일조차 만만찮았던 공장살이를 하던 날에도 내 주변은 한글을 모르는 이들이 대부분이어서 나는 그런 의무감일까, 부채감을 느껴 되지도 않는 일을 시작하고 중단하고를 반복하며 살았다. 저 사람들이 책이라도 읽을 수 있다면 저들의 세상이 좀 나아지리란 주제넘은 생각이 나를 떠난 것은 아주 최근의 일인데 사회복지 시설들이 우후죽 순처럼 이 땅에 솟고 간절한 누구라면 공부할 시스템들이 지천으로 흔한 세월을 만난 덕이었다. 그런 마음으로 살았다 해서 누구에게 덕을 끼쳐 줄 여력도 안 되면서 마음은 늘 그랬다.

그것은 어린 날 내게 온 그 수호천사들, 사슴학교 선생님들이 내게 준 은혜의 산물이었음이 분명한데 그럴 재목도 못 되면서 항상 마음만 안타까웠다는 얘기다.

귀신 나오는 집

우리 집은 북향이다. 늘 바람이 차고 어둑한 느낌인데 해가 저물녘이면 서쪽으로 난 쪽문 틈으로 지는 해가 창호지 문에 얼비쳐 불그스름 물이 든다. 반드시 그 노을이 지기 전에 저녁밥을 해먹고, 설거지를 끝내고, 식구들은 방으로 숨어들 듯 모여 앉는 것인데 이웃들은 아직 논밭에 있을 시간에 사립문을 잠그고, 쪽문 빗장을 지르고, 안방에 모여 잠잘 준비를 마쳐야 하는 것이다.

남들이 보면 우스꽝스러울 그런 우리 집만의 습관은 아버지 돌아가시고 나서부터 생겨난 것이다. 우리는 엄마를 둘러 그렇게 말똥말똥하게 앉아서 창호지가 불그스레 물들다가 불이라도 난 듯 환하게 타오르다가 사그라지는 빛, 그 빛이 차차 사위어 회색으로 바뀌는 과정을 뚫어져라 바라보는 것이다. 마치 밤은 어떻게 오는가, 연구하는 사람들 마냥 누구도 말을 아끼면서 다만 방문을 바라보는 게 일이었다.

창호지가 불그스름 물이 들어서 무섭고 그 색이 스윽, 지워지면서 잿빛으로 변해가는 게 무섭고 문 칸살마다 음영이 짙어지면서 땅거미가 내려야 등잔불을 켜는데 등잔에 환한 불씨가 올라앉아 온 방안을 밝혀줄 때까지 어둠속에서 하염없이 무서움을 타며 무언가를 기다리듯 그러고 있는 노릇을 일과처럼 치르곤 했다.

어린 우리들을 앞에 놓고 엄마가 그리도 무서워하니 우리가 무섬을 많이 타서 꼼짝 못하는 증상, 그건 곧 엄마의 무서움이었을 터이어서 엄마가 무서워, 무서워 달고 사는 말 때문에 우리는 어쩌면 엄마의 그것보다 몇 배를 더 무섬을 타는 애들이 될 수밖에 없었을 터이다. 할머니 3년상이 나가고 할아버지에서 아버지까지 3, 4년을 주기로 돌아가셨다는 사실이 주술처럼 우리 집을 둘러 조여드는 느낌으로 살아가던 구간이었다. 우리 눈에는 안 보이게 다가오는 불행의 그림자들, 우리 힘으로는 막아낼 방법이 없는 그 흉액을 앉아 기다리듯 밤으로 가는 길목을 그렇게 눈에 새기듯이 지키는 것이다.

윗방에 상청을 차려놓고 돌아가신 분들의 3년상을 치르니 내 기억의 첫머리부터 집안에서 궤연이 떠날 날이 없었던 집, 그 윗방 문에 노을빛이 흐르면 대가 셌던 언니조차 신발이 마루에 튀어 오르도록 안방으로 뛰어들기 급급하였다. 천장에서부터 내려온 허연 주렴에 둘려 있는 윗방의 상청은 아침저녁 상식을 올리는 키가 높은 상이 차려져 있고 장례 때 쓰였을 영정 사진 앞에 음식 쟁반을 놓는다.

그 상 아래 칸살 짧은 주렴을 들치면 옷이나 상장 따위가 든 커다란 버들고리가 있었는데 그것도 무섭고 건이나 행전, 마전을 하지 않은 굵은 날 베로 만든 상옷들이 비죽이 주렴 밖으로 내다보는 경우라도 생기면 그걸 처음 본 누가 비명을 지르게 되고 가족 모두 사색이 되는 것이다. 가족 모두라고 해봐야 서로 먼저 숨겠다고 엄마에게 머리를 박는 필사적인 올망졸망 4 남매, 다 싸안아도 한 아름도 못 되는 가족을 껴안고 달래야 할 엄마가 더 놀래는 형국이라서 그런 사소한 일도 못되는 노릇 앞에 서로 쳐다보기도 두렵게 떠는 나날이었다.

멀쩡하게 빈방 상청喪廳에서 쨍그랑! 음식그릇 내던지는 소리가 난다거나 대나무로 만든 상장喪杖을 내려치는 소리 따위가 나는 일도 종종 있었는데 그걸 귀신이 자취를 낸다 해서 사색이 되어 떠는 엄마를 보면서 우리는 공포를 증폭시키면서 오로지 무섬을 타기 위해 사는 사람들 같았다.

단감나무집 할아버지가 윗말 마실을 갔다가 밤이 이슥하여 돌아오다 봤는데 소복을 한 여자가 우리 집에서 나와 변소로 들어가더니 한 식경을 기다려도 가뭇이 없더라 했다. 그 할아버지 손점수 씨는 친절하게도 우리 집에 들러 그런 얘길 일러주고 갔다. 그래서 어쩌라는 얘긴지 나중에 커서 생각하니 괘씸한 노릇이 아닐 수 없었는데 그때는 다만 무서워 그게 설령 대낮에 일어난 일이라고 했더라도 벌벌 떨리는 무서움이었을 것이다. 또 누구는 소복素服한 사람이 뒷담을 넘어 들어가는 걸 보고 담 너머로 넘겨다봤더니 굴뚝모캥이로 돌아간 흰 옷자락이 연기처럼 스윽 자취를 지우더라고도 하고 누구는 도깨비불이 우리 집 지붕마루를 세 번 돌고 안으로 사라지는 것을 봤다는 말도 했다. 소문마다 흉흉하여 우리 집에 대고 누가 깍! 소리라도 지른다면 손뼉 소리에 견고한 여리고성이 무너졌다던 성경 속 얘기처럼 부서질 듯 위태로운 집이고 허술한 목숨들이었다. 엄마와 어린 우리들은 무서움을 먹으며 심장을 오그리며 하루하루를 견뎠다.

그런 소문을 전혀 부정할 수 없는 것은 귀신이 내는 소리일시 분명한 깊은 밤의 그 인기척들, 큼큼 목을 다듬는 소리가 안뜰에서 금방 방에 들어오지 싶도록 가깝게 들리고 마루에 대나무를 한 짐 부려놓듯이 와그르르르, 엄청난 소리가 나서 나가보면 아무 것도 없으니 귀신 짓이 아니라 할 수도 없는 일이다.

청력만 발달한 이상한 가족들은 귀가 쫑긋한 토끼처럼 바깥 소리에 민감한데 가을 겨울 없이 어둠 속에 앉아 무서움을 견디던 밤은 길기도 하여서 눈을 뜨고 앉아 있어야 하는 그 시간들이 원수 같았다. 엄마의 불면을 끝까지 따를 수 없는 우리는 마음은 원이로되 몸이 따라주지 않는 어린애들이었다. 그 와중에도 졸음이 오기 시작하면 참을 장사가 없는 노릇이어서 꾸벅꾸벅 졸다가 쿵, 쓰러진 그 자리에서 그냥 잠이 들곤 했다. 무슨 기척이 나서 깜짝 놀라 깨기는 해도 혼자 앉아 무섬과 맞서고 있는 엄마를 두고 다시 잠이 드는 철부지들이었다.

그럴 때는 우리를 옥죄어 들어오는 무서움의 근원이 형상을 입고 우리 앞에 선다 해도 물먹은 솜 같은 수족을 움직여 몇 발짝 도망가는 일도 가능치 않았을 듯 대책 없는 잠의 수렁길이었다.

무섭고 졸린 밤, 젊은 엄마가 건너왔을 그 숱한 밤들을 생각하면 나중에 우리 엄마의 성격이 변하여 괄괄하고 더 독해졌다 해도 이해 못할 부분은 없어야 옳다. 죽음보다 더 캄캄한 밤들을 철딱서니 없는 애들은 잠에 취해 잠시 깨어 있을 수도 없이 흐느적거리는 것들, 장차 살아갈 일도 아득한 위에 동네서는 짜고 그러듯이 우리 집을 흉가로 몰아가고 있었으니 엄마가 나중에도 툭하면 우리 같이 죽자는 소릴 잘 하신 것은 어떤 심정이었는지 알 듯 하긴 했다. 자식을 독립된 인격체로 보지 않고 당신 몸으로 동일시했던 것이니 그런 인식을 하는 일이야 요즘 세상에도 심심치 않게 보는 노릇이어서 60여 년 전 그 시절이라면 당연한 생각이었을 터, 그러니 그런 생각이 글렀다고 무쪽 자르듯 쳐낼 수만도 없는 노릇이다.

겁 많은 동물은 새끼를 못 기른다고 했다. 실제로 토끼를 키우다 보면 자주 보는 일인데 토끼가 새끼를 낳을 때쯤 되면 어미 토끼는 불안한 듯 우왕좌왕 한다. 누가 토끼장을 들여다본다거나 근처에서 큰 소리가 들린다거나 어미 토끼가 위협을 느낄 행동을 하면 새끼를 낳는 대로 가차 없이 다 물어 죽인다. 새끼의 생명을 제 힘으로 지킬 수 없다고 포기하는 짓일 터인데 그냥 놔둔다면 더러 살아남을 수 있을지도 모르는 새끼를 그냥 포기하는 것도 아니고 그렇게 잔인하게 없애는 일이 이해가 안 됐다.

새끼와 어미는 뗄래야 뗄 수 없는 한 몸이라 생각하여 그러는 거라면 동물의 세계에선 어쩔 수 없다지만 사람이 그런 생각을 한다는 건 진화가 덜 된 사고방식을 갖고 있다고 봐야 하는 거 아닐까. 자기가 낳은 자식을 자기 맘대로 살리고 죽일 수 있다 생각한다니 그게 남의 일이라면 그냥 오죽하면 그랬을 거냐, 할 수도 있을지 모르지만 우리 엄마의 뜻이 그런 지경을 넘나든다는 일은 살면서 우리들에게 큰 위협이고 근심이었다.

어린 마음에도 무서움쯤은 그냥 참으며 살고 싶은데 가장 무서운 것은 엄마가 언제라도 함께 죽자할 것 같아 그런 일은 눈에 보이는 두려움이라서 눈에 안 띄는 귀신보다 더 무서운 노릇, 날마다 목숨을 부지하는 일이 그야말로 바람 앞에 촛불 같은 나날이었다.

나중에 내 무서움을 곰곰이 파고들 듯 헤쳐 놓고 따져 보니 그건 죽음에 대한 두려움이었고 돌려 말하면 삶에 대한 애착의 다른 표현이라는 게 답에 가까울 것 같았다. 살고 싶어서 그토록 무서웠다? 모순 같지만 생명을 갉아내듯 두려워 떨던 날들이 그럼 살겠다는 아우성이 아니고 무엇이겠는가.

뭔가 우리들의 공포에 마땅한 불가항력의 불행이 우리에게로 소리도 없이 다가드는 그 밤들도 별게 아닌 거였구나, 그걸 답이라 단정해보니 공포의 대상이란 것도 하찮은 마음의 일이라는 생각을 할 줄 알았더라면 어땠을까. 어린 우리야 그런 생각에 닿을 수 없었더라도 엄마가 생각을 바꿔 대범했더라면 어땠을까. 그랬더라면 우리가 살아온 터무니없는 굽이들을 마음에 그을음을 안 남기고 잘 지나왔을 것 같다.

우리 엄마, 성격이 급하고 참을성이 적은 우리 엄마가 어느 순간을 못 참고 양잿물그릇을 들고 올까봐 우리는 전전긍긍했다. 우리 집 뒤란 낮은 담 안에는 사과나무도 있고 대추나무도 있고 햇잎 나무도 있어서 햇살이 고운 그곳은 우리가 놀기에 좋은 아늑한 곳이었다. 그런데 언제부터인가 그곳에 가면 먼저 눈에 들어오는 게 있었는데 귀 떨어진 옹배기가 있고 옹배기 속에는 양잿물 덩어리가 항상 그들먹하게 담겨 있었다. 뒤란에 갈 적마다 눈에 잘 띄는 거여서 눈길에 걸릴 때마다 섬뜩하곤 했다. 그것은 나중에 커서 가성소다라는 다른 이름인 걸 알았는데 이름이야 뭐가 되었든 불투명하게 언 얼음처럼 허옇던 그것은 빨래할 때 쓰던 비누 대용품이었다.

동네서 자살하는 사람이 생기면 잿물 먹고 죽었다는 소문들이 돌고
는 했다. 창자가 녹아서 느른하게 흘러나오다가 죽는다는 그 고통이
말이 아니라고들 했다. 아버지 살았을 때는 뒤란에 들어가 놀면 사과
나무 꽃에서 나는 향기며 풀들이 돋아 어우러지면 풋풋한 풀냄새가 좋
아 양지쪽에서 소꿉놀이하기 맞춤한 곳이었는데 엄마가 잿물 먹고 죽
자는 말을 한 뒤로는 그곳은 우리의 발길을 막는 금기의 구역이 되어
버렸다.

무서워하다 잠이 들면 꿈에 이상한 사람들이 둘러앉아 잿물덩어리
를 사탕처럼 깨물어먹는 광경이 잘 나타났는데 자세히 보면 젖먹이 아
기였던 장이가 경련을 일으키며 거품을 토하는 장면이 보이고, 안 먹
겠다고 이빨을 옥물다가 울음을 터트리는 우리들에게 손이 타들어가
는 그 양잿물덩어리를 강제로 먹이려는 무서운 엄마가 보인다. 가위눌
리면서 이건 꿈이야, 꿈이란 말이야 소리소리 지르다가 깨어나면 그게
꿈이었다는 걸 알면서도 소름이 끼치곤 했다.

곁에서 자는 옥희를 만져보고 코에 손가락을 대 보면 고른 숨결을
확인하게 되므로 정말로 꿈이었다는 걸 확인하고 다시 잠드는 아이,
마음에 병이 깊어지는 줄을 우리 엄마가 짐작했더라면 현실을 좀 더 의
연하게 대처하셨을 수도 있었으련만 뭐 하나 달라질 리가 없는 갑갑
한 세월은 느러터지기만 하여 언제 우리가 커서 어른이 되나, 긴 밤보
다 마음은 더 아득하고 캄캄하던 것이다.

가까운 대두리에 사는 외할머니가 오신 날이면 가라앉아가는 난파
선 같던 우리 집에 갑자기 활기가 돌아온다. 외할머니가 매일 오셨으
면 좋으련만 바느질품이며 농사일 품을 팔아 가족을 건사하는 외할머

니가 우리 집에 매어 있을 수는 없는 노릇이라서 그렇게 잠깐 다녀가시는데 우리 집이 흉가로 소문이 도는 소식을 알고 오신 외할머니는 "사람이 굶어서 죽으면 죽었지 귀신 물려 죽는 법은 없다, 그것들 뭐라는 소린 들을 것도 없다!" 단호하게 잘라 말씀하신다. 동네에 파다한 소문, 밤에 우리 집 근처에서 귀신을 봤다는 말들을 일축하시는 것이다. 논밭이며 집이며 헐값으로 내던지고 우리 가족이 떠나길 바라서 하는 헛소리들이라는 것이다.

그런 말을 해주는 또 한 사람은 우리 아버지의 가장 가까운 친구였던 경식이 아버지였는데 몇 사람이 작당하여 일부러 그런 소문을 내는 것이니 그것들에게 넘어가지 말라고 우리 엄마에게 신신당부하던 말을 들었다. 농토고 뭐고 다 내버리고 우리 가족이 떠나기를 바라는 사람들이 지어낸 소리라는 것을 알고 나서도 우리 집에서 무서움이 걷힌 것은 아니었으니 그것도 우리들이 얼른 자라서 어른이 되고 무엇보다 장이가 얼른 자라서 장정이 된다면 다 끝날 일이었다. 그러나 강한 가장으로 자라나긴 너무나 멀어 보이는 장이의 가녈가녈한 모습을 보고 있으면 언제 커서 가정을 이끄는 그날이 과연 와주기나 할지 그 부분도 세월이 겹쳐서 빨리 지나가야 해결될 노릇이었다.

아버지 3년상이 나가고 윗방에 차려졌던 상청을 우리 집 궂은일을 맡아 해주던 문서방이 치우면서 버들고리며 상옷들을 가져가고 나니 우리에겐 뭔가 새날이 와줄 듯 마음이 가벼웠다. 그동안 알게 모르게 조금씩 불면이 사라지면서 무섬을 덜 타는 엄마가 많이 변했다는 건 우리 눈에도 보였는데 우리 집에서 죽음의 그림자가 조금씩 걷히는 듯 했다.

그동안 많이 변한 엄마의 면면 중에는 말이 독해지고 조그만 일에도 결기를 세우는 일이었는데 물꼬 싸움을 해도 억센 장정들이 꼼짝 못하고 물러서게 만들던 거였다. 그건 순전히 센 말발 덕이었으니 아녀자가 힘으로야 뭘 어쩌랴만 숱한 공포의 밤을 건너오며 연마했을 것으로 짐작되는 필살의 병기 같은 독한 말은 엄마 앞에 멋모르고 섣불리 나대다가는 누구든 단칼에 나가떨어지게 만드는 위력을 지닌 것이었다.

  문제는 그 독한 말이 우리들에게도 차별 없이 마구 떨어진다는 점이다. 엄마가 던지듯, 그야말로 돌멩이 던지듯 내뱉는 말에 다른 형제들은 그렇게 큰 상처를 안 입고 피하거나 눙치는 데 비해 어리버리한 나는 정면으로 맞아 심장에 박혀 상처투성이가 되어가는 것 같았다.

  "급살맞아 죽을······"이라거나 "육실헐······" 따위는 그 말이 실현되어 나타나는 정경까지 세세하게 그려지는 일이라서 한 번 들으면 몇 날 며칠 서러웠다. 엄마 쪽에서 본다면 그런 소릴 한 기억조차 없는 일인데 난데없이 잔뜩 구름 낀 얼굴로 돌아다니거나 방구석에 앉아 세운 무릎에 이마를 묻고 있는 아이가 애물단지가 아니고 무엇이었으랴.

  그러니 미움에 미움이 얹히고 쌓여 엄마와 나는 엄마의 슬하에서 크는 아이라고 보기는 좀 이상한 관계가 아니었을까 싶다. 엄마는 나를 무시했고 말마다 폄하하는 말 아니면 독한 욕을 하셨고 나는 엄마의 말 폭력이 두려워 엄마를 피해 다녔던 그게 열 살도 안 된 날의 어디를 짚어도 쉽게 드러나는 아픈 기억들이다.

  우리 형제들의 앞날은 산 넘어 산이라고 하는 게 적절한 비유 같았다. 극도로 무섬을 타는 엄마도 우리가 성장하는 환경으로는 이를 데 없이 해로운 일이었겠으나 말의 폭력을 견디는 일이 어쩌면 더 열악한 환경이라고 봐도 틀림이 없을 것 같다. 그걸 타박타박 맨발로 건너는 길. 모난 자갈길 같아 걸음마다 아픈 나날을 견뎌야 하는 노릇이었고 그 또한 해롭기 짝이 없는 길이었으리라, 짐작되니 말이다.

그 시절에서 60여 년이 지나 옥희와 내가 한 달에 두 번 엄마네 가는 날로 정한 것은 옛날에 상청에 지내던 삭망제에서 따온 것인데 보름, 초하루로 상을 차려놓고 돌아가신 분께 3년을 내리 지내는 제사 삭망제, 돌아가신 분이 정말로 와서 음식을 드시는 것 같지도 않은 그 일을 뭐 하러 하나 싶던 기억을 더듬어 엄마가 고령이시니 살아생전에 그렇게 찾아뵙자하여 동생과 뜻을 맞춘 것이다.

먹고사는 일에 바쁜 우리가 시간을 내서 날짜를 비우는 일도 쉬운 일이 아니고 처음엔 바쁜 일 제쳐놓고 뭐 하러 오느냐는 엄마의 반대가 있어서 좀 서먹했지만 햇수가 쌓이고 그것도 예삿일이 되어서 지금은 서로가 그날이 오길 기다리며 산다. 동생을 만나는 기쁜 날인 것이다.

엄마와 셋이서 도란거리다보면 전날에 내가 오해했던 부분들이 바로 잡히기도 하고 이제는 달력에 크게 동그라미를 쳐놓고 아흔셋 백발의 어머니가 기다리는 날이므로 우리 삶에서 제할 수 없는 붙박인 시간이 되었다. 자주 만나는 일 만큼 마음이 가까워지는 일도 쉬워져서 아쉽고 그리웠던 날들을 되새기면서 어느 세월인가 우리가 만나는 일이 우리 뜻이 아닌 어떤 일로 중지되는 시간이 오리라는 불안을 안고 달려간다.

전화로 밥맛이 없네, 어지럽네 하시던 노인네가 정작 가보면 걱정할 일 없이 건강이 그만하시니 안심이 되는 노릇이고 가서 만난다는 일처럼 좋은 일이 없겠다는 생각이 변할 리 없으니 좋은 일이다. 물론 한집에서 모시고 산다면 더 좋겠지만 그건 우리 모녀의 성격으로 미루어 봐도 별로 바람직한 노릇은 아닐 것 같아 소꿉놀이하듯 토라지고 삐치기도 했다가 기분이 좋아 깔깔도 거리다가 셋이서 하는 놀이는 늘 우리 자매의 양보로 물러서는 기권패지만 그 나름의 즐거움이 있다.

엊그제도 엄마와 자고 오는 그날이었는데 날짜를 정해놓고 밑반찬이라도 장만하고 이것저것 준비하여 소풍 가는 아이처럼 설레기도 하면서 동생을 만날 일에 들뜨는 날, 남들은 바쁜 사람이 어떻게 그렇게 시간을 빼느냐는 말들을 하지만 그게 일상이 되니 날마다 고된 날들만 박힌 내 삶에 그런 쉼표 같은 날도 들어 있어서 기다려지는 것이다.

말을 좀 정정해야겠다. 더 솔직하게 말한다면 내 마음 안에는 엄마를 만나고 하루 동안 살갑게 말동무가 되어 놀아드리고 부족한 게 없는가, 채워드리는 부분은 의무 같아서 별로 깊은 생각을 안 하는데 동생과 만나는 날이라서 달려가는 것, 어린 날에도 집에서 마음 붙일 곳은 바로 아래 동생이었던 옥희뿐이었는데 엄마나 언니는 무섭고 막내 장이는 너무 어렸으니 당연했던 노릇이었다. 어려서부터 나는 나이보다 늦되고 약해서 키도 작고 힘도 없었으므로 네 살이나 터울이 지는 옥희와 키나 몸집이 비슷해 쌍둥이 같다는 소릴 들으며 붙어 다녔다.

내가 동생 키를 맞춰 내려갔거나 동생이 내 눈높이를 맞춰 올렸거나는 별로 중요한 것이 아니고 그냥 일마다 죽이 맞아 내게는 드문 숨통 역할을 하는 대상이었다. 옥희는 예쁘고 영리하여서 모든 사람들에게 귀여움을 받았는데 옥희와 그림자처럼 우리가 붙어 다니는데도 내 존재를 아무도 눈치조차 못 챘다. 그 부분 어린 맘에 서운할 수도 있을 법한 일이었을까? 아무리 되돌아봐도 내 마음에 그런 게 끼어든 적이 없었던 건 동생은 내가 보호해줘야 할 대상, 동생에게 돌아가는 칭찬이 대견스럽고 남들 앞에 우쭐해서 기분이 좋았다. 나는 동생을 무척 자랑스러워했던 듯 함께 붙어 다니는 일이 편하기도 했고 서로 깊이 의지했던 관계가 살갑기도 하였다.

언니가 어디를 갈 때 절대로 나를 안 데리고 다녔던 것과는 달리 나는 어디를 가든지 옥희를 데려가야 안심이 되고 편안했다. 네 동생이냐? 이쁘다거나 약다거나 친구들이 그럴 때마다 자랑스럽던 내 동생 옥희는 내 말을 어기는 일이 없었고, 나는 그 애 뜻을 거스르는 일을 안 하려고 노력했다. 나중에 커서 공장살이를 하면서도 내 계획은 돈을 벌어서 동생을 진학시키는 일이었다.

우리 집 경제 사정으로 우리 자매들을 위 학교에 보내는 일이 그닥 무리가 아니었을 터인데 엄마는 장이를 위한다는 명분으로 초등학교를 끝으로 그렇게나 공부하고 싶어 하는 딸들의 향학열을 무질러버렸다. 반드시 딸이라서 그러신 게 아닐지도 모르는 엄마의 그 핑계는 우리 자매들의 의지 따위가 개입할 여지가 없는 완고한 힘이었으므로 나를 위해 수없이 우리 엄마를 찾아와 마루에 걸터앉는 것조차 허락되지 않는 푸대접을 견디던 선생님을 보면서 내 생각을 접었다.

선생님 앞에 우리 엄마가 부끄러웠던 것, 독한 말이 나올 때마다 자존이 몹시 구겨지던 거였다. 진학은 못하더라도 선생님을 향한 우리 엄마의 당치않은 적의를 말려야했다. 내게라면 별스런 욕을 하거나 억압을 하더라도 참을 수 있었는데 토방 추녀 밑에 선생님을 세워두고 결례를 범하는 엄마가 부끄럽던 그 기억은 꿈에조차 두고두고 나타나 가위눌리던 그림이 되었으니 말이다.

아무려나 그 귀신 나오던 집은 누구네 손으로 넘어갔는지 알 수도 없이 이 손 저 손을 거쳐 마늘밭으로 변해 있었는데 어디를 둘러봐도 해맑은 그 터에 귀신이 그렇게나 넘실거렸을까, 한 생애를 눅눅하게 가로지르는 현상들을 만들었을 그 시절을 차창으로 내다보면서 하릴없이 허탈해지던 것이다. 살아온 모든 길이 부질없다는 마음이 드는 것이다. 그 절박, 가슴을 쥐어틀 듯 다급했던 그런 순간들은 뭐였을까.

　귀신은 그만두고 들쥐 한 마리 나올 것 같지 않는 마늘밭의 실재, 천년 전이나 지금이나 푸른 마늘밭이었다는 듯 무심하게 거기 깔려있는 것이니 내가 정말 그날에 거기 있었던 게 맞나 하는 의심이 가는 일이어서, 마당에 떨어지던 오동꽃이며 뽀얗게 쓸어 빗자국 무늬가 선명하던 자리거나 햇잎나무 새순을 따던 이른 봄날의 뒤란, 정갈한 새잎이 반짝, 아침햇살에 빛나던 그 광택은 뭐였을까, 잠깐, 아주 잠깐 스치는 눈물 닮은 것들이 있어 훑어가던 눈길을 멈칫하게 된다.

언니

언니가 갈퀴를 찾고 메꾸리를 챙기면서 나를 부른다. 나무하러 가려나보다. 어디를 가면서 나를 데려가려고 저리 살갑게 이름을 불러주는 경우가 드문데 웬일일까, 의아하면서도 함께 가자는 일만 좋아서 발걸음이 절로 가볍고 흥이 나는 길, 끈이 달린 대바구니와 마대자루 하나를 들고 멋모르고 언니를 따라간다.

키가 크고 나이보다 성숙한 언니는 힘도 세서 엄마와 거의 맞먹는 일꾼인데 성격도 엄마와 맞먹게 까칠하다는 걸 깜빡 잊고 방심하며 따라나선 길이다. 그렇게 나를 불러 따라오게 한 부분만 기꺼워 경중경중 보폭이 큰 언니 걸음을 따라잡기 바빠서 반은 뜀박질을 하며 간다.

평소에 나무하러 잘 가던 도비산 끝자락을 놔두고 부석사 근처 산으로 들어서서 소나무 밑에 깔린 솔잎을 긁는 언니, 저 아래 산주네서 사람이 올라오나 망을 보고 있으라는 언니의 명령을 받고서야 오늘 내 임무가 뭔지 알아챈다. 동네 가까이에 있는 산자락 끝보다 솔잎이 많기는 한데 산 임자가 무서운 사람인가. 언니가 여러 번 단단히 다짐을 두니 절로 긴장하여 두려움이 밀려온다.

갈퀴를 하나만 가져온 걸 보면 언니는 내게 나무 하라는 뜻은 아닌 듯하고 솔잎을 긁어모을 도구가 없으니 소나무 밑에 깔린 솔잎을 손으로 집어다 언니가 모아놓은 나무 위에 올려놓는 정도여서 언니가 나무하는 데 별 도움이 안 되므로 할 일이 없어 심심하다. 사방을 둘러봐도 볼만한 것도 없고 아직 풀도 안 돋은 이른 봄이라 산나물도 없고 진달래도 피어나지 않은 산, 소나무만 사철 갑갑한 그 빛깔 그대로 여전하다. 언니를 도울 일은 산주인이 오나 안 오나 망을 봐주는 것인데 어디를 봐도 사람 그림자도 없으니 할 일도 없는 셈이었다.

커다란 메꾸리에 꾹꾹 발로 눌러가며 가득 채우고 솔잎이 더는 들어가지 않을 만큼 그득해지면 그릇 위로 담은 장정들의 밥사발처럼 나무를 담아서 새끼줄로 묶어놓고 남은 솔잎은 내 바구니에도 채우고 마대자루를 뭉쳐 또리를 틀어 언니 머리에 얹었으니 나뭇짐을 들어 올리는 일만 남았다. 앉은 언니 머리 위에 몇 번이나 올리려다 실패한 나뭇짐을 다시 올리려고 들다가 메어꽂기를 반복하는 와중에도 언니는 불같이 화를 내곤 한다. 그것 좀 힘지게 못 드느냐는 핀잔인데 내가 언니와 함께 나무 메꾸리를 들어 올리며 내는 힘은 그야말로 젖먹던 힘까지 다 끌어낸 안간힘이었다.

어떻게 내게 없는 힘을 더 내라는 건지 언니의 핀잔이 나올 적마다 큰일이라는 생각이 드는 것이다. 내 힘은 이게 전부인데 어디에 숨겨둔 힘이라도 남아 있는 양 나무 메꾸리를 이지 못하고 실패하는 언니는 눈을 흘기며 엄마가 하던 모진 말들을 쏟아내고 있다. 그렇게 실랑이를 하면서 생각하니 오늘 언니가 한 나무의 양이 다른 날보다 많은 게 문제인 것 같은데 언니는 그걸 덜어낼 생각은 없는 듯 다시 머리에 이려고 골몰한다.

언니와 나는 점점 힘이 빠져 처음 시작할 때의 반만큼도 나뭇짐을 들어 올리지 못하고 있었다.

무릎을 꿇고 앉은 언니 머리 위로 올라가야 할 나뭇짐이 겨우 가슴께에서 멈춰 더는 들 수가 없는데 없는 힘까지 다 써서 팔이고 다리고 후들후들 힘이 빠진 내게 언니가 화를 내고 뭘 어쩌라는 주문들은 공염불 같은 노릇이었다. 조금 숨을 돌리느라 땅바닥에 다리를 뻗고 앉아 심호흡을 하고 있는 내 눈에 저 아래서 뭔가 솔밭 사이로 희끗 움직인 것 같은 느낌이 들었다. 지쳐서 말도 하기 싫은 언니와 나는 그런 정보조차 서로 말하기 싫은 상태, 그러고 있는 판에 사나운 남자 목소리가 언니 바로 뒤에서 벼락치듯 쏟아졌다.

깜짝 놀라 일어선 우리는 나뭇짐을 보호하듯 메꾸리를 가려 섰는데 낫을 들고 나타난 산적 같은 아저씨가 우리를 밀쳐버리고 나무를 꼭꼭 눌러 담아 거꾸로 들고 흔들어도 솔잎이 쏟아질 생각을 않는 메꾸리에 몇 번 발길질을 하더니 낫으로 내리쳐 갈기갈기 찢어발기는 것이었다. 만류하고 사정할 겨를도 없이 우리 메꾸리는 소리 한번 못내 보고 능지처참이 된 것이다.

언니가 들고 있던 갈퀴도 빼앗아 밟아서 분지르고 대바구미며 똬리를 트느라 뭉쳐놓은 자루까지 펼치더니 낫으로 찢었다. 얼굴이 벌겋게 달아오른 걸로 보아 그러고도 화가 덜 풀린 남자 어른의 씩씩거리는 기세는 이제 우리에게로 그 낫을 들이댈 차례일 듯 무얼 어째볼 생각은 커녕 우리는 겁에 질려 한마디 말을 낼 틈이 없었다.

눈이 시뻘건 아저씨가 우리에게 얼른 꺼지라고 발을 구를 때까지 우리는 한 발짝 떼어볼 염도 못 내다가 그때서야 사태를 알아차린 것처럼 울음이 터졌다.

"시끄럿! 여기가 워디라구 아가릴 벌려! 승질대루 헌다면 직여 버릴텐디 봐주는 거니께 다신 얼찐두 말어, 워디서 울구 지랄여!"

우리가 지닌 것을 다 빼앗기고 남은 게 없이 찢어발겨져서 수습할 길이 없는 중에도 아직 지켜야 할 것이 목숨이었다는 사실을 새삼 깨달은 것 마냥 허겁지겁 산을 내려오기 시작했다. 그 시절은 사람들이 사나워서 죽여버린다거나 목숨을 위협하는 심한 말을 예삿일 같이 여겼던 것인지 흔히 만나는 게 그 살기였던 듯하다.

산주인의 출현을 못 알아챈 내게 등신, 빙신 욕을 하며 걷던 언니도 많이 지쳤는지 맥이 풀린 건지 발을 질질 끌다시피 옮기며 묵묵히 돌아오는 길, 손은 맨손이지만 천근의 무게로 마음에 짐을 지고 옮겨놓는 발길이 무겁디무겁다. 길을 모르는 나는 언니만 따라 걷느라고 길이 얼마나 남았는지 어디로 가야 하는 건지 짐작할 수 없었으므로 우리 집은 어디일까, 붉새 물린 하늘이 너무 눈부시게 고와서 눈물이 나고, 다리가 아파서 눈물이 나고, 눈물에 어려 흐릿한 길은 가도가도 끝이 나올 것 같지도 않아서 눈물을 훔쳐내노라 걸음이 더뎠다.

이 길로 가면 정말 우리 집이 나오기는 하는 것일까. 혹시라도 언니가 저수지 물에 빠져죽자고 하면 어쩔 것인가. 울음을 멈추고 울음이 남기고 간 울음꼬리, 꺽꺽대는 소리가 언니 귀에 들릴까봐 목구멍을 타고 넘어올 적마다 조심을 하면서 언니 뒤꿈치를 바라보며 걷는다.

엄마에게 야단을 맞아야 할 큰일이 앞에서 기다릴 집이지만 문득 그리워지는 것이다. 우리 집, 오늘은 나보다 언니가 들을 꾸중이고 독한 말일 터여서 그랬을까. 그런 현실이 내게 절실하지 않아서 자꾸만 하늘을 보기도 하면서 나중에는 한눈을 파는 여유까지 부리는 것이었으니 목숨을 안전하게 부지했다는 안도감이었을 듯, 그러고 보면 나는 무척이나 살고 싶어 했던 모양이다.

산주인의 낫날을 피해 온 것도 그렇고 저수지를 무사하게 지나온 것도 그렇고 우리 집에서 그리 요긴하게 쓰이는 메꾸리며 바구니, 갈퀴 따위, 아버지가 만든 그런 소중한 농구들을 잃었으면서도 걱정이 안 되는 것이다. 다른 집 같으면 남자 어른들이 농한기에 참참이 만들어 썼을 그런 소품들조차 우리 집에는 귀물 취급을 받으며 반들반들 손때 묻으며 닳아가던 것들이어서 엄마는 화가 더 날 터인데 말이다.

마침 엄마는 어딜 가셨는지 돌아오지 않아 언니와 나는 무사하게 집에 들어왔고 언니는 밥을 하러 부엌으로 들어가고 어린 동생들만 놀고 있는 집은 아무 일도 없었던 듯 우릴 품어 안았다. 집에 들어서는 우리에게 쏟아지려니 했던 엄마의 큰소리는 일단 보류된 것, 한 위기는 넘긴 일이라 그도 저으기 마음이 놓이는 노릇이었다.

나중에 우리가 당한 얘기를 전해들은 엄마는 의외로 산주를 나무랐다. 애들이 나무 몇 갈퀴 한 걸 가지고 메꾸리를 찢고 갈퀴를 분지른 일이 못내 분한 마음인 듯, 어떻게 생겼더냐, 아버지가 누구냐고 물어보지는 않더냐, 전에 없이 세세하게 물으시는 걸 보니 그 산주 아저씨가 패씸해서 어디선가 맞닥뜨리면 면박이라도 줄 듯한 기세였다. 아마도 내가 기억하기로는 엄마가 우릴 혼내지 않고 우리 편에 서서 남을 탓하는 일은 그게 처음이었지 싶다.

그 뒤로는 꿈만 꾸면 산주가 들고 온 낫에 아버지가 만든 메꾸리며 바구니가 갈가리 찢기고 언니와 내가 언제 낫에 찍힌지도 모르게 상처투성이가 되어 피를 흘리는 똑같은 상황이 꿈에 나와서 오래 시달리곤 했는데 엄마 말대로 애들이 생소나무를 쪄온 것도 아니고 마른 솔잎을 조금 긁은 걸 가지고 그렇게 죽이네 살리네 했던 건 너무 심한 대응이었다. 각박한 인심이라고들 하는 그때 그 시절이었지만 그건 동네 인심으로는 너무 심한 처사였으니 그 산주 아저씨가 아버지 이름을 묻더냐 한 것은 누구네 애들이란 걸 알면서도 그랬다면 엄마 자존심에 그냥 놔둬선 안 되는 일이었던 것이다.

집에 아버지가 안 계시다는 일은 우선 땔감에서부터 애들 고생이 이만저만이 아니라는 말과 같다. 도시에서는 화석연료를 땔감으로 쓰던 시절이었을 테지만 시골 농가에서는 볏짚이나 보릿짚 따위를 땠고 그게 떨어지면 근처 산에서 솔잎을 긁어다 밥을 하였는데 우리 집에서는 겨울에도 군불을 때는 일은 드물고 끼니 끓이느라 덥혀진 미지근한 구들은 초저녁에 식어 냉골이 되므로 방에서 숭늉이 꽝꽝 어는 환경이었다. 그러니 세상에서 싫은 것이 찬물로 세수하는 일이었고 방에서 추위를 타는 일이었다.

그렇게 귀한 나무였으므로 나무는 식량보다 더 귀해서 아끼고 또 아끼는 일이 우리 집 살림이었다. 아버지 생전에 훈기 돌던 부엌이며 안방의 그 분위기도 아버지 기억과 함께 우리 삶에서 떠난 그리움 중

하나였다. 학교에 다니기 전까지는 그렇게 언니 보조 역할쯤으로 따라다니는 산길이었고 나중에는 내가 그 주인공으로 산을 올랐다. 또래 아이들과 도비산에 오르면 아버지가 나뭇짐을 내려놓고 쉬면서 내려다보셨을 먼 마을까지 아득히 보이는 바위, 넓고 평평한 자리에 올라 한참씩 앉아 있곤 하는 게 버릇이 됐다.

숨노 고를 겸 쉬기도 하면서 그러고 있으면 나른한 피곤기와 함께 눈물 같은, 서러움 같은 뭔가가 마을마다 넘실대는 것인데 그게 어떤 감정이었을지는 몰라도 철따라 변하는 산천이 주는 느낌이 그랬다. 아버지가 나무하러 산에 올랐다가 마을을 내려다보며 회심하여 하루를 허송하고 빈 지게를 지고 돌아왔다는 그 전설 같이 내려오는 얘기는 뭐였을까. 아버지는 당신이 곧 병에 들어 산으로 돌아가리라는 걸 예감하셨던 걸까?

'회심'이라는 단어의 뜻이 무엇을 말하는지 알 길이 없으면서도 아버지 친구들의 입을 통해 듣던 그 회심이란 말은 서글픔에 곁들어진 덧없음이나 허무 같은 무엇을 뭉뚱그려 지칭한 표현이 아니었을까. 어렴풋이 짜맞춰보기도 하지만 어떤 똑 떨어지는 감정의 이름이 아닌 복합적인 속내를 말하였으리, 짐작을 해보게 된다.

무서운 산 주인과 숨바꼭질하듯 어려웠던 나무하기를 동네 아이들은 싫어하지 않았던 듯 재잘거리는 참새 떼처럼 몰려 이 산으로 우르르 저 산으로 재잘재잘 몰려다니며 나름으로 재미도 있었다. 깊은 산으로 올라가면 솔잎이 많아 나뭇잎을 긁어모으긴 쉬우나 혼자 깊은 산에 든다거나 무섭다고 소문난 산을 기웃대는 일은 겁쟁이인 나로서는 생각도 못 할 일이었지만 애들은 그런 곳을 혼자 가보기도 한 듯 무용담처럼 자랑을 늘어놓곤 했다.

건너말 정분이는 도비산 너머로 나무하러 갔다가 호랑이 굴을 봤다고 했고 굴속에서 크르렁 소리가 울리는데 산이 흔들릴 정도였다 하고 웃말 언년이는 집토끼보다 큰 다람쥐를 봤다거나 무서운 산주인을 만나 어쨌다는 얘기들을 할 때마다 그랬냐고 들어주면서도 멀쩡한 거짓말이라는 걸 알았던 것인데 부석사 주지는 마누라도 있고 절집 뒤쪽으로 빨랫줄이 있는데 여자 속곳이며 어린애 기저귀가 노상 펄럭이더라는 말은 나중에 그 주지가 대처승이었다는 사실을 알고는 거짓말이 아니라는 걸 확인한 경우였지만 다람쥐가 살진 집토기보다 크더라거나 호랑이 어쩌구 하는 대목들은 아이들이 다른 애들을 놀려먹느라 부풀린 부분이었을 것이다.

그렇게 어린 여자아이들이 몰려 나무하러 가는 일은 싫지 않은 일이었으나 마음이 싫지 않은 것이지 몸이 겪어야 할 어려움은 늘 힘이 들고 고단한 노릇이었다. 우선 체력이 그 애들을 못 따라가서 뒤에 처져 허덕이는 일도 그렇고 욕심은 많았던지 다른 애들보다 내가 긁어모은 나무가 적다면 집에 닿도록 애들과 말도 섞기 싫을 정도로 우울해지는 것이다.

우리 엄마 말대로 나는 같은 밥을 먹고도 쓸모없는 사람이 되어가는 건 아닐까, 걱정을 안 할 수가 없는데 날이 굿지만 않는다면 방학은 그렇게 나무하고 밭 매는 일에 써야 하는 일손 노릇으로 보냈던 중노동의 구간, 어렵게 해온 나무가 한 끼 밥을 끓이고 나면 남는 게 없는 상황이니 그것도 헛심 빠지는 일이고 내일은 또 어느 산에 들어 낙엽을 긁어야 하나 마음을 내리누르던 무거움은 자라는 아이들에게 어느 모로 보나 득이 될 노릇은 아니었으리라.

아이들은 산에 가려면 누룽지를 싸오거나 고구마 찐 것을 가져오는
데 언니가 부엌데기 노릇을 하는 우리 집은 너무 맑아서 쌀 한 톨 낭비
되는 법이 없었으므로 행여 누룽지 따위를 기대한다는 건 어림없는 짓
이고 고구마도 점심 때 쪄서 끼니를 삼는 탓으로 산으로 들고 다닐 아
무 것도 없었다. 그 부분도 나중에 생각해보니 우리집은 남들과 비슷
한 평수의 농사를 지으면서 광에는 두멍 같은 커다란 독마다 쌀이 그
득그득 차 있는 걸 보곤 했는데 그것들의 용도는 무엇이었을까. 궁금
해질 법한 일이었으나 우리 엄마의 가계 운영은 같은 걸 가지고도 늘
그렇게 궁끼가 도는 형편을 만들며 살아서 우리들에게 너무 심했던 게
아닐까. 그 경제 운용 방식을 제대로 전수받은 건 언니뿐인 듯, 일흔이
된 지금껏 언니의 알뜰한 절약 정신은 찬물 같아서 살림 솜씨를 보면
감탄이 절로 나온다.

엄마가 어디를 가면 장이는 업고 가시는지라 친척집에 다니러 가셨
지 싶은 그런 날이면 언니는 밥에다 무며 고구마며 감자 따위를 넣어
서 쌀은 보이지 않는 이상한 밥을 한다. 밥에 그런 것들이 들어 있는
걸 질색했던 내가 특히나 먹기 싫어하는 게 무밥, 그 슴슴하고 먹으나
마나한 느낌이 드는 익은 무 냄새는 속이 메슥거리는 증상부터 끌어내
는지라 싫어하는 것 중에서도 지극히 싫어하는 것이다.

아침이라고 조금 먹고 하루 종일 아무 것도 먹은 게 없는 속에 무밥
이 들어가면 속이 뒤틀리기 시작하는데 참고 먹으려 해도 먹지 못하겠
던 심한 거부감이 드는 음식이었다. 언니가 갖은 구박을 다 해도 먹을
수 없는 상황은 나도 힘 드는 일, 엄마보다 더 까칠한 언니 앞에서 그

런 내색을 하는 일은 가당치도 않아 엄마보다 더 혹독한 말을 할 줄 아는 언니 서슬이 무서워서 참고 몇 수저 삼켜보지만 기어이는 탈이 나고 만다.

나중에 생각해도 그런 탈은 몸보다 먼저 싫어하는 마음이 만들어냈을 것 같은데 양식을 절약하자는 언니의 갸륵한 뜻을 이해한다 해도 달라지는 일은 없었을 듯, 싫은 게 많아 까탈을 잔뜩 꾸려 안고 사는 내가 언니나 엄마 입장에서 본다면 굶어죽는대도 아깝지 않을 밉상이었을 것 같다.

"배아지 불러 그렇지 뭐, 먹기 싫으면 먹지마라."

탁, 소리 나게 내 밥은 치워지고 저녁을 쫄쫄 굶고 자려면 잠은 안 오고 서럽기만 하였던 날들, 그럴 때면 엄마와 장이가 있어야 그나마 온전한 밥이라도 먹을 수 있는 집이어서 또 엄마를 기다리게 되는 것이다. 장이는 내가 아니라도 모두들 얼싸 안아 보호하고 옹위하는 분위기지만 하루만 떨어져도 궁금하여 보고 싶은 아기였으니 엄마가 돌아오시는 건 밥이 아니라도 기다릴 수밖에 없었다. 별소릴 다 한대도 우리 가족 구성원 중 누구라도 빼면 마음은 그렇게 허전한 노릇이어서 못 견디는 그것도 버릇이다.

뒷날에서야 그런 심사를 그리움이라 이름 붙여 보는데 가슴에서 노상 출렁거리는 그게 그리움이라면 나는 뭘 그렇게 그리워하며 살도록 이 땅에 내린 것일까. 대상이 있건 없건 목숨을 갉아내듯 그런 감정에 치이며 살아온 폭이니 말이다.

'그립다 말을 할까 하니 그리워/그냥 갈까 그래도 다시 또 한 번/앞산에는 까마귀 들에 까마귀/서산에는 해진다고 지저귑니다/앞 강물 뒷 강물 흐르는 물은/어서 따라 오라고 따라가자고/흘러도 연달아 흐릅디다려' 제목도 모르고 어디가 시작인지 끝인지도 모르는 소월 시 구절이 내게 박혀 앞도 뒤도 없이 사무치는데 그렇게 걸핏하면 아무거나 작정도 없이 들이닥쳐 사무치는 것이 나만 지닌 버릇이 아니고 다른 이들도 모두가 조금씩은 지니고 살아가는 무엇일진대 대부분의 사람들은 어쩌면 그렇게 안 그런 듯 의연하게 잘 살아가는 걸까.

해질녘 노을이 져서 서럽고 오동꽃 보랏빛이 하 맑고 밝은 오월 하늘을 배경으로 피어나면 그게 또 쓸쓸하여 글썽거리고 창호 문에 어리던 달빛이 처연해서 베갯머리 적시던 어린 날의 기억들은 내게 닿으면 모든 것이 그리움으로 변질되어 오래 마음에 남아 가칫거린다. 쓸데없이 생각만 많아 살아가는 길에 걸리적거리는 느낌들은 그렇게 걸음마다 채여 발부리를 다치게 했던가. 돌아보는 곳마다 엄마나 언니가 청승맞다 했던 내 어린 날의 행동들은 그리움이란 다른 이름을 붙이면 그냥저냥 봐줄만한 노릇 아니었을까.

또 어느 눈 쌓인 겨울, 언니를 따라 나무하러 갔던 날의 일은 두고 두고 잊지 못할 기억거리가 생긴 날이었다. 미끄러운 고무신에 새끼를 칭칭 동여매고 오른 산, 눈이 쌓여서 낙엽은 보이지도 않으니 긁을 수도 없을 터, 그래서 갈퀴를 안 가지고 가는 모양인데 쌀쌀맞은 언니는 뭘 물어도 말 한 마디 안 해주고 뒤따르는 나는 궁금해서 죽겠는 마음을 아는지 모르는지 성큼성큼 혼자 가는 듯 잘도 걸어간다.

언니가 든 것도 자루 하나와 바구니였고 내가 든 것도 자루와 바구니, 뭐하자는 것일까, 가보면 알겠지만 모든 일을 알고 이해하면 수월할 듯한데 내가 묻는다면 잔말 말고 따라오라는 핀잔이나 시퍼럴 것이어서 잔말 않고 따르는 마음이 내내 섭섭하였다.

우리 집은 애들에게 말할 자유가 주어지지 않는다. 말이 많다는 핀잔을 가장 많이 듣는 나는 할 말이 왜 그렇게 많은지 스스로도 조심하자 하는데 궁금한 일이 너무 많아 참다못해 말을 내서 물으면 또 핀잔이나 청하는 짓이 되어버리곤 한다. 그렇게 핀잔을 듣고 지청구를 먹으면서도 호기심은 뭐 그리 많아서 말을 하려고 넘성댔던 것일까. 제대로 된 답을 안 해줘서 더 그랬을 듯도 하지만 말이 하고 싶어서 머릿속에서 삐죽삐죽 말 순이 솟아날 것만 같은 걸 참으며 사는 일도 자제력이 약한 아이가 할 일은 아니었을 터였다.

밥을 먹을 때는 물론이고 집에 누가 왔다거나 엄마나 언니가 말을 할 때 꼭 해야 할 말이 있어도 입을 여는 동시에 날카로운 핀잔이 날아오기 십상인 분위기를 아는 터라 하고 싶은 말을 삼키는 경우가 많은데 그러노라면 무수한 궁금증이 물거품처럼 일고 잦다. 그러니 동생에게나 말을 하는데 동생은 어려서 말뜻이 전부 전달되지 않는 부분도 있어 천지간 어디에 대고 내 얘기를 할 수 있을까. 알아들을 누구 하나만 있다면 원이 없을 것 같았다.

세상에 안 계신 분이니 아버지는 빼고 내 말을 받아줄 대상은 오직 외할머니뿐인데 외할머니는 너무 바쁜 어른이셔서 내 말을 그래그래 머리 끄덕여 토닥거릴 시간이 많지 않고 어서 학교에 가게 되면 좋으련만 평생을 다 훑어 가장 지루했던 구간이 그 일곱 살이 아니었을까, 생각되곤 한다.

하루하루가 후딱 지나서 나이도 얼른 먹고 싶고 키도 커지면 내 마음대로 할 수 있는 일도 많을 터인데, 나는 언제 크나, 기다리는 게 내가 할 만한 노릇의 전부였으니 생각이 확장되고 자랄 수 있는 초석이 놓이던 자리가 그렇게 열악하였다. 그 부분 손해가 막심하다는 아쉬움이 들 때가 있다.

마음에 쌓여가는 그리움, 이제야 그게 그리움이라는 이름의 감정이겠다 짐작하는 건데 밑도 끝도 없이 울적하게 차올라 가슴 먹먹하던 그게 왜 생겨나는지 알 바 없는 일이어도 밝고 명랑해야 했을 어린 날들을 시무룩하게 혼자 입 다물고 쪼그려 앉아 마음에 골을 파는 짓이나 잘 하던 손해 본 구간이었다. 아무튼 언니를 따라 산으로 가던 길, 보기는 하얗고 폭신할 것 같으나 몹시 추운 눈밭을 뽀드득 뽀드득 언니 따라 걷던 소나무 사이, 솔잎에 소복소복 올라앉았던 눈들이 살짝만 건드려도 얼굴로 목으로 쏟아지면 그 질색하게 차갑던 느낌들은 그날의 기억들이 달아나지 못하도록 옴나위 못하게 붙들어 맨 끈 노릇을 했던 것일까. 두고두고 으슬으슬 한기가 드는 기억으로 선명하게 떠오른다.

무얼 하러 산에 드는지도 모르는 채 깊은 산에 들어 언니와 내가 하기 시작한 일은 솔방울을 따는 일이었다. 키가 작고 힘이 약한 내가 소나무 가지를 휘어잡아 솔방울을 따기는 언니보다 훨씬 어려웠을 건데 언니는 여전히 어떻게 하라는 요령도 가르쳐주는 바 없이 큰 나뭇가지도 척척 잡아 눈을 털어내고 솔방울을 따서 바구니에 담았다가 바구니가 차면 자루에 붓고는 하였다. 언니가 몇 바구니의 솔방울을 딸 동안 내 바구니는 반도 못 차오르니 눈을 마주칠 때마다 언니가 눈을 흘긴다. 그럴 적마다 언니가 미워하는 기운이 내게로 닿아서 눈가루가 목으로 드는 것보다 더 차가워 목을 움츠리곤 했다.

그렇게 언니 자루가 거의 채워질 즈음 큰 바위 밑을 들여다보던 언니가 무언가를 끄집어내려는 듯 몸을 숙여 바위틈에 팔을 넣고 있다. 잠시 후 언니 손에 들려나온 것은 잿빛 산토끼였다. 내게 웃어주는 일이 전혀 없는 언니가 좋아서 희색이 만면인데도 놀란 나는 가슴이 쿵쿵거려 뭐라 할 말을 잃었다. 언니한테 귀를 잡혀 버둥거리는 그놈은 필사적이고 언니는 산토끼를 많이 잡아본 어른스런 표정으로 흐뭇한데 나한테 그걸 잡고 있으라 한다.

언니 말에 싫어! 무서워! 대꾸할 용기가 없었으므로 언니가 쥐어주는 대로 발발 떨며 토끼의 귀를 잡았다. 따뜻하고 물큰한 느낌, 파르르 손바닥을 거쳐 온몸을 휘감는 그 경험해본 적 없는 떨림은 토끼도 나처럼 두려워 떨고 있다는 말이었을까. 일순 징그럽기도 한 느낌이 갑자기 격해지면서 파드득! 결사적인 힘으로 저항하는 토끼, 놈은 순식간에 내 손등을 탁! 차듯이 할퀴고 빠져나가 눈밭을 뛰어가고, 다급한 순간에도 언니는 내게 욕부터 하면서 토끼 뒤를 쫓아간다.

죽음에서 살아난 토끼가 호락호락 잡힐 리 없고 나를 혼내는 일에 바쁜 언니가 결사적으로 토끼만 따라갈 판이 아니므로 토끼는 금방 사라지고 말았다.

그 일로 나를 향한 언니의 미움은 점점 더해져서 오나가나 구박을 더 받았다. 나중에 생각해보니 내 실수로 그 토끼가 목숨을 건진 일이어서 그 사건은 내가 잘한 일이라고 결론을 내려 자책을 안 하기로 하였다. 따져보면 그 토끼가 내게 은혜를 입은 셈인지라 속으로 으쓱한 일이기도 하여서 언니가 뭐라고 송곳 같은 말을 내밀 적마다 마음에 그런 방패를 두르고 방어했다. 그 덕으로 입을 꼭 다물고 있어도 억울한 마음이 덜 들고 무심을 가장하며 견딜 수가 있는 노릇이었다.

어려서부터 거친 일에 내몰리고 산을 타넘으며 그 결과물이야 어찌 되었든 나무를 하러 다녔는데 그렇다면 체력이 좋아져야 마땅한 일, 그런데 왜 나는 점점 쇠약해져서 키도 또래들보다 훨씬 작고 빼빼 마른 약골이 되어 가는지 모를 일이었다. 산엘 간다거나 좀 멀리 걸어다닌 날은 밤새 다리가 아프고 무릎이 쑤셔서 잠을 잘 수가 없을 정도여서 나도 모르게 앓는 소리를 낸다. 그랬다가 잠든 언니가 그 소릴 듣기라도 한다면 심한 소릴 들을 일인데도 신음 소리를 흘리곤 했다.

우리 식구들에게 내린 엄마의 법령으로 굳건한 금기사항이 말조심 말고 하나 더 있다. 아무리 아파도 앓는 소릴 내선 안 된다는 것, 아버지가 돌아가시기 전에 앓던 기간은 온 집안이 그 신음 소리에 잠겨 살았다. 따져보면 달포가 좀 넘었을 그 심한 통증 구간을 견뎠을 뿐인데 엄마가 하도 듣자하지 않았던 소리라서 아버지가 신음을 참는 모습은 내 눈에도 자주 띄었다.

아프면 저절로 나오는 앓는 소리조차 참으며 견디라고 한다는 것은 인정머리 없는 주문이었을 터, 아버지가 힘들었을 그 부분을 우리들에게도 적용하여 아파도 앓는 소리를 내서는 안 되는 노릇이었다. 분위기가 그랬으니 참는다고 참아보지만 그게 어디 쉬운 일이랴. 잠결에라도 신음 소릴 내면 엄마를 제쳐두고 언니가 화를 내고 욕을 하므로 그런 순간에도 소리를 삼키며 조심해야 하는 판이 서러웠다.

내고 싶어서 일부러 내는 소리도 아닌 걸 트집 잡아 혼내는 참 별스런 분위기였던 집, 가족 중에서 엄마와 언니만 튼튼한 몸이고 나머지 나와 동생들은 성한 날보다 아픈 날이 더 많았다. 아무리 아파도 정신을 잃지 않은 경우라면 신음을 참느라 이빨을 옥 물었던 기억이 싫다. 그리고 보면 우리 식구들이 유난스러웠던 부분은 소리를 못 견디는 일이었다. 눈으로 보는 것보다 귀로 듣는 일에 더 예민했다는 말인데 아무튼 정상이라고 보기는 어려운 부분들은 그렇게 여기저기 박혀 있어서 그런 구간들을 살아내느라 고생을 했으니 그것도 마음에 상처였으리라, 짐작하는 바이다.

말도 소리이므로 싫었을 터이고 신음도 소리였으니 그렇게 거부감을 가졌을 터였다. 그런 특징은 나중에 내게도 뚜렷이 나타난 일이어서 뜻은 차치하고 소리, 살아오면서 말소리부터가 문제였던 만남도 더러 있었던 듯하다. 소리가 갈라진다거나 쇳소리처럼 날카로운 목소리의 소유자라는 이유로 함께하기 곤란한 경우는 귀가 괴로웠던 탓이었고 그걸 참고 견디면 곧 두통이 시작되는 때문이었다.

그런 사람이 한집에 산다고 가정해보면 그 듣는 일은 강도 높은 노동이 될 것 같은데 그나마 그런 경우가 세상에 흔하지 않아 다행이었다. 아무 저항 없이 포근포근 분이 도는 찐 감자처럼 다가오는 목소리가 더 많은 세상이니 얼마나 다행이냔 말이다. 더 다행스러운 것은 엄마나 언니가 아무리 메다꽂는 말을 하여도 쇳소리가 아니었다는 점이다. 사람에게 죽으란 법만 있는 게 아니라던 말은 그런 부분도 해당이 되었던 모양, 우리 엄마나 언니가 쏟아내는 그 많은 분량의 심한 말들에 쇠 긁는 소리가 섞였다면 어땠을까. 상상만으로도 끔찍한 노릇 아니랴. 그러니 튀는 목소리를 못 타고 나서 아주 평범한, 평범이 지나쳐 어디에 섞여도 무난한 개성 없는 음성을 지닌 점은 아주 고마운 일이다.

항상 이마가 잘잘 끓는 그 미열의 느낌을 어릴 적부터 지금껏 달고 사는 내게는 눈밭에 나무하러 다녔던 어린 날, 소나무 가지를 휘어잡을 적마다 얼굴에 목에 뿌려지던 차가운 눈의 기억이 이로울 때도 있다. 청솔가지 냄새며 손바닥에 끈적끈적 달라붙던 송진 냄새에 섞여 질색하게 차갑던 기억을 더운 이마에 대어보듯 마음에 얹어 볼 때도 있으니 말이다.

몸에 별 탈이 없음에도 저녁때마다 미열이 찾아오는 일, 기분 나쁜 느낌으로 침이 마르고 눈이 뻑뻑한 증상으로 닿는 오후의 미열은 체력이 달려서 그렇다고 했다. 한계치보다 많은 체력을 소모한 탓에 나타나는 것이라고 했다. 한의학 박사가 진맥한 뒤 해준 말이니 틀림이 없을 테지만 어떻게 어릴 때부터 지금껏 체력에 한계치를 매일 넘어 과부하가 걸리며 살아왔겠냐고 부정하고 싶지만 세세한 날들을 짚어보면 고개를 끄덕이지 않을 수가 없는데 마음은 노동에 겨운 삶을 살았다는 말을 바꿔서 그리움에 치이며 살았다 미화하고 싶어지는 것이다.

미열이 감지되고 좀 심하다 싶은 자각으로 나타나는 시간대가 저녁노을이 지는 낮과 밤이 교차하는 꼭 그쯤이어서가 아니라 눈에 드는 사물 하나하나, 감각에 닿는 현상 하나하나가 손 내밀면 닿을 곳에 있는 데도 그리운 무엇이 되는 시간, 하다못해 나를 할퀴고 달아난 왕솔밭 눈 위에서 놓친 토끼는 지금쯤 어디 살고 있을까.

토끼의 수명을 감안한다면 그의 몇 대손, 후대가 살고 있을 터이니 그놈은 아닐지라도 그의 피가 내림했을 분신들, 고운 잿빛 털이 복슬복슬하던 모습이며 말갛던 눈이 내 등 너머를 바라보듯 아련하던 찰나의 느낌, 토끼가 할퀴고 간 손등의 상처가 깊어 눈 위로 붉은 피가

뚝뚝 떨어지던 색채의 선명함이며 그걸 봤으면서도 본체만체 야단만
치던 언니의 야박한 태도까지도 그리움의 장막 저편에 세우면 같은 풍
경이 되더라는 말이다. 그러니 적어도 내 마음이나 생각을 지어내는 총
체였을 사령탑인 정신 속에서는 세월이 마구 흘러간다고 탓할 노릇은
아무것도 없다는 얘기다.

명절

그 해 설에는 모처럼 엄마가 설빔을 해주셨다. 노랑저고리에 빨강 치마, 엄마가 몇 날을 등잔불 아래서 꿰맨 자랑스런 옷이었다. 솜을 둔 저고리에 안을 댄 치마여서 따뜻하기도 하여 오래 기억에 남았던 옷이다. 옷감이야 값이 헐한 인조견이었지만 그거라도 설빔이라는 이름으로는 아마 처음이었지 싶은데 봄에 입학할 때 입을 것이니 설날 하루만 입으라는 엄마의 명령조차 달가웠다.

입학이라는 꿈같은 아름다운 단어가 끼어있던 까닭이었다. 드디어 나는 학교에 들어가게 될 것이다. 학교? 맛이나 봐라! 노상 벼르던 엄마가 어찌 마음을 바꾸셨는지는 몰라도 엄마 마음이 변하기 전에 얼른 3월이 오기를, 날마다 잠자리에 들면서 어디랄 것도 없이 정한 대상도 없이 천지사방, 생각나는 모두에게 대고 빌었다.

언니가 욕을 해도 좋고 엄마가 아무리 독하게 해도 좋을 것 같았다. 그 오랜 동안 아득한 세월을 꿈꿔왔다면 겨우 여덟 살짜리가 얼마나 살았다고 웃기는 말이라 하겠지만 그건 내게 아득한 시간이었고 어렵게 기다려 당도한 아주 특별한 행운의 문이었다.

설이라고 해봐야 우리 집에선 별다른 흥성거림이 없이 조촐한 제물 준비와 시루떡을 찌는 게 고작이지만 이웃집에 떡을 돌리러 가보면 들기름에 전 부치는 냄새며 고기 굽는 냄새며 인절미나 가래떡을 하느라고 남자들도 절굿대를 잡는 풍경이거나 미리 설빔을 입고 까치설을 쇠는 애들이 뽐내는 모습에 주눅들었는데 그렇게 소원하던 가래떡조차도 부럽지 않았다.

내게도 새로 지은 설빔이 있고 우리 집 나름으로 김치를 넣은 고깃국이 끓고 있을 것이고 언제나 말갛게 가라앉은 우리 집 부엌이라서 그렇고 그럴 테지만 아무튼 다른 해보다 다를 것이라고 마음에 그들먹한 자랑이 내게서도 솟고 있었다. 아무런들 어떠랴, 봄이 오면 나는 학생이 되는 것이다.

우리 집 차례 상에는 뭐가 올라왔는지 지금 아무리 기억하려 해도 감감한 부분인데 숙모들이 부엌을 들락거리며 뭔가 열심히 일하는 건 같은데 뭐 색다른 제사 음식이 만들어진다거나 특별한 반찬이 우리에게 돌아왔던 기억은 없으니 제사 음식은 어른들 상에서 소비되는 그런저런 품목들이었으리 짐작을 한다.

작은댁 오빠나 동생들, 남자애들만 안방에서 제상 물림한 아침상을 받고 우리들은 윗방에서 아침을 먹는 게 당연한 수순이어서 내 기억에 제사를 어찌 지내더라는 풍경이 자세하지 않았을 것이다.

그런 날이면 작은아버지들과 숙모들과 사촌들이 무시로 들락거리는 안방을 딸들은 들어갈 수 없으므로 그곳에서 일어나는 일은 알 수가 없고 대접 가져와라, 하거나 칼과 도마를 들이라는 어른들 목소리가 들리면 그 물건을 집어다 토방에 서서 마루 위에서 기다리는 사촌들에게 넘겨주면 그뿐, 그곳 안방은 우리가 들어갈 수 없는 성역이 돼 있는 것이어서 한나절이 지나도록 우리는 차가운 윗방에 모여 찍소리도 안 내고 있어야 하는데 남자애들인 사촌들은 안방에서 윗방으로 폴랑거리고 다녀도 아무도 막는 사람이 없는 자유분방한 행동들을 보면 부럽기는 했다.

대체 안방에선 무슨 일이 벌어지고 있을까. 조상들이 흰 두루마기 차림으로 둘러앉아 음식을 먹는다는데 음식은 줄어들지 않고 냄새만 먹는다 했다. 그렇다면 제사상에서 내린 모든 음식이 무색무취로 남아야 할 터인데 식기만 했을 뿐 아무렇지 않은 것도 이상하고 오는 자취도 가는 소리도 못 들었는데 조상님들은 언제 왔다 가는 것일까.

문을 열어놓고 절을 하는 걸 더러 보기는 했다. 꼬맹이라도 남자는 다 제사에 참례하는데 엎드려 절하고 일어서는 그 동작들이 좀 웃기는 것이었다. 방이 좁아 뒷줄에 있던 아이들이 절을 하다가 엉덩이가 벽에 닿아 몸이 튕겨 앞으로 고꾸라진다거나 앞사람의 엉덩이에 머리를 부딪고 엉덩방아를 찧는 경우도 있고 저희끼리 킬킬대며 장난을 치곤하는 사촌 동생들, 제사가 뭐 저렇게 허술하냐 싶고 그 무서운 우리 엄마는 뭐하느라고 쟤들을 그냥 두는지 갑갑했다.

엄마의 그 숨 막히는 규율은 우리한테만 적용되는 차별된 무엇이라는 걸 보게 되면 그도 또 마음이 안 좋았다. 겉으로 말은 낼 수 없지만 뭔가 형평에 안 맞는다는 생각이 들기 시작한 모양이다. 제사가 끝나고 아침 밥상이 부엌으로 나오고 모두 돌아가고 나면 부산스럽던 집안이 다시 우리 집 분위기대로 가라앉아간다.

초하룻날은 여자가 오전에 남의 집에 들어가는 게 아니라서 엄마도 언니도 집안에서 꼼짝을 못했다. 가만히 있지를 못하는 엄마나 언니가 집에 있는 날, 언니나 엄마의 시선 반경에 들어 움직이노라면 말도 크게 못하는 우리는 답답하기 짝이 없는 사정이 된다. 동생들이 떠들어도 내 탓이고 장이가 무언가에 틀어져서 울기라도 하면 그것도 내가 혼나야 하는 상황이 되므로 조심스럽다. 그렇게 한나절이 겨워 늦은 오후가 되면 엄마나 언니가 나가므로 우리가 쿵쿵대며 뛰어놀 수 있는 시간이 온다. 오그리고 있던 심신을 펴서 펄쩍 뛰어도 보고 동생들과 놀이도 하며 모처럼 주어진 평화를 즐기는 것이다.

설빔은 오전만 입고 개어두어야 하므로 옷을 망칠까, 조심할 필요도 없어 더 자유로운 우리는 괜히 방바닥을 뒹굴어도 보고 황새가 하던 것처럼 외다리로 오래 서서 생각에 잠기는 시늉도 해보는, 무척이나 심심한 아이들이었다. 골몰할 무언가를 늘 탐하는데 썰렁한 방안에 우리의 호기심을 채워줄 무엇이 있겠는가. 장이가 심심해서 짜증을 내지 않도록 새로운 놀이를 찾아 대령해야 하는 것도 우리 몫이어서 마음을 쓰면서 논다.

거기까지는 그래도 좋은데 명절이면 옥희나 장이, 아니면 내가 꼭 앓아눕는 버릇 같은 내력이 있었다. 아무렇지 않게 한나절을 잘 넘긴 경우라도 저녁때가 되면 누군가는 배가 아프거나 열이 나는 것이다. 그게 잘못하면 셋이 몽땅 그럴 때도 있어서 장이가 아프다는데도 엄마를 찾으러 갈 수가 없는 딱하고 다급한 일도 생긴다.

평소에 안 먹던 음식이 탈을 냈을 터이다. 며칠을 어지럽고 메스꺼운 증세, 속이 뒤틀려 앓는 아이들을 두고 엄마와 언니는 화만 내고 다음날이면 다시 어디론가 마실을 가버릴 것이다. 그게 대체 무슨 경우인지 그때는 그런 거려니 했는데 나중에서야 참 딱한 집안도 다 있다 싶어 섭섭하던 것이다. 우리야 그렇다지만 어린 장이까지 싸잡아 그리 허술하게 놔둔다는 것은 귀한 아들 어쩌고 하는 말들이 모두 헛소리였다는 반증이어서 세상에 믿고 안심할 아무 것도 없다는 생각이 자꾸 들었다. 적어도 장이에게는 그래선 안 되는 일 아닌가. 엄마의 무심이 두려운 일이었다.

그렇게 명절 세를 톡톡히 치르고 며칠 뒤에는 슬슬 일어나 밥을 먹게도 되는데 저절로 추슬러 일어나는 아이들이라서 그렇게 아무런 조치도 없었던 것일까. 살아가면서 가장 서러운 일은 몸이 아플 때 엄마가 힐끗도 안 하신다는 것이었다. 어디 아프냐, 묻지도 않는다는 건 아예 관심도 없다는 말인데 긴 세월을 함께 산 것도 아니고 초등학교 졸업하고 얼마 되지 않아 떠난 집이었다 해도 어린 시절의 모든 날을 엄마 슬하에 있었는데 그 점이 많이 서운하고 서러웠다.

아흔이 넘으신 엄마는 지금껏 강건하여 허약하고 비실거리는 사람들의 심정을 이해 못하신다. 어려서는 아플 때마다 얻어먹었던 핀잔이 내 자존감을 깎아내리고 좀먹어들던 거여서 엄마를 이해하려고 노력했다. 숱한 시간이 걸려서야 엄마 몸이 튼튼하시니 그럴 수도 있겠구나, 짐작이 가는 것이다.

설이 지나고 좀 있으면 설보다 더 명절다운 대보름날이 다가온다.

대보름이 가까워오면 준비할 것도 많고 애들이 끼거나 놀이에 직접 주체가 되는 것들도 많아서 신나는데 우리처럼 어린 애들은 거기서도 제 하고 따돌려져 들여다볼 수도 없는 켯속의 놀이도 많았다. 그도 또 어서서 크고 싶다는 마음이 굴뚝같아지던 대목이다.

대보름 전날 저녁때가 되면 대문 곁에 빨래 줄을 받쳐놓던 바지랑대를 세우고 고운 떡가루를 치던 체를 걸어놓거나 평소에 연을 띄우지는 않았더라도 액막이로 날릴 연을 만들어놓기도 한다. 체를 높이 걸어두는 것은 하늘에서 내려오는 귀신을 막는 일인데 귀신은 눈을 무서워해서 체에 뚫린 무수한 구멍을 눈으로 알아 그게 대체 몇 개인가 숫자를 세다가 헷갈려 또 다시 세는 노릇만 하다가 새벽이 오면 급히 돌아가야 하므로 집 안으로 들어와 해코지 할 시간이 없다는 것이다. 그날 밤에 또 재미있는 일에는 신발을 가위표로 겹쳐놓는 일도 있고 자는 아이들 눈썹에 하얀 칠을 하는 장난도 있었다.

귀신이 신발을 집어가면 그 신발 임자가 그 해에 죽을 운이 되는 거라는데 귀신은 가위표를 질색하는지라 그렇게 십자가 되게 놔둔 신발은 가져가지 못한다고 했다. 또 그날 잠을 자는 사람은 눈썹이 하얗게 센다는 속설도 비슷한 장난, 눈썹이 센다는 건 한꺼번에 나이를 다 먹었다는 얘긴데 그건 곧 노인이라는 얘기고 살아온 날보다 살아갈 시간이 짧아진다는 거였다. 그걸 제대로 기억하는 어른들이라면 애들 눈썹에 흰 칠을 하는 걸 막았을 터이다. 잠이 많은 애들이 잠을 안 자려고 안간힘을 쓰다가 잠에 곯아떨어지면 쌀가루를 개어 바르거나 치약을 발라놔서 아침에 일어나 거울을 보고 질겁하여 울곤 하였다.

우리 집에선 언니가 우리들을 골탕 먹이는 쪽이라서 우리보다 잠이 더 많은 언니가 잠드는 것을 확인해 안심하고 자는데 언제 일어나서 그러고 다녔는지 산신령처럼 허연 눈썹을 보고 놀라는 일이 해마다 반복되었다. 엄마는 그런 세시풍속이나 속설 따위를 무시하는 쪽인데 언니가 그런 장난스런 일을 좋아하였다. 그것도 엄마 몰래 해야 하는 일들이라 몹시 조심을 한다.

대보름날 새벽이면 언니는 캄캄한 새벽에 나를 깨워 데리고 다니면서 두더지 방아를 찧는다. 두더지가 많아 땅속에 저저끔 굴을 뚫고 돌아다니면 땅 위에 있던 곡식들이 뿌리가 들떠서 말라죽으니 밭머리를 꼭꼭 눌러 두더지가 들어가지 못하도록 막는다는 상징쯤으로 그렇게 방아를 찧으며 걸어가는 그것도 풍년을 기원하는 뜻이다.

그건 안방 문 앞 토방부터 시작하여 집 안을 한 바퀴 돌아 마당이며 텃밭머리를 지나 우리 밭 둘레를 다 찧어야 하므로 집 안에서는 힘을 빼고 절구공이를 살살 땅에 대는 척만 하다가 밖으로 나가서야 소리를 제대로 낸다. 잠이 곤할 시간에 언니가 나를 깨운 것도 싫고 춥기도 하여 이빨이 딱딱 맞춰 소리가 날 정도로 몸은 떨리는데 내 마음대로 하는 일이 아닌 그런 게 뭐 달가우랴.

언니가 아무리 무서워도 불퉁스러운 내 감정은 숨길 수 없었는지 언니가 "뒤제기(두더지) 방아요" 쿵! 땅을 찧을 적마다 내는 소리 뒤에 몇 발짝 처져 따라가면서 "뒤제기 방아 아니오" 대꾸를 한다. 처음에는 입속으로만 그러다가 점점 커져서 언니 목소리와 맞설 정도로 소리를 낸다. 달이 이우는 유현한 기운이 액체처럼 흐르는 동네, 그 성스러운 느낌을 주는 적막 가운데서 아웅다웅 뭐하는 짓인가.

언니가 선소리를 메기듯 두더지 방아요, 하고 내가 받듯이 '아니오'

를 외치며 뒤따르는 정경이 웃기기도 하고 박자도 딱딱 맞아 떨어지니 헛심도 빠질 일이어서 제법 참는가 싶던 언니가 돌연 걸음을 멈추고 밭머리에 우뚝 서 버린다.

교교한 새벽 달빛 아래 마주선 언니와 나는 잠시 노려보듯 그러다가 다시 언니가 두더지 방아를 찧으며 나아가면 나도 다시 두더지 방아를 부정하는 '아니오'를 외치며 천 평짜리 밭 두 필지를 다 돌도록 기싸움을 하는 것이다. 전 같으면 어림도 없는 짓일 터인데 이제 곧 학생이 될 내게는 언니의 폭언 따위는 별거 아닐 수도 있다는 믿음이 있었고 엄마보다 더 심하게 나를 구박하는 언니의 부당한 처사를 견디는 일이 옳지 않다는 생각이 들기 시작한 것이다. 물론 언니는 덩치도 크고 힘도 세어서 힘으로 나를 제압한다면 꼼짝도 못할 처지지만 세상일이 힘만 가지고 다 되는 무엇은 아니었다. 쌓인 반감이 드디어 폭발하듯 언니와 단둘이 있는 그 두려움의 시간에 선전포고를 하듯 그래 보는 중이다.

물론 그 두더지 방아의 효험을 보자면 절구공이를 들고 가는 언니가 욕을 하면 안 되는 시간, 오직 사심 없는 선한 몸과 마음으로 두더지 방아만 찧으며 기원해야 하는 그 풍속의 룰을 알고 있었으므로 생각해낸 일이었다. 새벽 달빛 아래 표독스런 눈길로 나를 노려본 일만으로도 이미 두더지 방아의 효험은 날아갔으리라고 언니도 짐작할 터여서 내게 떨어질 화가 얼마만큼의 위력을 지닐 건지는 짐작되는 바이지만, 적어도 날이 밝아 '더위팔기'가 끝나도록 입을 다물어야 하는 법이므로 나로서도 믿는 구석이 있었던 것이다.

언니가 드어내놓고 엄마 앞에서 내게 욕을 하거나 악담을 할 수가 없는 사정을 계산에 넣고 대응하는 판이니 언니의 분기가 탱천한들 겁이 나겠느냔 말이다. 화가 아무리 나도 언니가 나를 집으로 돌아가라는 몸짓이 없는 걸로 봐서 어둠 속에서 혼자 움직이기는 두려운 모양이었다. 그 두더지 방아 찧는 일이 다 끝나도록 나는 굽히지 않고 언니의 기원에 훼방을 놓은 셈인데 언니를 향한 최초의 항의였고 도발이어서 뒤끝이 긴 언니는 두고두고 나를 더 미워했다.

나도 괜히 당하는 일이 아니고 한 짓이 있는지라 심한 말을 듣는대도 억울한 생각이 덜 드는 느낌이라서 그냥저냥 참을만했다. 아무려나 나는 곧 학교에 다닐 건데 뭐가 문제랴, 그도 믿는 구석이었다.

언니는 그 후로 어떤 일도 내 일이라면 도와주지 않았다. 양말을 기워주는 일이며 언니가 맡아 해줬던 빨래 따위를 초등학교 들어갈 무렵부터 모두 내 몫으로 던져졌는데 이가 없으면 잇몸이 하더라고 언제는 구차하지 않았더냐고 그때부터 바늘을 잡았고 서툰 바늘 끝에 찔리면서 터진 옷솔기를 꿰매고 양말 구멍 난 곳을 메꾸는 일은 내 일과의 한 귀퉁이가 되었다.

뭐 하나 도움을 주는 바도 없으면서 글씨가 이게 뭐냐고 공책을 갑자기 집어던지고 숙제를 하는 낌새만 보이면 석유 닳는다고 불을 꺼버리고 갖가지 훼방을 놓았지만 그나마 나는 언니가 아기를 보느라고 학교를 그만두고 집안일을 하는 걸 생각하면 참을만했다. 언제 그 불똥이 내게로 튀어서 집에서 일이나 거들라고 학교 가는 걸 막을지 조마조마했으니 언니가 내 방패막이가 되어주고 있다는 생각을 할 줄 알았던 모양이다.

성격이 외향적이고 억셌던 언니는 학교 가지 말라는 엄마 말을 듣자

마자 얼씨구나 신나서 공부를 집어치우고 집에서 아기를 보고 엄마를 따라다니며 논밭 일을 도왔다. 집에 들면 우리들 단속하고 밥을 하는 것도 언니였는데 사람들이 모두 언니를 어른 뺨치게 야무지다고 칭찬할 정도로 일을 잘 했다. 그게 어느 순간 도가 지나쳐서 너무 잘하려다 보니 동생들에게 엄마를 제치고 군림하기에 이르렀고 그러다보니 엄마보다 더 혹독한 말의 폭력을 쓴다거나 엄마가 안 계신 틈이 나면 구박이 심해졌다.

그게 우리를 잘되라고 훈육하는 가르침이라면 모르겠는데 순전하게 괴롭히는 차원으로 치닫는 날이 더 많았다. 정도가 지나치면 엄마가 들어서 언니에게 주위를 시키는데 묘한 것은 엄마의 도움이 필요한 다급한 순간에는 엄마가 집을 비운 때였으므로 엄마가 우리들에게 심하게 대하는 일과는 차원이 달라서 더 인정을 두지 않았다. 그게 바로 아래 동생인 내게 다 쏟아내고 잽싸게 다시 피하는지라 꼭 동화책에 나오는 팥쥐 어멈 같았다.

악담을 하고 쥐어박는 정도의 일들이지만 그것도 내공이 쌓이는지 점점 언니의 성격은 사나워져가고 점점 살기를 띠는 듯한데 엄마한테 이른다는 것은 옳지 못한 행동이라는 생각이 들어서 별스런 일이 벌어져도 숨기면서 지냈다. 엄마를 제일 미워하는 언니가 하는 양은 엄마를 닮다 못해 한 술 더 뜨는 식인지라, 죽어라 살아라 저주는 기본이고 무슨 뜻인지도 모르면서 우리에게 3대를 빌어먹으라거나 죽어도 어찌어찌 험하게 죽으리라고 주술을 거는 수준이어서 소름이 끼치게 하는 것이다. 엄마 말을 고대로 본떠서 조상을 들먹거릴 때면 촌수나 따져가면서 저러나 결국 그 욕은 고스란히 언니에게도 적용되는 것들이

어서 씁쓸하고는 했다.

그 쳐다보기도 아까워하는 장이에게도 예외는 없어서 누룽지 달라고 부엌을 들여다보는 장이에게 아궁이 고무래를 집어던져 그 묵직한 걸로 뒤통수를 맞은 장이가 기절했던 일화는 유명했다. 그런저런 사실을 다는 몰라도 대충 알아차린 엄마가 말끝마다 언니를 나무랬다. 밀이 나무랐다는 것이지 그도 악담이었는데 아무 때거나 동생들 해코지 할 못된 년이라고 '한머리'에 사는 추월이 꼴을 낼 거라는 말을 잘 하셨다. 그도 부모가 자식에게 할 말은 아니었는데 그 전설 같은 얘기 속의 추월이는 우리도 소문을 들어서 아는 바였다.

추월이라는 처녀가 극성맞고 사나워 동생들을 심하게 미워하고 구박하였다는데 하루는 동생을 바다에 데리고 가서 게를 잡다가 물이 들어오자 어린 동생을 버려두고 저만 혼자 돌아왔다는 것이다. 물이 사방에서 모여드는 지형인 갯골 가운데에 동생을 놔두고 혼자 빠져나온 것이 실수였는지 일부러 그런 것인지 모를 일이었지만 평소에 동생들이라면 눈 한번 곱게 뜬 적이 없이 미워하던 그녀라서 그냥 실수였을 수는 없고 계획적으로 그랬다는 쪽으로 사람들은 얘기를 몰아가는 모양이었다. 그래서 언니가 우릴 구박할 적마다 추월이라는 처녀 얘기가 나왔는데 거기다 더 얹어 추월이는 갯바닥에나 가서 그랬지 저년은 무얼로도 죽일 수 있게 독한 년이라고 하였다. 그러고도 눈도 꿈쩍 안할 독종이라는 말은 엄마가 딸에게 할 소리가 아닌데 그런 말들을 마구 하셨다. 문제는 추월이라는 처녀가 실재하는 인물이었고 한머리라는 지명도 뚜렷해서 모든 말에는 부정이 안 되는 불길한 믿음이 끼어 있어서 두려웠다.

120

엄마가 심하게 할수록 언니는 그 화풀이를 우리들에게 했는데 엄마가 하는 소리를 귓등으로도 안 들은 듯 서산 읍내로 영화 구경도 잘 가고 친구들과 마실도 잘 다니는 언니는 그런 쪽으로는 배포가 유한 성정이었다. 부석으로 가설극장이 들어오면 우리들은 그게 또 집안에 불화가 일어날 조짐이었으므로 불안하여 우리가 먼저 언행을 조심하며 발꿈치를 들고 다녔다.

　명절이 지나고 나면 서산극장에도 재미있다고 소문난 영화가 들어오고 부석 장터 어디에선가는 꼭 면민 노래자랑을 한다고 떠들썩하거나 가설극장이 들어와서 시골동네를 흔들어 놨다. 저자거리에서 쿵작거리고 떠드는 소리가 마파람이 불면 우리 집 바로 뒤에서 그러는 것처럼 환히 들리는데 그렇게 동네가 술렁거리기 시작하면 반드시 엄마와 언니의 신경전이 벌어진다. 그런데 가지 말라는 엄마와 말을 어기고 빠져나가는 언니, 어느 쪽도 만만찮은 기세로 부딪치기 시작하면 불편하고 괴로운 건 어린 우리들이었다.

　대보름날인 그날도 언니는 방앗간 집 딸 강유와 서산극장에 영화 보러 갔다가 마침 들어오다가 엄마에게 들켰는데 샘가에 놔뒀던 보리쌀 담가놓은 옹배기를 머리위에서부터 들이부었다. 새 옷을 입고 있던 언니는 물에 불은 보리쌀이 달라붙어 형편이 말이 아니었고 마침 그때 사랑방은 타동 총각들에게 세를 놨었는데 그들이 마루에 앉았다가 그 광경을 다 구경하고 있었다. 결국 그들이 말려서 더 심한 일은 일어나지 않았으나 언니의 자존심이 얼마나 구겨졌을지는 짐작이 되는 일이었다.

　옥희와 나는 너무 놀라서 서로 부둥켜 잡고 떠느라고 정신이 없는데 겁에 질린 우리와 달리 언니는 느긋하게 보리쌀 범벅이 된 옷을 털고 들어가 옷을 갈아입고 아무렇지도 않은 듯 저녁밥을 짓는다. 밥이 어디로 들어가는지 모를 저녁을 먹으면서 엄마가 언니에게 오늘 저녁에 톡굴 가지 말라고 엄포를 놓았다. 톡굴은 부석장이 서는 저자거리를 그렇게 불렀다. 그게 바른 표기인지 발음으로만 기억되는 지명이라서 잘은 모르겠는데 그곳에 얼씬거렸다간 다리몽둥이를 분지르겠다고 명심하라 했다.

엄마가 목소리 톤을 내려 그런 말을 하면 우리 집은 무척 두려운 분위기가 된다. 언니는 그런 부분도 우리와 달랐다. 겁을 먹어 꼼짝을 못하는 건 우리들뿐이고 언니는 그런 말쯤은 깨끗이 잊은 것처럼, 전혀 들어본 적도 없는 것처럼 엄마가 그어놓은 선을 아무렇지도 않게 넘어가는 거였다.

우리 엄마는 초저녁잠이 겨워서 어둠이 내리자마자 주무신다. 문제는 언니인데 엄마가 잠들자 부스스 일어나더니 옷을 갈아입으며 내게 이르기를 잠들지 말고 있다가 제 때 사립문을 열라는 것이다. 사립문이라면 엄마가 잠들기 전에 아래 위 할 것 없이 굵은 새끼줄로 문기둥에 사립문을 덧대어 칭칭 감고 묶어놓는데 낫으로 끊기 전에는 가능한 얘기가 아니었다. 못 한다거나 아니라거나 가지 말라는 말 따위는 언니에게 내가 말할 수 있는 분위기도 아니고 하나마나한 소리여서 끽소리 못하고 듣는다.

쪽문 빗장 여는 일은 엄마가 잠든 안방에 가까워 소리가 너무 크게 날 터이므로 엄마에게 들킬 확률이 높은 탓에 워낭까지 달아놓은 사립문 새끼줄을 푸는 게 안전하다는 생각으로 언니는 내게 그 일을 시키는 모양이었다. 그걸 열어주면 죽여 버린다는 엄마의 엄포가 아니라도 무서운 노릇, 이러나저러나 어렵기는 마찬가지여서 진퇴양난이 된 꼴이니 그 때부터 나는 어둠 속에 쪼그려 앉아 어떡하나, 고민을 해야 하는 것이다.

어느 편에 선들 그냥 수월하게 지나갈 고역은 아닌 것이다. 언니는 필경 노래자랑 구경을 갔을 것이고 그 판이 끝나고 곧장 집으로 온다 해도 자정을 넘긴 깊은 밤일 터인데 시장 근처는 양품점이니 양장점이니 처녀들이 들어갈 곳도 많아 놀다 올 확률도 높은 것이다. 엄마에게 언니가 혼나는 것도 못 견딜 노릇이고 엄마를 속이고 그렇게 미꾸라지처럼 빠져 다니는 언니의 처사도 마땅치 않았다. 그러니 나는 잠도 못자고 캄캄한 속에서 등잔불도 못 켠 채 밤을 새우다시피 고민을 하고 있어야 하는 노릇이라니, 내 처지를 돌아보면 모두들 너무하는 것 같았다. 엄마와 언니가 짜고 하는 듯 내 속을 썩인다는 생각이 드는 것이다.

될 대로 되라고 자버릴까? 그랬다간 정말로 언니가 나를 죽이려할지도 모른다는 두려움이 앞서서 엄마는 언니가 설마 또 빠져나갔으리라는 생각을 못하실 거라고 어림없는 상상을 해보기도 하지만 엄마가 아신다면 또 얼마나 속이 상하실까. 상황인식이 제자리로 다시 돌아오면 그도 걱정이 되어 되작이다가 깜빡 잠이 들곤 한다.

무슨 소리가 난 듯하여 발딱 일어섰다. 시간을 알 수 있는 아무 것도 없는 암흑 속에서 벽을 더듬으며 마루로 나간다. 사립문 안쪽에 달아놓은 워낭이 실바람에 스친 듯 여린 소리를 낸다. 언니가 왔나보다. 신발을 찾느라고 또 꾸무럭거리는 내게 언니는 그 와중에서도 욕을 한다. 느러터지다고 게으르다고, 빨리 좀 못하느냐고, 그래도 엄마가 무섭기는 한지 나만 들릴 정도로 계속 속을 긁는 말을 하는데 엄마가 옭아맨 새끼줄 매듭은 단단하여 내 손심으로는 끌러질 가망이 없을 것 같다.

그 어려운 일에 애쓰는 동생에게 어쩌면 저럴 수 있을까. 언니는 엄마가 들어도 상관없다는 기세로 그러는 것처럼 자꾸만 목소리가 커진다. 성깔대로 한다면 나도 모른다고 들어와 버렸으면 좋으련만 후환이 두려워 그럴 용기도 없어서 참고 새끼줄의 그 단단한 매듭 푸는 일에 매달린다. 손이 떨리고 간이 콩알만 해진다는 표현이 꼭 맞을 듯 한데 간신히 끌러 겨우 열린 사립문으로 들어온 언니는 뒷수습도 안 한채 방으로 들어가 버린다.

욕을 하거나 말거나 언니가 문 밖에 있을 때는 어둠이 무섭지는 않았는데 밤눈이 어두운 내가 엄마가 묶은 것처럼 비스름하게라도 사립문을 묶는다는 건 가능하지 않을 터였다. 그러면 또 날이 밝자마자 일어날 사단이 더 무서운 노릇, 방으로 들어가도 언니가 그냥 잘 리는 만무하고 아마도 문을 늦게 열었다고 벼르고 있을 터여서 어디로 향하거나 지겨운 구박이 따라다니는 격이었다.

문을 묶은 솜씨가 허술하여 표가 날 터인데도 엄마는 아침밥을 먹으면서 아무 말이 없으셨다. 그 가라앉은 분위기 탓에 우리들은 수저소리도 못 내고 밥을 먹으며 나는 절대로 마실이라는 걸 다니지 말아야겠다고 마음에 접어두고 있었다. 부모자식이 저렇게 으르렁거리는 일은 사람 사는 일이 아닐 것 같았다.

노래자랑은 이틀 저녁이면 끝이 나는 거여서 이제 되었나 싶으면 기다렸던 듯 가설극장이 시장 쪽에 터를 잡는다. 이제 또 가설극장이 떠나가도록 엄마와 언니는 그렇게 불화할 것인데 그 가운데 끼어서 내가 하는 생각은 엄마가 불쌍하다는 쪽으로 기울어서 나만이라도 엄마에게 순종해야 되겠다는 기특한 다짐을 하기도 했다. 무얼 더 순종한다는 것인지, 언제는 내가 엄마 말을 어긴 적이나 있었는지 내 생각에 토를 달아봐도 아퀴가 안 맞는 것이었지만 마음이 그랬다.

정말로 나는 나중에 언니 나이가 되어서 엄마가 걱정하실 마실을 안 다녔다. 감나무집 고모한테 책 읽어주러 가는 것은 엄마가 허락을 하셨으니 문제될 것이 없어 날을 새고 온대도 엄마가 근심할 부분이 없는지라 속이 편한 마실 가기였다. "저건 무굴쳉이 같아서 말은 잘 들어" 누구에겐가 나를 지칭하여 엄마가 평하는 소리를 들었다. 무굴쳉이, 뼈 없는 벌레라는 무골충, 상당히 자존심에 상처가 나는 별명이었지만 모든 정황으로 미루어 엄마가 칭찬을 그렇게 한다는 걸 알았으니 뭐 달리 뽀족해질 필요는 없는 일이었다.

어릴 적 마실을 안 다니리라는 결심은 세월이 가고 내가 어디를 가든 아무도 참견할 일이 없는 사정이 되어 살아가는데도 그 마실 다니는 일이 싫어졌다. 남들은 하루 종일 그렇게 하릴없이 이집 저집 놀러 다녀서 소일을 하는 이도 있는 모양인데 그럴 짬이 생기지도 않을 뿐더러 무언가 놓치고 있다 싶은 조급증이 들어 그렇게 편안하게 놀러 다닐 마음자리가 못되는 것이다.

언니와 달리 명절 끝이라도 내가 집 밖으로 안 나오므로 동무들이 나를 찾아 우리 집을 기웃대기도 하는데 그때마다 우리 엄마는 애들을 혼내서 돌려보냈던 것이니 고립무원 같은 내 처지는 어린 날부터 끌고 온 무엇이었지 싶다.

언니들이 대보름날 오곡밥을 얻으러 집집마다 몰려다닌다거나 몰래 훔치러 가서 무엇이 어떻더라고 무용담을 삼는 부분은 부러웠다. 그들의 유대감이며 펄펄 솟아나는 활기는 닮아볼 수는 없더라도 우리 엄마에게 까닭도 없이 야단맞고 돌아간 내 친구들이 나를 뭐라고 할까, 우리 집을 어떻게 볼까, 그 부분이 마음 쓰이고 속이 상하는 것이다.

내가 그들 속에 섞이면 퍽이나 좋아하던 애들, 미자나 홍수, 순구며 영자, 정분이는 내 말을 하며 아무개가 왔으면 좋겠다고 하다가 무서운 우리 엄마가 겁나면서도 우리 집에 왔을 터인데 내게 알려주지도 않고 그렇게 돌려보내 놓고는 그 부분 조금 미안하기는 하셨던지 잠시 살가워지던 엄마, 뭐 이해하자면 못할 것도 없는 일이었다. 그런데 이해가 안 되는 것은 언니였다. 엄마한테 그런 일로 숱하게 당하여 불만을 끓이면서도 언니가 더 심하게 내 친구들이 얼씬거리는 꼴을 싫어하던 것이다.

그러니 시집살이를 혹독하게 해본 며느리가 늙어서 젊은 며느리에게 더 심한 시집살이를 대물림한다던 말은 진리에 가깝다. 애들이 그리 좋아하는 명절이 내게는 별로 기대치가 높지 않았던 것은 엄마와 언니의 반목이 그 원인이기도 하였을 듯, 다만 그날이 그날 같아도 울근불근 싸우는 분위기만 아니라면 산다는 건 좋은 거라는 생각은 변함이 없다. 명절 근처만 되면 우리 집에 불어닥치는 그 뭔가 불행의 조짐 같은 불안한 바람이 싫고 또 싫었으나 그래도 기다려졌으니 말이다.

그해 대보름 명절은 내게 여러 가지로 큰 변화를 가져다준 잊지 못할 명절이었다. 내 자존감을 생각하게 된 것도 그렇고 내 생애 최대의

명절인 초등학교 입학이 코앞이었으니 다른 부분이 어떻다한들 무엇이
문제였으랴.

조랭이

아버지 돌아가시고 몇 년 뒤, 초겨울 들어서면서 내년 농사를 도와
줄 머슴을 들였다. 언니보다 서너 살 위인 조랭이 오빠는 덩치가 컸다.
쌀에서 돌을 골라낼 때 쓰는 주방기구 '조리'를 우리 동네 사투리로는
조랭이라 했는데 호적에 오른 이름이 그런지 발음이 좀 둔한 그 오빠
가 잘못 발음한 건지는 모르지만 자기 이름이 조랭이라 했다. 좀 웃기
기는 했지만 우리는 조랭이 오빠라 불렀다.

새경이 비싼 장정을 들일 수는 없고 하여 엄마는 새경이 헐한 아이
일꾼을 들인 모양이었다. 식구 입 하나 치우는 것도 큰일이던 때라서
농한기부터 미리 들어와 살기로 하였을 터인데 우리 집은 식구가 늘면
서 뭔가 많이 불편한 느낌이 드는 나날을 보냈다.

마음이 불편한 거야 참으면 되는 거고 우선 땔감 때문에 고난을 당

하는 집이다보니 겨울에 나무를 할 사람이 필요하긴 했다. 그러니 객식구가 끼어든 탓에 불편한 일이 여기저기 나타날지라도 나무를 할 사람이라서 엄마도 조랭이 오빠에게 거는 기대가 컸으리라.

엄마와 조랭이 오빠가 겸상을 하고 수저질이 서툰 남동생은 엄마 곁에서 먹다가 반찬 시중을 받느라고 우리들 곁으로 왔다. 우리들은 납작한 쟁반에 놓인 밥을 먹는데 장이 수저에 장이가 원하는 반찬을 올려주는 일은 누나 셋 중에 누구라도 계제대로 재빨리 해야 한다. 자기 수저질에 바빠 한 박자 멈칫대거나 맘에 안 드는 반찬을 올려주면 장이는 수저를 쟁반에 탁, 털어내고 다시 밥을 뜨는데 식성이 까다롭고 입이 짧은 탓에 장이가 밥을 안 먹겠다고 할까봐 우리들은 늘 절절매며 비위를 맞춰야 한다. 그런 일은 장이가 초등학교에 들어가도록 계속되었다.

엄마 상에는 뭐가 더 올라와도 쟁반 쪽보다는 형편이 나은데 조랭이 오빠는 반찬이 없다는 말을 아무렇지 않게 한다든가 장이가 밥 먹는 모습을 보고 애 버릇을 저렇게 키워서 뭐하느냐는 따위 큰일 날 소리를 한다거나 우리 엄마에게 퐁당퐁당 말대답을 하는 걸로 봐서 우리 집 분위기를 전혀 못 읽는 것 같았다. 그 시절 드물게 보는 비만이었던 조랭이 오빠는 뭐든 잘 먹고 많이 먹어 식성은 무던하면서도 말버릇이 그랬다.

우리 식구 다섯 명이 먹고도 남을 것 같은 고봉밥을 뚝딱 다 먹어치우고 누룽지 없느냐고 찾는 대식가였던 그 오빠는 우선 그 대단한 식탐이 우리 집에 온 첫날부터 엄마의 근심이었다. 살림살이 요량이 아직 제대로 안 섰던지 엄마는 식량에서부터 극도의 긴축을 제일로 삼으셨는데 조랭이 오빠의 등장으로 그런 계산은 엉망이 되고 만 셈이다.

눈이 안 오고 해가 따뜻한 날이면 엄마는 조랭이 오빠에게 나무를 하라고 산으로 보냈는데 지게를 지고 떠날 때는 우리도 기대를 하곤 했다. 나무를 한 짐 해오면 며칠은 따뜻하게 살 수 있겠다는 기대인데 한나절이 지나서 조랭이 오빠가 건들건들 돌아와 우리에게 보여준 건 바지게 안에 숨듯 겉으로 드러나지 않는 생솔가지 몇 가닥뿐이었다. 아마도 우리는 아버지의 나뭇지게를 상상하고 있었던 터라서 아버지가 하늘을 가리게 거대한 나뭇짐을 부엌 겸 나뭇간에 쿵, 부려놓던 포근하던 시절이 다시 돌아오기를 기대했던 모양이었다.

조랭이 오빠의 헛지게가 번번이 어이없었는데 그 오빠는 아무 일 없었다는 듯 멀쩡한 표정으로 다시 고봉밥을 먹는다. 말이나 말았으면 좋으련만 배고파서 나무를 못 하겠더라는 소릴 예사로 한다. 커다란 사발 위로 올라온 부분이 훨씬 많은 고봉으로 아침을 먹고 나섰던 길에 배고파서 어쨌다는 건 내가 듣기에도 좀 멋쩍은 노릇이었다.

그렇게 점심을 먹고 또 나무하러 나서면 비슷한 현상을 만들면서 저녁상을 받는다. 언니는 조랭이 오빠를 정면으로 타박하고 핀잔을 주는데 오빠라는 호칭도 없이 야, 너! 부르면서 마구 다뤘다. 그런 장면을 엄마에게 들켜도 웬일인지 엄마는 모르쇠로 일관했다. 언니가 하는 소리가 옳은 소리여서 엄마 몫까지 야단을 치는 까닭이었을까, 엄마에게 말대꾸를 잘하는 조랭이 오빠는 언니한테는 별소릴 다 들어도 아무 말 못하고 들어먹었다. 언니가 못마땅해 하는 대상이니 언니 말에 토를 달거나 하는 건 우리에게도 금기 사항이었고 언니는 늘 옳았으므로 꼼짝 못하는 우리는 그 오빠에게 오빠라고 부르는 일도 언니 눈치가 보여 떳떳치 못한 느낌이 들었으므로 호칭을 잘라먹고 어물어물 말을 하곤 했다.

언니와 내가 쓰던 윗방을 조랭이 오빠에게 내주고 우리 식구들은 모두 안방에 모여 사는 것도 불편하고, 뭐하느라 그렇게 부시럭거리며 돌아다니는지 밤이면 보꾹을 뛰어다니는 쥐새끼 소리나 들릴까 조용하던 집에 대문 여닫는 소리며 조심성 없이 휘젓고 다니는 조랭이 때문에 불편하고 불길한 느낌으로 조마조마했다.

어려서부터 잠귀가 밝아 쉽게 잠이 깨고 다시 잠드는 일이 어려웠던 나는 조랭이 오빠의 기척에 근심을 실꾸리처럼 풀고 있었다. 대문을 나가는 기척이 들리고 너무 오래 안 들어온다거나 들어오면서 빗장 지르는 소리가 생략된다거나 하면 무서워 궁리가 많아진다. 칠흑 같은 밤중에 도둑이라도 들면 어쩌나 싶고 만일 바람이라도 불어 빗장이 걸리지 않은 문이 열린다면 엄마가 잠을 깰 테고 누가 야단을 맞든지 큰소리가 날 텐데 어쩌나 조바심을 하게 되는 것이다.

조랭이 오빠는 자기 집에서 하던 버릇인지 엄마에게 슬슬 반말도 하고 동네 아줌마들에게 하듯 격의 없이 행동했다. 일테면 다리를 뻗고 앉았다가 우리 엄마가 들어오시면 그냥 예사로 본척만척 뻗은 다리를 얼른 접을 줄 모른다거나 눈치도 없고 조심성도 없어서 굼뜬 몸짓을 보고 있으면 언제 터질지 모르는 폭탄을 보는 것 같아 죄 없는 우리들만 이제나 저제나 마음을 졸이며 살았다. 동네 어른들도 우리 엄마라면 함부로 말을 놓지 못하는데 여자라고 깔보는지 원래 자기네 엄마에게 하던 버릇이 그런 건지 집안 분위기가 싸아해지곤 하는데도 알지 못했다.

엄마가 많이 참는 것 같은데 하루는 나무하러 가기 전에 어느 산으로 가느냐 누구랑 가느냐 심드렁하게 물으셨고 거기 방심한 조랭이 오빠가 "요새 나무 헐 디가 워딨대유" 불경스럽게도 핀잔 투로 말했다. 나중에 알고 보니 조랭이는 우리 집이 안 보이는 산 아래 엿방집 모퉁이에 지게를 뉘어놓고 실컷 낮잠을 자거나 꼬마 애들하고 놀다가 끼니때가 가까워지면 산에는 들어가지도 않고 남의 무덤가에서 생솔가지 몇 가닥을 꺾어오는 것이었다.

그렇게 낮잠을 잤으므로 밤에는 잠이 없어 들락거리는 것이었을 테고 밤에 잠을 안자고 그러니 낮에 또 졸려서 낮잠을 자고 싶었을 것인데 어디 인가가 없는 바람막이 바위 밑에라도 가서 잔다면 모를까 대낮에 낯선 총각이 지게 위에서 낮잠을 자는 일은 흔한 일이 아니라서 누구의 눈에 띄었다 해도 그걸 본 동네 사람들이 일삼아 엄마에게 달려와 조랭이 오빠 얘기는 세세하게 다 알렸을 터였다. 그런데도 나무하러 가는 일이 계속된 걸 보면 엄마도 참을 만큼 참았던 모양이다.

나중에 동네에 우스갯소리가 생겼는데 어설픈 눈속임이 심할 때 '조랭이 나뭇짐'이라 했다. 그런 말이 생길 지경으로 남들 눈에도 웃음거리로 회자되던 일이었다. 그런 저런 면면을 눈여겨보는 줄도 모르고 버릇없이 굴었던 조랭이 오빠였으니 우리 집에 와서 솜바지저고리 한 벌 얻어 입고 달포 가까이 먹는 타령만 하다가 떠났다.

그도 집으로 갈 처지가 안 되었던지 막상 사태를 알아차리고는 그제야 엄마에게 잘못했다고 이제부터 제대로 하겠다고 그냥 살 수 있게 해달라고 눈물바람을 했지만 우리 엄마의 매서운 눈썰미는 조랭이 오빠에 대한 평가가 이미 끝나 있었던 것, 일손을 돕는 건 차치하고 그 인성이 두고두고 속을 썩일 것을 꿰뚫어봤으므로 추호라도 엄마 마음이 바뀔 일이 아니란 것을 우리는 알고 있는데 그 오빠는 민망하게 자꾸만 용서를 빌고 있는 것이었다. 우리 엄마 앞에는 상명하복만 있고 사정이나 하소연이 안 통한다는 사실, 사람을 보는 첫 번째가 정직성이라는 걸 조랭이 오빠가 미리 알았더라면 좋았을 것을 그 부분 몰래 귀띔이라도 해줬으면 어찌 되었을지 조금은 가책이 되곤 하였다.

그 오빠가 떠나자 우리 집에는 그나마 전날의 평온이 찾아들었다. 객식구가 헤집어 놓은 분위기가 다시 제자리를 잡은 것이다. 겨울은 깊어 엄동인데 우리 식구가 봄까지 먹을 양식을 축내고 윗방에 세워놨던 고구마 통가리가 주저앉은 것 말고는 한 사람이 들어왔다 나간 자리가 너무 멀쩡했다. 어색하던 뭔가가 사라진 시원함을 느낄 정도였으니 말이다.

그 후로 다시는 엄마가 입주 일꾼을 들이거나 그런 쪽으로 솔깃해하지 않고 스스로 삽을 메고 씩씩하게 물꼬를 보러 논에 가곤 하셨다. 곁에서 아버지 하시는 일을 거들기만 했지 농사를 지어본 적이 없었던 엄마가 그럭저럭 어그러지지 않게 가을이면 추수해 들이고 봄이면 모를 낼 수 있었던 것은 아버지 친구들이 자기네 논에 나왔다가 우리 논두렁에 우레가 구멍을 뚫어 물이 새고 있으면 막아주고 사사건건 엄마 몰래 돕고 있었던 건데 엄마가 알거나 모르거나 아직도 아버지가 지어주시는 농사, 엄밀하게 따진다면 아버지가 울타리 되어 돌보시는 농사였다.

농번기에는 일꾼을 사려고 해도 자기들 편리한 대로, 친한 대로 손을 모아 해나가는 품앗이 일속이라서 제 순서대로 한다면 우리는 동네 모든 집들의 일이 끝난 후에나 차례가 돌아올 일손을 우리 집으로 먼저 내주는 사람들이 모두 아버지 친구들이었으므로 때맞춰 모를 내고 늦지 않게 벼를 베고 좋은 날에 바심을 해서 들여와 주는 알곡들이 나중에 생각해보니 아버지가 두고 가신 우정들이 한 일이었구나, 우리를 알게 모르게 건사하신 섯이구나, 뭉클한 마음이 되곤 했다.

기가 센 엄마는 당신 능력이 출중한 줄 아셔서 추호라도 아버지 친구들이 뭘 돕고 있다는 사실을 인정하지 않으셨는데 그 성격으로 그분들이 돕고 그걸 받으며 살았다는 건 생각하기도 싫으셨을 게다. 그렇게 농사지어 들여놓고 일에서 손을 놓은 농한기에는 엄마 친구들이 몰려다니며 놀이판을 잘 벌였다.

엄마들이 노래하며 춤추는 놀이에 쓸 술을 빚으려고 술밥을 찌고 토방에 멍석을 펴고 널어 고두밥을 식힐 때면 우리가 한줌이라도 집어먹을 세라 얼른 누룩을 섞어버리는 쌀쌀맞은 엄마, 그 엄마 몰래 누룩이 안 묻은 부분을 골라 술밥을 뭉쳐 엄마 눈을 피해 건네주던 따뜻한 숙모를 늘 엄마와 비교해가며 살았다.

막내 삼촌이 결혼하자마자 군대에 가게 되어 숙모가 우리 집 사랑방에 살게 된 것은 우리들에게 얼마나 큰 행운이었나, 숙모가 제금 나기 전까지 우리는 다정다감한 숙모를 의지하며 살았다. 자그마한 체구에 명랑 쾌활했던 막내 숙모는 엄마한테 늘 야단맞는 것이 우리들이나 같은 처지였는데 심한 질책을 듣고도 마음에 두지 않고 재빨리 웃음을 찾아 우리를 달래주던 힘이었다. 어떻게 그럴 수 있는지, 시집살이를 고되게 시키는 맏동서의 애들을 극진하게도 건사했다. 이제 생각해보면 대체 어떤 심성이면 그럴 수 있으려나 감탄스러운 경지였던 듯, 그런 숙모가 근처에 사는 일은 어느 모로 보거나 우리들에게 주어진 복이었다.

술이 익으면 장구를 멘 재길이 엄마서부터 이 마을 저 동네에서 놀기를 좋아하는 한량 같은 아줌마들이 모여든다. 그분들 중에도 더러는 인정 있는 아줌마, 양열이 엄마라거나 춘심이 엄마 같은 분들도 섞여 있어서 밥을 먹다 쫓겨가거나 이리저리 설 곳 없어 쩔쩔매는 우리들을 안쓰러워 다독거리거나 미안해하면서 다른 아줌마들이 우리에게 함부로 하는 걸 말리기도 했다. 대부분의 엄마 친구라는 이들은 우리가 눈엣가시라도 되는 양 사람들 앞에서도 마구잡이로 행동하였다.

술이 거나해지면 대놓고 구박하는 익재 엄마는 우리 자매들 때문에 우리 엄마가 팔자를 못 고친다고 주먹을 겨누며 윽박지르거나 죽어버리라고 욕을 할 지경이었다. 그런 저주를 들었다고 곧 어찌될 것이 아닌데도 하소할 곳 없는 우리는 자주 곤혹스러움에 처하곤 했다. 그렇게 방도 빼앗겼으므로 잠잘 곳도 없이 이 구석 저 구석에 박혀 서러웠던 기억이 뚜렷할수록 그렇게 돈독한 우정인 듯 설치던 아줌마들이 미워서 길에서 마주쳐도 인사조차 하기 싫었다.

엄마와 그 친구들은 정부통령 선거에도 개입해서 부정을 저지르는 일에도 한몫을 하였다. 지서 주임댁이라 부르는 권영세 엄마가 속닥속닥 뭔가를 시키면 그대로 움직여 글을 모르는 사람들을 3인조로 짝을 지어 투표소에 들여보냈다. 그 중 글을 아는 사람이 미리 교육받은 대로 투표를 하기도 하고 투표하러 안 가는 사람이 생기면 그 사람들 대신 몇 번이고 옷을 갈아입어가며 투표 하러 오가는 것이다. 몇 벌의 한

복을 준비해 놓고 투표소인 부석초등학교가 코앞인 우리 집에서 시작되는 그런 일의 속내가 무엇인지 알 바 없는 우리는 한 마디 물을 수도 없는 분위기 속에서 깔깔깔 신이 난 아줌마들을 안 보고 사는 날은 언제일까 막연한 바람으로 살았다.

집안이 그냥 시끄럽고 어수선한 것도 싫은데 한 말을 하고 또 하면서 그냥 놔둬도 어디 가서 입을 열 일이 없는 우리 자매들을 옥박시르듯 단속하던 그 무지막지한 3·15부정선거의 현장에 있었다. 세월의 뒷곁에서 생각해보면 참, 삶이란 게 웃기자고 하는 농담만 같았다.

엄마들과 한패였던 사람들이 투표장에 죽치고 있는 면서기며 지서주임이며 각 이장들, 투표종사원들이었으므로 가능한 일이었으리라고 세월이 많이 지난 뒤 되돌아보며 우리가 사는 이 땅의 여명기를 유난스럽게 기억하는 세대가 하필이면 우리였는지 운도 없다는 생각이 들곤한다.

엄마들은 선거 바로 전에 단체사진을 찍었는데 '3·15 정부통령 선거를 앞두고'라는 문구가 사진 전면 아랫부분 반을 차지한 그 사진은 투표가 끝나고 며칠 지나지 않아 수군수군 하더니 주임댁이 모두 걷어가 버렸다. 뭔지는 모르지만 술이 안 들어갔어도 기고만장하던 아줌마들의 분위기가 사라지고 쉬쉬하는 겁먹은 표정으로 오가는 걸 보면서 잘못되어 가는 그 뭔가가 어떤 것인지 알 수는 없었지만 설치던 아줌마들이 된통 당하는 일이라면 좋겠다는 생각이 들었다.

시끌시끌하고 안하무인으로 휩쓸고 다니는 사람들이 잠시라도 수굿하게 조용해질 수도 있으니 우리에게는 조짐이 좋은 노릇, 그래야 우리도 숨 쉴 여백을 얻을 것 같은 느낌이 들었다. 서울에서는 무슨 일이 터진 것 같은데 우리에게 그런 소식이 닿을 일은 없었으므로 어른들이 말소리를 죽여 수군거리면 우리까지 덩달아 귓속말을 하며 뒤꿈치를 들고 다녔다.

농촌의 그 시절은 살아 넘기기도 버거운 보릿고개가 있었던 세월, 부촌도 아닌 그렇고 그런 사정이 빤한 농촌에 가당치 않은 춤바람이라니, 순박하던 농촌 주부들이 한때 득세했던 일은 어린 우리가 아무리 짜 맞추려 해도 아퀴가 안 맞는 이상한 일이었다. 그렇게 몰려다니는 아줌마들의 왕치 노릇을 하는 우리 엄마가 의롭지 못한 일에 연루되어 사고가 나는 건 아닐까, 아이들 깜냥으로 닿을 생각이 아닌데도 제멋대로 궁리하다 보면 두려움이 생겨서 저절로 걱정이 되기도 했다.

동네 엄마들이 다 그렇게 놀이패처럼 시끄럽게 몰려다니는 건 아니고 농한기에도 착실하게 길쌈을 하고 아이들 건사하며 다소곳하게 사는 이들이 더 많았다. 그러니 한 동네에 몇 명씩 앞에 나서기 좋아하고 젠체하는 아녀자들이 덩덩 장구소리 울리며 몰려다니는 일은 흉거리였고 뒤에서 손가락질을 받았다. 생각해보면 조랭이 오빠의 태도가 처음부터 우리 엄마에게 버르쟁이 없이 그렇지는 않았는데 그런 저런 면면을 보니 아무렇게나 해도 될 듯한 풀어진 집안 분위기로 잘못 해석한 모양이다. 적당히 놀고먹어도 되는 허술하고 느슨한 집, 더군다나 힘 센 남자가 없으니 힘으로 치면 자기를 대적할 누가 있으랴 하여 깔봤기 때문이었을 듯하다.

익재 엄마처럼 술만 들어가면 우리 자매들에게 네깟 것들이 없어져야 니 오매가 산다고 눈에 살기를 품던 맹목의 그것도 우정이라 쳐

줄 수 있는 건지 엄마의 측근이었던 그 무지몽매한 사람들을 우리는 뭐라 해야 할까, 이름 짓기도 쉽지 않은 이상한 이들이 많았던 세월이었고 눈만 뜨면 사방에 당치않게 우리를 구박하는 이들은 즐비한데 우리가 왜 그런 대접을 받으며 자라야 하는지 아버지 살아생전에 상상도 못했던 상황들이 자꾸만 닥쳐와 삶이 어리둥절해질 때가 많았다.

우리한테 죽으라는 말을 할 수 있는 이상한 어른들에게 우리가 적대하지 않고 웃음으로 대할 수 있었겠는가. 설사 그것이 농담이었는지는 모르겠지만 용서가 안 되는 일은 철이 들어야 하는 나이가 되었어도 응어리가 사라지지 않았다. 건너 말에 사는 익재 엄마가 혈압이 높아 돌아가셨다는 소식을 듣고 가슴에서 막혔던 뭔가가 내려가는 느낌을 받았다 말한다면 누구든 우리를 못됐다 하겠지만 느끼지 못하는 사이 어린 우리들도 마음에 병이 깊었던 모양이다.

부정선거로 나라가 뒤집어질 듯 흉흉하던 기운은 시골구석까지 밀려오고 그런 분위기가 쓸고 지나는 동안은 장구소릴 내며 동네를 시끄럽게 하던 엄마들이 주춤하였다. 4·19 때문이라 했다. 부정선거가 뭔지 하루 종일 투표하러 다녔던 그 일이 왜 죄가 되는지 알 바 없는 아줌마들을 처음에 결속시켰던 게 주임댁이듯 그걸 헤쳐 쥐죽은 듯 엎드려 있게 만든 것도 그 주임댁이었다.

뭐가 어찌 돌아가는지 알지 못하는 무지한 아줌마들에게는 눈앞에다 흔들어 보여줘도 모를 정치판 일이지만 멀리는 이승만 박사가 어떻다 거니 이기붕 아들 이강석이 어쨌느니 소식들이 간간히 사람들 입에 오르내리기도 하고 가까이에선 지서 권주임이 좌천되어 어느 섬으로 갔다는 소문이 나고 그렇게 날마다 우리 집을 들락거리던 주임댁도 사라졌다.

4·19가 뭐냐 물어볼 사람 하나 없는 동네에 초상이 났다. 4·19 탓에 사람이 죽었다는 것이다. 그러니 4·19 그것은 숫자 같은데 또 괴물일지도 몰랐다. 그 초상집에 방개차가 등장했다. 국회의원이라는 사람이 타고 왔다는데 어쩌면 그렇게 물방개와 흡사한지 꼭 방개를 크게 뻥 튀겨 놓은 것처럼 매끈매끈하게 생긴 차를 우리들은 처음 보는 것이었고 물론 동네에 들어온 것도 처음이어서 그걸 보자고 애나 어른이나 차 구경을 갔다. 죽은 이는 우리 임가네 먼 친척이라는데 대학을 다니는 학생이고 거리 시위에 나갔다가 총을 맞았다고 했다.

쉬쉬하면서 도는 뒷소문들은 여러 갈래로 서로 달랐다. 언제나 전면보다 배면이 재미있고 얘기가 자세한지라 사람들이 수군거리는 뒷얘기들은 일파만파 퍼져나갔다. 대학생도 아니었고 데모를 하다가 죽은 것도 아니라는 소문이었다. 우연히 지나던 길에 총을 맞았다고도 하고 나쁜 짓을 하다가 시위대 속으로 엉겁결에 뛰어들어 밀려가다 그렇게 되었다는 소리도 있었는데 그게 그렇게 영웅 대접을 받을만한 일이냐, 말하는 사람들도 있고 소문들은 점점 우리가 이해 못할 켯속이 되어 아무 곳으로나 흐르고 있는 느낌이었다.

그해 봄 우리 집은 식량이 떨어져 정부에서 내주는 환곡이라는 이름의 장리쌀을 타 왔다. 일 년 동안 먹을 식량을 계산해 놓고 나머지는 처분해버렸던 엄마의 곡식 두량은 조랭이 오빠의 등장으로 턱없이 부족하였던 것이다. 그런 계산조차 못하고 우리 형편에 당치않은 일을 도모했던 엄마는 두고두고 그 말을 했다.

그 후로 우리는 5·16이라는 숫자를 또 기억해야 했는데 쿠데타는 그 전모를 초등학교 학생이던 우리도 알아먹을 정도로 설명이 잘 되었다. '…기아선상에서 허덕이는 민생고를 해결하고 …', 혁명 공약만 봐도 뭔가 있을 법한 솔깃한 일, 4·19처럼 안개 같고 뭔가 이 세상 일이 아닐 듯 황당한 사건이 아니라 우리에게 닿는 느낌이 아주 가깝고 친절하달까. 서울이란 곳을 처음으로 가보고 싶다는 생각이 들었다. 격변하는 세태와 무관한 삶을 살아가는 우리에게 무언가 서울은 신기하고 대단한 일이 일고 갖는 기회의 땅 같았다. 기회가 뭘 말하는지 짐작도 안 되면서 그렇게 동경할 일이 생겨나기도 했다.

한적한 평온을 좋아하고 시끄러운 걸 질색하며 누가 이래라 저래라 강요하는 걸 싫어했던 우리 자매들, 유난스레 자존심이 강해서 상처를 잘 받았던 우리는 세상을 견디기는 어림없이 가녀리고 유치한 날에 집을 떠났다. 우리가 본성으로 타고났을 그 무엇, 여리고 평화로웠던 고유한 무엇을 하나씩 잃어가면서 살아낸 그 길에선 무엇을 얻었을까, 그렇게도 억울하던 날들은 가고 미지수이던 미래란 것도 들춰보니 별 볼일 없는 황량한 바람뿐이었다는 걸 알아서 더는 서러울 일도 속이 타게 억울할 일도 없이 덤덤한 세월의 뒤란에서 돌아본다. 우리에게서 빠져나간 그게 뭐였을까.

어느 구석을 들춰봐도 짐작도 안 되는 미진한 느낌 같은 것, 내면에서 꺼내는 순간 휘발하여 스러지던 그것, 아무 보호의 끈도 없이 던져지듯 우리가 살아낸 구간들, 대책 없이 위태로운 목숨을 들고 쩔쩔매는 아이를 꿈에서 만날 적마다 생애 전 구간으로 번져가는 둔통이 있다. 아직도 바람찬 언덕에서 갈 바 없이 서성이는 걸음을 느낄 적마다 그 미진으로 그들먹한 마음의 뿌리를 찾을 단초가 빗돌머리 어디쯤 남아있지 않겠나 싶어 두리번거려 보는 것이다.

마음은 오이짠지

우리 집에서 장터거리 쪽으로 조금 가면 부석면사무소가 나오고 지
서가 나온다. 거기서 해지는 쪽으로 배근네 가게가 있고 생나무 울타
리가 쭉 곧은 건물, 부석국민학교가 동네서 제일 큰 몸집으로 앉아 있
다. 일본식 건축양식으로 지어진 집들은 대개가 관공서였는데 나무판
자를 댄 벽면에 철따라 검은 콜타르를 칠하곤 했다. 우리들은 그걸 골
탄 칠이라 불렀다.

골탄 칠을 한 집 근처를 지나려면 번들거리는 벽면은 색깔도 흉하고
냄새도 고약하여 코를 싸쥐고 뛰어야 했다. 외벽에 골탄을 칠한 교실
에서 몇 시간을 참고 나면 속이 느글거리면서 머리가 아프고 열이 오
르는데 더 몹쓸 낭패는 옷에나 살갗에 그 기름찌꺼기가 묻는 일이었
다. 어쩌다 조금만 스쳐도 큰일이므로 숨을 참으며 조심스럽게 지나

다니는데 심술궂은 남자애들은 멀쩡하게 잘 걷다가 곁에 여자애들이 지나면 칠을 새로 한 그 벽에 확, 밀어버리고 달아난다. 손이나 옷에 묻은 콜타르는 무엇으로도 얼른 지울 수가 없다. 궁여지책으로 흙에 박박 문지르거나 마른 잔디밭이 있다면 거기 앉아 오래 비벼야 조금 지워진다.

그 고약한 냄새와 시꺼멓게 엉겨붙어 끈적거리는 불쾌감을 얼른 지워낼 수가 없는 처지로는 벽에 부딪치는 일은 재앙이 아닐 수가 없다. 비누가 귀하고 더운 물이 없는 사정의 아이들이 그런 고생을 하면서도 또 다른 걱정은 그렇게 벽에 부딪치고 나면 새로 칠한 그게 곱게 마르기 전이라 흠결이 생긴다는 점이었다. 내게 묻은 타르 걱정보다 더 무서운 것이 벽에 남은 자국인데 선생님한테 불려가서 혼찌검을 당하기 일쑤였으니 몸에 증거가 시커멓게 묻어 있어서 다른 변명이 소용없는 일이었다.

애들이 질색하는 그 칠을 하는 데가 학교 말고도 지서나 면사무소 따위 관공서 건물 여러 곳이 더 있었는데 다른 곳이야 우리가 알 바 아니나 지서 벽에 칠해지는 콜타르는 혐오감이 더했다. 우리가 맘껏 놀 수 있는 곳에 그런 덫이 기다리고 있으니 말이다. 지서의 원래 명칭은 '서산경찰서 부석지서'인데 사람들은 긴 말을 잘라내고 그냥 지서라 부른다. 지서는 잔디가 돋은 낮은 흙담에 둘려 있어서 애들이 놀기 좋았다. 그 담이란 게 이름만 담이지 완만한 구릉처럼 편하게 생겨 경계표시 정도의 역할이나 할까, 우리 같은 조그맣고 힘없는 아이들도 걸어서 넘어 다녔으니 놀기 좋으라고 설치해둔 놀이기구 같이 뜀틀도 되고 미끄럼틀도 되고 평균대 노릇도 해주는 것이었다.

그 집에는 성태네가 살았다. 성태는 우리 반이었는데 아무 하고나 잘 싸우고 힘이 세서 날마다 얼굴에 손톱자국 몇 개는 매달고 다니는 말썽꾸러기 아이, 머리 모양까지 올려친 상고머리로 깎아 아무리 봐도 여자아이 느낌이 아니었다. 남동생을 낳으라고 이름마저 그렇게 지었다는데 성태를 따라 자주 낮은 담을 넘어 그 집에 들락거리며 놀았다. 행길 쪽 담 아래에 거무직직한 비석들이 줄지어 서 있어서 그게 뭔지 모르고 술래잡기를 할 때거나 감추기 놀이를 할 때 그 비석들은 요긴한 설치물이 돼 주었다.

몸이 작은 우리들이 바짝 붙어 있으면 반대편 길 쪽에서 보면 비석이 몸을 온전히 가려주므로 술래한테 들킬 리 없었는데 그렇게 밖에서 숨다가 나중에는 성태네 살림집이나 지서 집무실 아래 지하로 뚫린 방에 숨어들기도 했다. 성태네 안방 다락에 숨기도 하고 이불이 깔려 있는 아랫목으로 들어가 이불을 둘러쓰고 누워서 술래를 피하기도 하는데 염려하다가 아무 짓도 못하는 소심한 내가 그럴 수 있는 건 성태가 나만 끌고 방으로 들어가 감춰주곤 했던 덕이었다.

너무 다급하면 그 무섭다는 지서 집무실로 뛰어들기도 하였는데 무서운 순경들이 그런 우리를 보고도 성태를 봐서 그냥 웃고 만다. 더러는 성태 아버지가 사탕을 주기도 했으나 여기 들어오면 안 된다고 타이르는 말에 걸려 내가 그곳은 극구 따라 들어가지 않으려는 탓에 별로 자주 들어가 보지는 못했어도 그 방안 풍경 어디에 사람을 때리고 고문할 만큼 모진 뭐가 있을까, 내내 의문이었다.

아이들은 끼니때가 되어도 노는 일에 골몰하여 어스름달밤까지 집에 돌아갈 생각들이 없어보였다. 아슬아슬하고 재미있기는 그렇게 사위가 어둠으로 잠겨들 무렵인데 그런 저무는 시간에 비석 뒤에 숨어 우줄우줄 움직일 듯한 그것들을 바라보노라면 와락 무섬증이 들기도 했다.

늦게까지 집에 안 들어가도 걱정이 없는 그런 날은 엄마가 동막골로 잔치 지내러 가신 날이다. 집에 들어가 봐야 누가 알은체도 안 할 터인데 그래도 사랑방이나 곁방에 세 들어 사는 사람들이 저저끔 방으로 들어갔을 시간에 가야 좋다. 그러니 그 놀이판이 깨질까봐 조마조마 마음 졸이며 더 놀 수 있기를 바라지만 그 판이 깨지는 건 순식간이다. 외출했던 성태 엄마가 들어온다거나 노는 애들을 데리러 나온 엄마들이 다른 애들까지 야단쳐서 집으로 돌려보내는 어둑발이 드는 길, 인적 없는 행길을 타박타박 걸어오다 돌아보면 초승달이 내려다보는 빗돌머리, 남들이 우리 집을 '빗돌머리 순이네'라 부르는데 그 이름을 대보듯 중얼거리며 온다.

첫째인 언니 이름으로 우리 집을 부르는 건 백번 당연한 일인데도 더러는 서운했다. 나도 한번 그렇게 불려보고 싶은 것이다. '빗돌머리 명희네' 생각만 해도 기분이 우쭐할 것 같았다. 나를 좀 알아주면 좋겠는데 존재감이 없어서 집에서나 학교에 가나 투명인간 같은 내가 끼어들어갈 판이 없었다. 몸이 작고 힘이 없으니 아이들이 놀이에 끼어줄 리 없고 혼자 볕바른 화단가에 앉아 있거나 후둑후둑 뛰어다니는 애들 발길에 걸리지 않게 비켜 앉아서 바라보는 일이 그나마 좋았다. 아지랑이 아른거리는 운동장에서 흙먼지 자오록하게 일으켜놓고 고무줄놀이 하는 내 동무들, 그 애들의 오동통하고 튼튼한 다리가 부러웠다.

학년 초에는 새 담임선생님이 들어오시고 그야말로 콩나물시루 같앉던 교실에서 내 이름이 한 번 불리려면 적어도 반 년 정도는 걸리는데 목소리가 작고, 키가 작고, 동작 폭이 작고 숫기가 없어서 발표하려고 손을 들지도 못하였으니 나도 있노라고 존재감을 드러내려면 말썽이라도 부려야 할 테지만 세상 모든 게 무섭고 두려웠던 나는 소심덩어리 아이였으므로 그런 일은 일어날 리 없었다. 나무늘보가 느린 동작을 호신술로 삼듯이 남들의 눈에 띄지 않게 숨어 사는 일은 그런대로 안심이 되는 일이었다.

그러나 남의 주목을 못 받는 일이 이로운 일이긴 했으나 명치끝을 쿡쿡 지르듯 올라오는 통증 같은 외로움은 또 다른 마음의 일, 드디어 선생님 눈에 띄게 되는 날은 여름 한낮에 땡볕이 쏟아지는 운동장에 모여 교장 선생님의 그 긴 훈화를 듣는 날이거나 장티푸스 예방주사 같은 독한 주사를 맞는 날이었다.

머리에 내리쬐는 뙤약볕을 오래 견디면 정신을 놓고 쓰러지는 게 수순이고 예방주사는 주사바늘을 빼기도 전에 기절하는데 둘 다 공통점이 있다. 눈앞이 진한 치자 물을 쏟은 듯 샛노래지면서 코에서 이상한 탄내가 나는 것, 그것은 머리를 어디에 된통 세게 부딪쳤을 때 나는 냄새와도 닮았다. 조회 때 쓰러지면 담임선생님이 미리 어지럽다 말하지 않았다고 꾸중을 하셨는데 예방주사 때는 사전에 말씀드렸어도 아무도 들은 척을 안 해서 그랬던지 어른들에게서 야단맞는 일은 없었다.

그 두 증세의 공통점이 또 있다. 눈을 뜨면 우리 집 안방이고 한나절 가량의 시간이 내게서 감쪽같이 사라져 있다는 것, 내가 모르는 그 시간을 어떻게 해석해야 하고 내게서 단절된 그것은 무엇일까. 가리서슬이 서지 않는 생각을 해보노라면 머릿속에 쥐가 나는지 윙윙 울리곤 했다.

일직선으로 죽 가던 내 생명이 움푹 팬 허구렁을 만나 떨어졌다가 건너편 기슭으로 올라서기까지 아무것도 기억이 안 된다는 것, 누군가 나를 업어다 방에 누이고 중얼중얼 불평이라도 했을 법한데, 또는 엄마에게 상황을 설명하면서 어떤 얘기인가는 했을 터인데 꿈 없는 잠을 자고난 듯 내게는 깜깜한 그 기억의 공백이 두려웠다. 그런 사고를 몇 번 겪은 뒤 학기말이 되면 드디어 선생님이 내 이름을 기억하게 되고 성적표 가정통신란에 '학업성적은 우수하나 건강회복이 급선무입니다'로 시작되는 깨알 같은 글씨가 다른 애들 통지표와 달리 빼곡하게 씌어진다. 물론 그것을 우리 엄마가 읽으시고 참고하는 일 따위는 기대할 바 아니었지만 그래도 기분이 좋은 일이었다. 드디어 선생님이 나를 기억해 낼 수 있는 빌미가 생긴 것, 싸움대장 같은 주성태나 만복이가 내 친구이듯이 아무리 못되게 구는 남자애들이라도 내게는 한 수 접고 대한다는 건 나중에야 알았지만 아무러나 콜타르가 흐르는 벽에 나를 밀치고 달아날 아이가 없고 싸우자 할 사나운 아이가 없는 나날이었으니 세상이 온통 무섭기만 하던 내게는 다행스러운 일이 아닐 수 없었다.

선생님은 건강회복이라 하셨지만 사실 회복이란 아프기 전으로 돌아간다는 말일 터여서 유감스럽게도 내겐 전에 건강했던 적이 없었으니 결국 회복될 건강도 없다는 얘기였다.

그렇게 가지가지 깔보이기 좋은 형질로만 되어먹은 내게 기운이 세고 당당하며 밝고 씩씩한 만복이나 성태 같은 친구들이 있었다는 건 참 이상한 일이었다. 그들의 구김살 없는 면면을 닮고 싶어서 내가 따라다녔나? 돌아보면 내겐 그런 정도의 용기조차 없었으니 그 애들이 측은지심으로 내게 손을 내민 게 아닐까 짚어보곤 한다.

여선생님이 담임이 되는 경우 더욱 두려운 것은 옷 잘 입고 예쁜 애들만 귀여워 하셔서 내게 관심을 갖기까지 시간이 더 걸린다는 점이다. 2학년 때는 앳된 여선생님이 담임선생님으로 들어오셨는데 부석국민학교가 초임지라 하였고 우리가 첫 제자라 하셨다. 세상에 와서 처음 회초리로 손바닥을 맞은 기억 탓에 그 선생님은 내게 잊을 수 없는 얼굴이 되었다. 만복이가 선생님이 미술시간에 만든 호파 인형을 잘못 만져 망가뜨렸는데 만복이 곁에 내가 있었다고 애들이 이른 것이다.

한 학기가 다 지나가고 있었는데 한 번도 내 이름을 불러준 적 없는 선생님이 "야, 너! 너도 이리와! 최만순이 저걸 만지는 걸 봤어? 못 봤어?" 교탁을 탁, 내리치는 회초리가 심장 한가운데를 가르고 들듯 질겁할 만큼 두렵고 무섭게 다가왔다. 그렇게 화를 내는 선생님께 내가 무슨 말을 할 수 있었으랴, 거기서 내가 본 대로 만복이가 일부러 그런 게 아니라는 말을 해야 하는데 목소리도 혀도 얼어붙은 나는 한 마디도 못하고 말았다. 그 벌로 선생님의 회초리는 내 손바닥으로 먼저 떨어졌고 대나무 회초리의 거친 마디가 하필이면 새끼손가락에 걸려 살갗이 찢어졌다. 피가 나는 걸 보고 나를 때리는 일은 멈추셨지만 만복이는 몇 대 더 맞았던 모양이다.

성깔이 불같은 만복이는 신을 찾아 신을 새도 없이 맨발인 채 그답 집으로 달려갔다. 집이 바로 학교 울타리 밑이었으므로 금방 만복이 엄마가 교무실로 들이닥치고 다른 남자선생님들 앞에서 우리 선생님이 머리채를 잡혀 내동댕이쳐졌다는 소릴 들었다. 선생님은 만복이 손바닥을 때렸는데 만복이 엄마는 선생님 따귀를 때리고 머리채를 끄들어 이마를 책상에 찧었다니 전해 듣는 소리라서 더 그런가 세상에 일어날 일이 아닐 것만 같은 무서움에 떨었다.

딸 사랑이 극진한 만복이 엄마는 아이가 놀라 병이 나게 생겼다고 네년, 오늘 죽어보라고 선생님께 험한 욕을 다 하셨던 모양이다. 그날 이후 그 선생님을 만난 기억이 없는 것으로 미루어 다른 학교로 가신 듯했다. 물론 만복이 엄마가 다시 애들 앞에 얼씬거리면 가만두지 않겠다고 으름장을 놓으셨던 부분도 작용을 했겠지만 마침 쉬는 시간이라 전교생 애들이 교무실 유리창에 새까맣게 달라붙어 구경하는 가운데서 두들겨 맞는 치욕을 당하고 차마 다시 애들을 볼 수 없었을 게라고 짐작들을 하였다.

손바닥을 맞을 때는 겁이 나서 정신이 없었는데 새록새록 생각할수록 서러웠다. 물론 피딱지가 달라붙은 욱신거리는 손, 달려가서 엄마에게 이르는 건 그만두고 약도 못 바른 손을 식구들에게 들키지 않으려고 애쓰면서 살았다. 엄마가 그 사실을 아셨다 해도 선생님을 찾아간다는 건 생각도 못 할 일이었고 그 일로 야단만 더 맞을 게 뻔했으니 말이다.

사람들이 수군거리고 선생님 욕을 하는 소릴 들으면서 그게 왜 서러움인지 모르면서도 때때로 목이 메었다. 나는 말썽도 안 부리고 잘못한 일도 없이 억울하게 맞았다는 것보다 선생님이 내 이름 한번 불러주지 않았던 한 학기가 그렇게나 서운했다. 기껏 "얘!"거나 "거기, 너!"였으니 나는 결국 선생님이 이름조차 기억해주지 않은 아이, 엄밀한 의미로 본다면 그 교실에 존재한 사실이 없었던 게 아니었을까. 피가 뚝뚝 떨어지는 어린 아이를 방치하고 호파 인형이 뭐 대수라고 그렇게 파들거리며 화만 냈을까. 내 이름이 "얘"인 줄만 아신 걸 생각하면 눈물이 도는 것이었으니 나중에 세월이 많이 흐른 후에 생각해봐도 나는 왜 그렇게 이름에 연연했을까 모르겠다.

성태네 놀이터에서 돌아오는 길, 집집마다 등잔을 밝혀 노르스름한 불빛이 새어나오는 장호문은 그냥 아무 생각 없이 바라보는 일도 뭔지 알 수 없는 서글픔이다. 초등학교 저학년 아이가 뭘 느껴서 그랬으랴만 군청색 하늘로 하나씩 돋아나는 별이며 먼 데 개 짖는 소리며 감각에 닿는 것들이 한결같이 처량하여 눈물이 났다. 그런 것들이 고적감으로 밀려드는 까닭을 알지도 못하면서 그랬다.

맞닥뜨리면 곱지 않은 핀잔부터 던지는 가족들마저 없는 날, 잔치 지내러 가신 엄마나 마실 간 언니는 늦은 밤에 들어올 것이고 별다른 일 없이 다시 메꿔질 일상인데 이런 쓸쓸함과 두려움은 또 무얼까. 내겐 누가 집에 있는 것도 싫고 빈집인 것도 눈물이 나는 일이어서 그게 뭔지 알 턱이 없으면서도 마음은 오이짠지처럼 쪼글쪼글해지곤 했다.

방학 숙제

일손이 여물지 않은 어린 아이들이라도 여름방학은 어른들 밭 매는 일머리에 꼼짝없이 붙들려 강제로 풀을 뽑아야 하므로 밖으로 빠져나 갈 수가 없다. 그러니 차라리 방학이 없어서 학교에 갔으면 좋을 텐데 그악스런 매미소리 탓에 더 찌는 듯 여름 해는 길기도 하여 일하는 아이들은 녹초가 되곤 했다.

거기에 비하면 겨울방학은 다행스럽게도 농한기에 돌아오는지라 나가 놀 수 있는 날이 많아서 성태네를 자주 갔다. 그 애가 우리 집 뒤에 와서 망을 보다가 나를 불러내는 것인데 애들도 우리 엄마를 무서워해서 내게만 들리도록 눈치껏 불러낸다. 그런 날은 성태 엄마가 하루 종일 집을 비우는 날인데 연탄을 때는 그 집 따뜻한 안방 아랫목에서 놀 수 있어 좋았다.

화첩이랑 크레용이 방바닥에 흩어져 있는 걸로 보아하니 그날도 성태는 미술 숙제를 하다가 막힌 모양이었다. 성태는 내가 제 그림 숙제를 해주는 동안 내 국어숙제를 해주겠다지만 그 애는 글씨도 엉망이고 글자받침도 절반은 빼먹는 실력, 그런 사실을 아는데 뭘 대신해주겠다는 건지 그냥 웃고 만다. 이걸 해 주겠다 저걸 해 주겠다 미안해서 그리는지 나서기를 잘하는 성태, 그 성가신 세안을 못하도록 무언가 그 애에게도 할 일을 정해줘야 한다.

그러다가 내가 그림 그리는 동안 원하는 크레용을 집어주는 일을 시켰는데 그 일은 너무 쉬워서 갑갑해하므로 내가 필요한 색깔을 앞에 한글자만 말하고 나머지 부분을 알아서 찾으라면 성태가 재미있어한다. 파, 연, 노, 분, 흙, 보…… 성태가 쓰는 크레용은 품질도 좋고 색의 가짓수도 많아서 크레용 외피에 쓰여 있는 색깔과 내가 부르는 색깔이 다를 때도 있어 성태가 쩔쩔매면 그게 또 재미있어서 깔깔거리면서 논다. 밖에는 삭풍이 몰아치는 겨울인데 따뜻한 방은 별세계였다.

흙이라고 두 번이나 불렀는데 성태는 '연고동'이라 쓴 흙색을 못 찾고 있다. '연'에서 찾아야 하는데 흙을 머리글자로 알고 허둥거리는 성태는 천진난만한 아기 같이 귀엽다. 연분홍 연노랑 연고동 연두 연초록, 크레용 색과 그것이 달고 있는 이름표가 다른 것들이 많아 찾기 힘들도록 성태의 관심을 다른 데로 돌려놓고 내 숙제를 대신해주겠다는 말을 못하도록 시간을 버는 것이다. 앞머리에 '연'자를 붙이는 색이 많듯이 또 '진'자를 붙이는 색들도 많아서 성태가 진땀을 뺄 동안 얼른 그림 한 장이 완성되고 다시 다른 그림을 시작한다.

종일 찾아도 성태가 찾을 수 없는 색깔 이름도 있으니 그 애도 골몰

할 것이 있고 나도 재미있는 미술 숙제는 주제가 겨울풍경 그리기와 방학 생활 중 가장 즐거웠던 일을 그리는 것이어서 둘 다 무난하였다. 좋은 크레용과 도화지를 놓고도 그림을 못 그리는 성태와 한나절을 그림을 그리며 놀았다. 학교에 낼 그림 두 장을 골라낸 성태가 나머지 그림들은 나한테 가지라고 한다. 사실 모두 내가 그린 그림이긴 하지만 도화지와 크레용이 그 애 것이어서 그림의 임자는 성태이기 때문에 고마운 일, 같은 반이고 숙제도 같아서 내 숙제까지 해결된 셈이니 좋았다.

그러나 손으로 쥘 수도 없이 짧아진 도막난 크레용 몇 개가 달그락거리는 내 크레용 곽에는 초록색이나 파란색이 없는데 성태의 크레용 곽에는 손도 안 댄 그 좋은 색들이 그들먹하여 허물없이 놀면서도 마음이 안 좋았다. 성태에게 그런 마음을 말한다면 망설이고 생각할 겨를도 없이 파란 크레용을 가지라고 집어줄 테지만 그런 말을 못하는 나는 혼자 시무룩해져서 가져가라는 그림, 내가 그린 그것들도 놔두고 돌아왔다.

서슬이 다 닳아서 매끈매끈한 얇은 고무신이 다져진 눈길을 밟아가는 걸음마다 길바닥의 요철을 고대로 발바닥에 전해주고 있다. 지서에서 우리 집, 그 지척의 거리가 언 발에 뾰죽뾰죽 통증으로 닿았다. 지금 양말 속에서는 얼음 박힌 발가락마다 징징 눈물을 흘리며 울고 있을 것이다. 우리 집, 안방도 손발이 시려서 잠이 안 오는 추운 우리 집은 아이들 모두가 손가락이며 발가락, 귀나 뺨에까지 푸르죽죽 동상에 걸려 살았는데 성태네 따뜻한 방에서는 스멀스멀 가려웠을 발가락들, 그림그리기에 정신이 팔려 못 느끼다가 집으로 오는 길에 생각하니 참을 수 없이 아픈 것이다.

아버지가 없는 집은 모든 게 다 황량했다. 특히나 땔감 문제가 그중 어려움인데 눈이 쌓이기 전에는 애들도 나무하러 산으로 가지만 산 주인에게 쫓겨 다니며 솔잎을 긁어오는 게 고작이어서 그 분량으로는 쌀을 겨우 익혀 먹는 정도로 땔감이 빠듯하니 군불을 땐다는 일은 언감생심, 저녁을 해먹고 들여놓은 숭늉이 밤마다 꽝꽝 어는 방이었다. 밖에서 몰아치는 눈보라를 한 겹 장호지로 버티는 주거 형태이니 뭐 달리 이상할 일은 아니지만 비슷비슷한 환경이라도 남자 어른이 있는 집에서는 생솔가지라도 쪄 와서 아궁이에 지피면 절절 끓는 아랫목이 생기는데 우리는 추운 겨울을 동면에 들지 못한 겨울 짐승들처럼 고생고생 엄동을 견뎌야 한다.

봄은 언제 오나, 영영 오지 않을 것만 같은 봄, 뜨거운 물이 없는 겨울은 유난스럽게도 아침이 더 추웠다. 동네 샘에서 언니가 어제 길어온 물을 한 바가지 퍼서 양은 대야에 담아 놓고 들여다본다. 손을 넣기 무서워서 그러고 있다가 엄마나 언니 눈에 띄면 게으르다고 모진 욕을 먹을 터인데 그 숨이 턱 막히는 세수가 싫었다. 심장이 멎을 것만 같은 차가움을 들여다보면서 그러고 있다가 물에 손가락을 살짝 대면 멀쩡하던 물이 사그락거리며 거짓말 같은 살얼음이 생긴다. 빙점 이하로 내려가 있던 물이 드디어 와사삭, 얼어버릴 순간을 포착한 것이었을 터인데 그럴 때마다 누가 등 뒤에서 요술지팡이를 겨눈 것만 같아 뒤를 돌아보게 되고 서둘러 손가락 끝으로 겨우 물을 찍어 바르고 대야 물부터 얼른 버린다.

그러고는 찬물에 세수를 해서 추운 척 시늉하며 살갗에 물이 닿지 않은 대신 이마에 늘어진 머리카락에는 반드시 물을 축이는 세수, 머리는 찬물에 닿아도 살갗처럼 질겁할 정도는 아니므로 찬 기운을 덜 당하고 심장이 멎겠구나, 걱정하지 않아도 되므로 고양이 세수에 자주 이용되는 연출법이었다. 세숫물을 얼른 버리는 일도 물에 세수한 흔적이 안 남았으니 그걸 엄마나 언니한테 들키면 또 조용한 평화는 사라질 일이어서 그러는 것이다.

꺼칠꺼칠한 삼베수건으로 건성드뭇 물기를 닦는 체를 끝내고 밥상 앞에 앉기까지 가슴은 콩닥거리지만 얼굴에 냉수를 끼얹는 일이 없었으므로 심장이 멎지 않았으니 얼마나 다행이냐. 겨울 내내 이어지는 그런 소소한 일들로 엄마 눈을 기이는 일은 자주 일어나는데 낮에 성태네 놀러가서 연탄 아궁이에 올려놓은 솥에서 펄펄 솟구치며 끓고 있는 물을 보면 세수를 하고 싶다. 그 집에서 세수를 했던 날도 몇 번 있었는데 수건 또한 부얼부얼하고 폭신한 감촉의 타월이었으므로 세수하는 일이 그렇게 수월하고 행복한 느낌일 수 있다면 하루 종일이라도 하고 또 하라고 등을 떠밀어도 좋을 것 같았다.

성태네 집에서 그림을 그리다 돌아와 내친 김에 숙제나 하려고 추운 방목에 크레용을 꺼낸다. 찬 기운에 맘대로 칠해질 리 없는 조악한 크레용들, 검정이나 회색 따위 잘 쓰지 않는 색깔들만 오종종 남아 떨고 있는 그걸 오래 바라본다. 성태네 집에서 쓰던 새하얀 도화지가 생각나서 마분지라 부르는 내가 쓰는 도화지를 오래 바라본다. 누르팅팅하고 김에만 잠깐 쏘여도 미어지는 종이에 차가운 크레용이 먹힐 리가 없을 것 같아 그림 그리기는 치우고 멍하게 앉아 생각하니 다시 아깝다.

성태네 집에 놔두고 온 그림 생각으로 허기진 저녁을 먹는데도 입맛이 깔깔하다. 따뜻한 방, 폭신한 털 스웨터를 입고 사는 그 좋은 환경에서 그 애는 왜 공부를 못하는 걸까. 마음은 저 혼자 성태에게 트집거리를 찾는 것이다. 그래도 내일이면 성태가 다시 부르러 올 것이고 마지못한 척 나는 또 따라나설 것이다. 성태가 잘못한 게 하나도 없는데 뭐가 서운한 건가, 반성도 없이 말이다.

만복이도 그렇지만 성태는 겪을수록 천진하고 따뜻한 아이다. 그런데 왜 그런 아이들이 다른 애들에게는 그렇게 사나운 쌈꾼 노릇을 하는 것일까. 별스럽지 않은 일에도 다른 애들에게는 수탉처럼 덜미 털을 세우면서 먼저 대드는 그 속을 모르겠다. 힘도 없는 데다 엄마의 비호도 기대할 수 없는 내게는 그리 살갑고 친절하면서 왜 그러는 것일까.

성태나 만복이는 내게 싸움을 걸어오는 일은 고사하고 말 한 마디 함부로 했던 적이 없었다. 약하고 겁이 많은 아이들이 집단 따돌림을 당하고 학교폭력에 시달리는 세월을 생각하면 격세지감이 느껴지지만 그 시절은 약한 아이를 보호하려는 좋은 성향을 지닌 애들이 많았다. 그러니 바탕이 따뜻한 마음이 대세였던 세월이었고 그런 점에서는 내가 섞여 살았던 구간이 참 아름다웠구나 긍지로 여길만하다. 인정 많은 만복이나 성태가 없었다면 그 황량했던 골짜기를 어찌 건너왔을까.

적수가 안 되는 건 그만두고 뭐 상대할 가치도 없으니 그냥 봐준 걸까. 그 애들이 내 주변에 있어서 어줍잖은 애들이 나를 건드릴 생각을 못 했던 건 맞다. 그러므로 싸움을 극도로 싫어하는 나로서는 만복이나 성태가 최상의 동무들인 셈이다. 만복이네는 엄마가 나이 드신 분이었고 좀 엄격하셨다. 놀러갈 기회가 없어 그 애네 집에서 놀았던 기억은 별로 없으나 함께 돌아다니며 논두렁 밭두렁에서 지천으로 깔린 놀잇감을 찾아 놀았다.

만복이는 나를 배려하는 마음이 따뜻하고 내게 고집을 세우는 일이 없었으니 싸울 일이 생기지 않는다. 설사 내가 조금 심하게 그 애 심기를 건드려도 그냥 횡 하니 가버리는 정도로 그날의 놀이가 마무리 되는데 다음날 만나면 그 부분을 깨끗이 지워버린 듯 해맑은 표정이다. 그러니 따로 사과를 한다거나 하지 않아도 다시 이어져 편한 사이가 된다. 그 집에 드나드는 일이 쉽지 않아 만복이는 겨울을 함께 할 동무가 아니라 밖에서 놀 때 자주 만나는 아이, 성태와는 반대가 되는 셈이다.

성태네 가면 주로 안방에서 놀아서 좋고 내가 놀러 가면 성태 엄마가 반가워하시니 좋았다. 내게 조금이라도 싫은 눈치를 주셨다면 나는 거기 얼씬도 안 했을 것인데 성태의 말로는 내가 놀다간 자리는 다른 애들처럼 무얼 망가뜨리거나 어질러놓지 않아 방에서 같이 놀아도 된다고 미리 허락을 하신 모양이다. 긴 시간 집을 비우고 성태 혼자 놀아야 하는 사정이 생기면 나를 데려다 놀라고 간식거리까지 장만해 놓고 가시는 성태 엄마, 나는 아무것도 성태에게 잘하는 부분이 없는데 그 애 엄마는 늘 나를 착하다고 고맙다 하시니 우리 엄마와 비교가 되곤 하였다.

성태 엄마는 머리도 우리 엄마나 동네 아줌마들처럼 쪽을 찐 낭자머리가 아니라 굽실굽실한 굵은 웨이브의 단발머리로 예뻤고 항상 화장을 하고 있어 학교 선생님들 같았다. 거기다 말소리까지 듣기 좋은 서울 말씨여서 성태가 부러운 많은 조건 중에 제일은 그 엄마였다. 그 장소가 어디든 필요 이상으로 큰 소릴 지르는 우리 엄마, 내게 잘못이 있거나 없거나 친구들이 보거나 말거나 상관없이 내 자존심 같은 건 마구 짓밟아도 되는 것처럼 배려가 없는 엄마, 모든 엄마가 우리 엄마 같은 줄 알았다가 자라면서 다른 엄마들과 비교가 되면서 우리 형제들이 날마다 받는 그런저런 취급들이 부당하다는 생각이 들곤 했다.

그런 생각이 어린 마음에 얼마나 해로움으로 작용하는 것인지 알 바 없었던 날부터 내가 집을 떠나도 살아 있을 정도로 건강해진다면 집을 떠나리라고 결심하곤 했다. 노상 죽을 고비를 넘기듯 아프고 나면 며칠은 반하다가 또 다시 아프던 세월, 만복이나 성태가 나를 데리러 왔다가 내가 아파 누워 있으면 그 큰 눈에 겁을 먹은 듯 바라보다가 가는데 그러고 보니 성태도 만복이도 눈이 무척 예쁘고 큰 아이들이었다. 맑은 눈에 물기가 잘 도는 그 애들을 누가 쌈 대장이라 상상이나 할까 싶게 선한 눈이었다.

그 애들이 우리 엄마 눈에 띄면 아무 잘못 없이 큰 소릴 듣게 되는데 내가 아파 늘어져 있으면 애들이 나를 찾아와도 아무 소리도 안 하시는 걸 보면 아파서 봐주는 구석도 약간은 있었던 것 같다. 나는 그런 엄마가 싫고 집이 싫어서 초등학교 저학년부터 가출을 꿈꾸던 것이었으니 두말할 것 없는 불량학생, 그런 속내를 아무에게도 말한 적 없이 속에만 감춰져 있던 일이어서 다행이다.

사랑방

내가 2학년이 되던 해 봄, 변 씨 아저씨네 가족이 사랑방에 세 들어 이사 왔다. 큰딸이 옥희와 동갑내기 무숙이, 아들이 장이와 나이가 같은 무길이었다.

무길이 아버지 변동영 씨는 함흥이 고향이라는데 혼자 내려왔다가 삼팔선이 막혀 돌아가지 못하고 남한에서 다시 가정을 꾸린 사람이었다. 그런데 술만 취하면 두고 온 고향집 부모형제며 부인과 애들이 눈에 밟혀서 그런다고 몸부림치면서 울었다.

무길이 엄마는 순하고 조신한 성격 그대로 구석으로 비켜서서 그런 남편을 바라보며 어쩔 줄 몰라 손을 비비고 아이들은 멀거니 서서 자기 아버지가 그 발작을 하듯 뒹구는 일을 멈추기를 기다리는 광경을 여러 번 보았다. 우리가 보고 있으면 문을 살그머니 닫곤 하던 그 집 식구들의 모습은 뭔지 모르지만 너무 절실해서 왜 그러냐고 물을 수도 없는 분위기였다.

술이 깨고 나면 그 아저씨는 얌전한 샌님이 되는데 사람들을 바로 보지도 못할 정도로 쩔쩔매며 몸 둘 바를 몰랐다. 우리 엄마가 언제까지 그래서야 쓰겠느냐고 안 할 소리를 한 마디 건네면 뒷목까지 벌개져서 죄송하다는 말을 하고는 다급한 듯 밖으로 나가는 것이었다. 우리 엄마에게 죄송할 것도 없고 어디에 대고 미안할 일도 아니면서 그러곤 했다.

무숙이 엄마는 우리 식구들이 밭을 매거나 뙤약볕에서 농사일을 하면 몸둘 곳을 몰라 어쩔 줄 모르는 듯 미안해하는 사람인데 찬물에 사카린을 타서 내온다거나 뭐라도 자기가 돕지 못해 쩔쩔매는 그 마음 씀씀이가 고대로 드러나는 사람이다. 우리는 넉살좋은 동네 아줌마들의 그 놀이판만 보다가 무길이 엄마를 보면서 같은 또래 여인인데 달라도 너무 다른 사람만 같아 신기할 정도였다.

무길네는 부석장터에 가게가 있었고 장사도 잘 된다고 했다. 잡화상이었는데 학용품에서 철물이며 식료품이며 과자에 과일까지 없는 게 없이 모두 파는 가게, 그러니 무길이 엄마는 집에서 노는 처지도 아닌데 주인집에서 애들까지 동원해서 밭을 맨다거나 하면 어떻게라도 돕고자 마음을 쓰는 일이 눈에 보이는 사람이었다.

사랑방에서 살다 간 사람들이 많은 중에 별로 길지 않은 기간을 살았던 무길이 엄마가 좋은 기억으로 잊히지 않는 것은 말이 없던 조용한 성품이며 자기 아이들이나 내 동생들이거나 차별하지 않고 다정하게 대하던 그 모습 때문일 것 같다. 몰아넣고 야단을 치시는 엄마 앞에서 우리가 곤경에 처했을 때면 엄마와 우리 사이를 가르고 들어 등 뒤로 우리를 감추면서 애들처럼 착한 것들이 어디 있겠냐며 애원하듯 엄마를 말리던 일이며 아무개 본 보라고 자기 집 애들에게 말할 때라도 그 말이 쉽게 하는 빈말 같지 않고 진정어린 느낌이어서 무길이도 별로 이웃 애들과 비교 당한다는 반감 같은 것은 들지 않을 듯 보이던 모습이며 오래 생각나는 분들이다.

'눈을 감아도 찾아갈 수 있는 우리 집 목소리만 듣고도 난 줄 알고 얼른 나와 문을 열어주는 우리 집……'

학교에서 배운 노래 중에 그런 노래가 있다. 우리 집에 누워 잠들면서도 가만가만 불러보면 뜻 모를 눈물이 나던 노래, 눈 감고 찾아갈 수 있는 건 맞다. 목소리만 듣고도 난줄 알까? 그럴 수도 있겠다. 그러나 얼른 나와 문을 열어 줄지는 알 수 없는 집, 가장 흔한 기억으로는 엄마는 관광 가시고 무서운 언니가 벼르고 있는 집에서 나를 기다리는 것은 핀잔과 모진 욕과 지청구뿐이었다. 그런 이상한 집에 살았던 이상한 아이, 말도 안 되는 거기서 주눅을 먹고 자라는 무척추 생물처럼 생존한다는 생각이 들어 내가 불쌍하다 여겨지는 집, 마음에 그렁그렁 물기가 맺히는 날이 더 많았던 그게 우리 집이다.

돌아갈 그리운 집이 없다는 것은 불행한 일, 그립다가도 생각을 가다듬어보면 내가 돌아가 다리 뻗고 쉴 곳이 못 되는 삭막한 분위기가 떠오르고 모진 말들이 툭툭 날아오는 뼈아픈 기억만 쌓여 있었던 그곳이 우리 집인데 동생들만 아니라면 돌아볼 것도 없는 집, 세월이 지난 어느 날 먼 타향에 살면서 어린 아이가 견뎌내기 버거운 나날을 참게 하는 힘으로, 배수진을 치듯 돌아가선 안 될 곳으로 여겨 등 뒤에

두었던 집, 바람막이 하나 없이 겪어내야 했던 삭막한 도회 생활을 견딜 수 있는 힘으로 작용했던 집이다. 그곳에 돌아가는 일만 아니라면 웬만한 고생쯤은 모두 참아낼 것 같았던 집, 늘 찬바람 도는 시린 기억들만 가득한 거기를 그래도 고향이라고, 우리 집이라고 그리워하며 살았던 때도 있었다.

얼냇 살 아이가 그 고달픈 삶속에서도 해질녘마다 눈물을 삼키느라 목젖이 얼얼하던 그리움의 근원은 그러고 보면 무섭기만 한 엄마나 언니가 지키고 있는 나고 자란 그 집이 아니라 마음속 어디에 있는 이상향 같은 무엇이었을까. 따스하고 포근한 부모형제가 있고 몸을 누이고 마음을 붙일 정겨운 사람들이 모여 있는 곳을 그려놓고 잠깐씩이라도 마음을 쉬고자 하였던 곳, 그러나 그런 구석에까지 사유의 힘이 두루 미치지 못한 채 스스로를 위무할 정도로 자라지 못한 아이는 돌아가 봤자 가난에 찌든 사람들이 악에 바쳐 사는 곳, 반가워할 누가 있을 리 없고 낯선 성격들이 왈그락달그락 거친 삶이 기다리는 그곳을 속절없이 그리워지던 것이다.

그곳을 바라보면 상처가 되면서도 마음에 켜켜이 응어리를 덧쌓는 일에 열심이어서 노을 지는 쪽을 바라보며 속울음 우는 세월이 있었다. 그럴 때마다 뜬금없이 무길이 엄마가 생각나곤 했다. 그분이 우리 엄마였으면, 머리를 쓰다듬어 줄 때마다 아픈 마음까지 쓰다듬는 듯 편안해지던 손길, 드물게 받아보는 배려여서 그랬던 것일까. 우리 엄마의 커다란 목소리며 배려라고는 눈을 씻고 봐도 보이지 않는 거침없는 성격과 대조되는 지순한 그 아줌마의 면면은 그렇게 부드러운 것이었다.

누군가의 보호가 절실하게 필요한 약하디약한 몸과 마음을 지닌 아이, 누가 살짝만 건드려도 크래커 부서지듯 바삭! 사그라지고 말 형질로 되어먹은 아이가 혼신을 다하여 그리워 한 고향, 그 땅에 지금쯤 코스모스 꽃길이 열리고 예서제서 벼논의 새 쫓는 소리, 노을 속으로 퍼져가는 가을 풍경이 질펀하리. 계절마다 시간마다 향수는 번져 거대하게 디룩거리는 괴물처럼 나를 압도했던 구간이 있었다.

우리 식구들이 밭으로 가고 무숙이와 무길이도 놀러나가고 혼자 남으면 무길이 엄마는 소리 안 나게 우시는 일이 잦은데 그런 모습은 드물지 않은 정경이었다. 훔쳐보자해서 본 것은 아니지만 밭을 매다가 엄마 심부름으로 잠깐 들어오는데 이상한 소리가 나서 들여다본 사랑방, 한 손은 방바닥을 짚고 한 손으로 수건을 뭉쳐 입에 대고 꾸룩꾸룩 울음 울던 무길이 엄마는 무길이 아빠가 떼쓰듯 몸부림치며 우는 모습보다 더 뼈아프고 절절하여 어린 깜냥으로도 자취를 못 내고 뒷걸음질 하게 했다.

살면서 전 존재를 던져서 그렇게 우는 모습을 내게 들킨 어른 중에는 막내 숙모도 있다. 삼촌이 야반도주하듯 도회 여자와 떠나고 젖먹이 딸아이카 죽고 난 뒤 취평리를 뜨면서 울던 그 울음, 영문을 알 수는 없지만 한번 본 것만으로 가슴이 미어질 듯 아파 몇 날을 누가 뭐라거나 대꾸조차 하기 싫던 그런 울음을 울던 사람들 생각에 문득 목메일 때가 있다.

여름방학이 되고 부석장이 서는 날이면 무길네 가게에 가서 애들과 놀아주는 일을 했는데 엄마가 시켜서 가긴 하면서도 나는 거길 가는 게 몹시 싫었다. 물론 뙤약볕에서 밭을 매는 것보다 몸은 수월했지만 그 근처에 사는 우리 반 아이들 눈에 띄는 것도 싫고 무숙이나 무길이 그 애들은 내 동생들과 달라 고집이 세고 내게 고분고분하지 않아서 그 애들 비위를 맞추는 일도 힘들었다. 툭하면 쪼르르 달려가서 저희 부모에게 이르는 것도 그렇고 무엇보다 그 집 식구들과 점심을 함께 먹는 일이 싫었고 오후가 되면 술이 거나해진 무길이 아버지가 무길이 엄마에게 사사건건 화를 내는 일은 두려움을 넘어선 공포였다.

하루가 기우는 오후쯤에는 장꾼들이 돌아가서 가게에 손님이 뜸해지면 낮술에 거나해진 변 씨 아저씨는 무길이 엄마를 향해 네까짓 게 뭔데 여기 있느냐고 토마토 따위를 집어던지면서 당장 나가라고 소리를 고래고래 질렀다. 한 마디 말대꾸도 못하고 도망도 못 가고 픽! 픽! 날아오는 토마토를 다 맞으면서 장승처럼 서 있는 무길 엄마, 토마토에 맞을 때마다 후리후리하게 큰 키가 휘청거리면서도 마음이 없는 사람처럼 멀거니 얻어맞기만 하는 모습은 특이했다.

마음이 급해 동동거리면서도 나설 수 없는 겁쟁이였던 나는 스스로 실망스럽고 무안해서 어째야 할지를 몰랐다. 뻘건 토마토 물이 줄줄 흐르는 무길이 엄마는 온몸에 피칠갑을 한 듯 괴기스런 모습인데 그 광경을 다 보면서 나는 아저씨에게 달려들어 말릴 생각 같은 건 꿈에도 할 수가 없이 몸이 굳어가는 것이다. 물론 어린 내가 말린다고 뭐가 달라졌으랴만 커다란 토마토 한 개만 맞아도 쓰러지고 말았을 주제로도 마음이 그랬다. 마음이 여리고 비단결 같았던 무길이 엄마에게 미안했던 그 장면은 두고두고 내 비겁성에 대한 힐책을 불러오는 빌미였다.

무길이 아버지가 외마디로 소리 지르는 도막말들을 모아보면 북쪽에 있는 처자식이 내 가족이지 무길이 남매나 무길이 엄마는 아무것도 아니라는 말이었다. 북에 두고 온 본 부인이 얼마나 곱고 슬기로운지, 그녀가 낳은 애들이 얼마나 똘똘한지 따위를 무슨 구호 외치듯 토마토 집어던지는 속도에 따라 말을 내는 것이었는데 술 취했으면서도 값싸고 물렁거린 토마토만 집어던지는 게 용했다.

보기가 피 같아서 끔찍해 그렇지 무길 엄마가 크게 다칠 리가 없고 그 일로 큰 손해가 나는 것도 아니니 그런 걸 다 계산에 넣고 부리는 행패 같았다. 그럴 때는 애들도 내게 고분고분 매달리므로 얼른 방으로 데리고 들어가 토닥거리며 겁을 먹지 않도록 달래준다. 괜찮다고 다 괜찮다고, 내가 엄마에게 혼날 때마다 무길이 엄마가 해줬던 말들을 돌려주는 것인데 그러노라면 애들은 잠이 들기도 하고 작은 아이 무길이는 내가 안아서 재워줄 수도 있었던 것이다.

그쯤의 시간이면 문 밖 가게에서는 변 씨 아저씨의 고함소리가 저절로 숙어들기 시작하여 점점 평온이 찾아들기도 한다. 내 짐작이 맞다면 아마도 토마토 상자가 비어서 더는 던질 게 없어 그럴 것이다. 물론 날마다 무길이 아버지의 고함이 스스로 조용해지는 건 아니고 취평리 1구 이장 박인대 씨가 등장 순서가 된 듯 때를 맞춰 들어오는 그 시간이 되어야 끝이 확실하게 나는데 경순이 아버지 인대 씨는 무길이 아버지의 둘도 없는 친구였다. 들어오면서 대뜸 소리를 지르는 인대 씨는 무길이 엄마의 형상을 보고 얼굴이 벌개져서 아주머니는 들어가세요, 정중하게 말하면서 변동영 씨의 멱살을 잡고 한 대 갈긴다거나 해서 제압하여 끌고 나간다. 장날이면 이장이 반드시 장에 나올 것이어서 싸움을 말려 주려니 계산해서 그러는 것도 같고 그 켯속이 나중에는 좀 아리송하기도 했다.

아무튼 그 때부터는 내가 또 흐느끼는 무길이 엄마를 고스란히 쳐다보며 견뎌야 하는데 그도 수월한 일은 아니었다. 목숨을 쥐어짜듯 그렇게 우는 어른을 내가 어쩐단 말인가. 한참을 그렇게 울고 난 무길이 엄마가 나더러 집에 가라고 다독거려 보내는데 처음에는 집에 가서 엄마한테 말하지 말라고 꼭 일러서 보냈다. 내가 그런 얘기들을 시시콜콜 입 밖에 내지 않는다는 걸 눈치챘는지 나중에는 아무 소리 없이 보내곤 했다.

행길에 깔린 자갈들을 툭툭 차면서 빗돌머리로 돌아오노라면 지던 저녁놀, 무길 엄마가 둘러쓴 으깨진 토마토 빛깔처럼 서럽던 거여서 누가 건드리면 으앙, 울어버렸으면 좋을 듯한 감정이 되곤 한다.

사랑방과 윗방을 살다간 사람들은 사실 세입자들은 아니었고 집안이 적적해서 들인 사람들이다. 그러니까 방세를 내면서 살 처지가 안 되는 사람들이 들어와 살다가 형편이 펴지면 집을 장만해 나가거나 일자리를 찾아 떠나는 것이다. 무길네도 일 년인가 뒤에 돈을 벌어서 시장 근처 집을 사서 이사 갔다.

무길네가 우리 집에 살 때는 인대 씨가 자주 왔는데 그 분은 늘 엄마에게 고맙다고 허리를 깊이 숙였다. 아주머니 같은 분을 만나 무길네가 타동을 안 타고 자리를 잡아간다고 대놓고 치하를 하는 것을 잊지 않았는데 우리 엄마도 이장에게는 깍듯이 예절을 지키는 터라 드물게 보는 점잖은 대면이었다. 그런 장면을 볼 적마다 이장과 무길이 아빠의 우정이 빛나보이는 거라서 우리 아버지와 경식이 아버지를 보는 듯 가슴이 찡했다.

무길네는 부석시장에서 십여 년을 장사해서 큰돈을 벌었다는 소문
이 돌더니 얼마 지나지 않아 도시로 이사 갔다. 부석시장 근처에 살 때
는 우리 집을 떠나고도 무길이 엄마가 간간이 들러 연필 다스를 가져
온다거나 누깔사탕 따위를 우리에게 쥐어주고는 했는데 대전으로 떠
나면서도 우리 엄마를 찾아와 아주머니 덕분에 도시에 집을 사고 점포
를 얻어 잘 돼서 떠나게 되었다고 고맙다면서 글썽거렸다.

　우리 엄마는 주변 사람들에게 이롭게 하는 대신 자식들에게는 혹독
하리만치 엄격했다. 나중에 철이 들어 생각하니 참 대단한 이타심을
지닌 분이라는 감탄이 들던 거였다. 어딜 가도 대우를 받고 누구라도
우리 엄마를 보면 반색을 하며 달려온다. 가끔 소식을 넣어 엄마에게
고마움을 표하던 무길이 엄마는 사는 게 고단하신가 소식이 끊겼는
데, 그렇게나 친한 친구였던 이장 인대 씨도 소식을 모른다고 했다. 잘
산다는 뒷얘기가 들려왔으면 좋으련만 내 기억 속에는 구석에서 손을
비비며 절절매거나 수건으로 입을 막고 우는 무길이 엄마의 모습만 생
생히 떠오를 때마다 다른 모습으로 기억을 갈아 끼웠으면 얼마나 좋
을까 생각되던 것이다.

　윗방과 사랑방에 들어와 살았던 많은 가족 중에 가장 짧게 살아서
오히려 기억에 남았던 사람은 총포사를 한다는 두 총각이었다. 친구
들이 많아 들락거리며 부산을 떨곤 했던 그들이 우리 엄마에게 밉보인
일은 친구들과 화투를 치다가 들킨 것, 우리 엄마가 가장 싫어하는 게
화투였으니 그걸 용납할 리가 없고 그들이 아무리 싹싹 빌어도 요지부
동이던 엄마의 마음을 풀지 못하고 두 달 만에 어디론가 떠나야 했다.

　물론 세입자라는 건 이름뿐이어서 돈을 내고 산 적이 없는 사람들이

니 그 사람들이 따지고 들 여지도 없어 그냥 쫓겨난 노릇이었다. 그렇게 집안이 적적하여 내놓기 시작했던 방들은 가난하여 오갈 데 없는 이들이 철새처럼 들락거리며 살았다. 끼니가 간 곳 없는 애기엄마가 들어오기도 하고 먼 일가붙이가 여러 명의 애들을, 그것도 남자애들을 데리고 이사와 바글바글 살다가 떠나기도 하면서 우리 엄마 덕을 본 사람도 많고 욕을 얻어먹은 사람도 많았다.

우리만 밥상을 받고 사랑방이나 윗방에서 끼니를 끓이지 못하면 엄마는 우리들 먹을 것까지 가져다 그들을 먼저 먹인다거나 쌀 몇 됫박을 건네주는 일은 흔히 있는 일이어서 우리 집은 어찌 보면 구제소 같다는 생각도 들었다. 그런 엄마 덕에 '귀신이 나오는 재수 없는 집'이라는 누명을 벗고 무섬을 타지 않아도 되는 집이기는 했는데 와글와글 번거롭고 시끄러운 걸 싫어하는 우리 자매들에겐 그도 좋은 환경이 못 되었던 듯하다.

가난한 애기 엄마네 부부가 이사 온 뒤로는 하루가 멀다고 부부싸움을 했는데 무길네처럼 두고 온 고향이 그립다거나 우리 엄마의 인정을 받을 만한 확실한 일로 싸우는 경우가 아니라 저희끼리 일도 아닌 것으로 투닥거리는 수준이었다. 밥상이 뜰 아래에 던져지고 거울이 깨져 유리 파편에 피칠갑이 된다거나 정말로 본 볼까 무서운 광경이 벌어지곤 하는 터라 우리는 또 다른 두려움에 떨고는 했다. 우리 엄마가 마실에서 집으로 돌아올 시간이 되었는데도 여전히 험한 소리를 지르며 싸우는 그들, 말리고 싶어도 우리 능력으로는 가능치 않아 안타까웠다. 우리 마음을 아는지 모르는지 눈만 뜨면 쌈박질이던 그들을 우리 엄마가 벼르는 눈치를 아는데 그 집 남정네만 쫓아낼 리는 없고 가

없은 애기 엄마까지 싸잡아 나가라고 할 터이라서 그들의 불화가 제발 우리 엄마 심기를 더는 건드리지 않기만을 바랐다. 그러나 그게 쉬운 일이랴. 여러 번 싸우는 현장을 들켰음에도 우리 엄마가 많이 참는 구나 싶었던 날도 지나고 급기야 우리 엄마의 일갈이 튀는 날이 왔다. 아이 아빠가 젖먹이 아기를 패대기친 것. 결국 그들도 내쫓긴 사람 숫자에 더하기를 하면서 우리 집을 원망하며 떠났다.

엄마를 좀 아는 사람들은 엄마가 집에 있을 때는 큰 소릴 내지 않는다. 엄마가 집을 비우시면 미뤄났던 싸움을 하는 것이어서 고자질을 잘 안 하는 우리 형제들은 그 부분 해를 당하면서도 사랑방 사람들의 거친 면면을 엄마가 모르도록 쉬쉬하며 지나기 일쑤였다.

그런 소소한 것조차 엄마와 공유하고 싶지 않은 비밀로 덮어두면서 살았던 우리가 지켜내야 할 비밀이라면 모두 어둡고 야비한 것들이라서 그 부분도 우리들에겐 상처로 가라앉고는 했다. 셈하기도 벅차게 숱한 사람들이 들고 나는 방들이 사라졌으면 싶을 정도로 원망스러울 때도 많았다.

설이 가까워 오는 어느 추운 날, 건너 말 정숙이네 집에 불이 났다. 그 집은 우리 먼 일가붙이라는데 불이 나서 집이 전소된 사건은 우리들에게 불똥이 튄 격이 되었다. 우리 엄마는 살 곳이 없어진 그 먼 친척을 윗방에 들였고 그 일은 두고두고 우리 가족의 속을 긁는 빌미가 되었다. 윗방에서 겨울을 나고 좀 넓은 사랑방을 비우고 옮겨 앉게 하여 몇 년 살았는데 사내애들이 데설궂어서 늘 말썽을 피웠다.

그 집에 불이 났던 것도 그 아이들이 불장난을 하다가 그렇게 되었다는데 설빔으로 꿰매둔 솜바지 저고리를 꺼내보고 성냥을 그어댔다가 감당할 수 없이 불이 번지자 얼른 장롱 속에 불붙은 옷을 넣고 도망갔다는 얘기는 동네서 아이들 불장난 단속을 할 때 써먹던 단골 얘깃거리였다. 장롱 속에서부터 불이 붙었으니 동네 사람들이 다 모여 물 양동이를 날라다 겉에 끼얹어봐야 아무 소용도 없는 일, 전화가 없던 시절이었고 소방서는 있었으나 동네 사람들은 그곳에 연락하는 일을 두려워하여 소방서에 알리지 않았다.

소방서에서 불을 끄러 나오면 집안이 망하도록 무서운 벌금을 내야 한다는 말이 돌던 시절, 그 세금 액수가 사실인지는 몰라도 관에서 나와 어쩐다는 걸 몹시 싫어하던 세월이었다. 생솔가지를 쪄다 때도 벌금을 내야하고 밀주를 담갔다가 들키는 날에도 벌금을 내야하는데 만약 돈이 없어 벌금을 못 내면 집에 차압이 들어온다고 했다. 돈이 될 만한 게 있을 리 없는 시골 동네에서 돌아다니는 무서운 소문들은 가지가지여서 모두들 뭉뚱그려 '살림 옮겨놓을 일'로 불렀다. 그런 '살림 옮겨 놓을' 일을 하지 않고 산다는 일도 쉬운 일이 아니라서 동네사람 모두 똘똘 뭉쳐 살아가는 지혜를 모으곤 했다.

집안에 무슨 행사가 있거나 명절 밑이면 동네에 웬 양복쟁이들이 들이닥쳐서 안방을 뒤지면서도 구두를 벗지 않고 휘젓고 다니는 무례한 일이 흔했다. 그들은 밀주단속반이었고 어떻게 그렇게 술을 담가 익히는 집을 잘 아는지 귀신같았다. 서슴지 않고 들이닥쳐서 더러운 흙이 너덜거리는 신을 신은 채로 방이고 마루고 개의치 않고 돌아다니며 의심이 갈만한 곳을 들춰보고 찔러보는데 누룩 한 덩이만 찾아내도 그집은 재앙이 닥친 것이어서 술 조사가 떴다 하면 모두 사색이 되었다.

자기네 집에 몰래 담가둔 밀주가 없음에도 낯선 사람이 들이닥쳐 가택수색을 하면 좋을 까닭이 있을 리 없는데 그들은 생솔가지가 있는가 따위도 뒤졌고 여름에는 뒤란이나 사람들 눈에 안 뛰는 으슥한 곳에 자라는 앵속(양귀비)도 단속하곤 하였다. 그러니 동네에 수상한 사람들이 들어오면 누가 시키지 않아도 슬쩍슬쩍 옆집에 알려서 들킬만한 품목이 있으면 감추라는 내통을 해준다.

어느 때는 그렇게 바삐 일러주러 가는 사람을 따라가서 밀주를 들키기도 하고 밭작물 가운데 한 두 그루 상비약으로 쓰려고 심은 앵속이 발각되기도 하였다. 그 후로는 그들의 단속에 걸릴 게 없는 집이 바람잡이 시늉을 해주어서 동네가 위기를 넘기는 일이 많았다. 두어 사람이 의심스런 몸짓으로 힐끔힐끔 뒤를 돌아보며 바삐 걸어가면 밀주 단속반원이 진짜로 술을 해 넣은 집을 뒤지려다 말고 수상한 사람들 뒤를 밟기 시작하고 쫓기듯 걸어가는 바람잡이를 따라다니다보면 나중에는 힘이 빠진다. 밀주 단속반 사람들이 동네를 몇 바퀴 헛도느라 숨을 헐떡이며 화가 날 때쯤 길을 돌아서 집으로 들어오면 단속반 사람들만 골탕 먹게 만드는 놀이였다. 재미난 놀이처럼, 무용담처럼 그런 얘깃거리들이 전설로 쌓여가는 동네였다.

마을에서는 누구네가 언제 얼마나 술을 해 넣었는지 서로 환하게 알고 있어서 그 술은 결국 이웃들이 함께 먹을 것이니 모두 자기 일처럼 지켜주는 셈이었다. 그렇게 한통속으로 뭉치는데도 언제 어디서 나타날지 모르는 밀주 단속반이었고 갑자기 집에 들어온 그들을 순발력으로 막는 일은 그 집 사람들의 몫이어서 집 안으로 들어오지 않고 돌아가게 하는 방법도 가지가지였다.

안방아랫목에 아들 결혼식에 쓸 술을 잔뜩 해 넣은 새말 이환네는

뽀글뽀글 술이 괴고 있는 그 방에 단속반이 못 들어가게 하느라고 며느리늘아기가 애를 비롯는 중이라고 둘러대고 그 집 엄마가 방문을 막아서자 놀러 왔다가 방에 남았던 이웃 아줌마가 '아이고 배 아파, 아이고, 나 죽네' 울부짖는 연기를 했다 한다. 제아무리 인정사정없다는 밀주 단속반이라 해도 아이를 낳는 산실은 어쩔 수가 없었던지 문만 열년 술 익는 냄새가 진동할 문고리를 잡았다가 놓고 그냥 돌아섰다는 얘기는 동네서 모르는 사람이 없을 정도였다.

대문에 금줄을 띄워 사람이 못 들어오게 하는 따위 갖은 수단을 다 동원하여 마을에서 아무도 술을 들키지 않도록 힘을 쏟았다. 취평리 이장이 주민들에게 추앙을 받는 것도 그런 쪽으로 수완이 뛰어난 점 때문이었다는데 단속반을 미리 알아보고 동네에 아예 들어오지 못하도록 그들을 붙잡고 술을 사주거나 교통비 정도를 슬쩍 찔러주기도 하면서 우리 동네는 건드리지 말라고 부탁한다는 것이다. 그런 부탁이 아니라도 그 정도로 시간을 끌고 있으면 연통이 닿은 동네 집집마다 걸려들 만한 것들을 싹 다 치우고 시침을 떼고 그들을 맞이하면 별로 큰 걱정을 안 해도 되는 일이었다.

어쩔 수 없이 술을 들킨 경우라도 재빨리 독을 깨트려서 계량을 못 하도록 하는 방법을 쓰면 세금 금액을 정할 근거가 없어지므로 벌금이 안 나온다는 말도 있고 이미 들킨 뒤라도 단속반이 동네를 빠져나가기 전에 재빨리 이장에게 알리면 뒷수습을 해주던 일이어서 그런 수완 좋은 이장이 있어 그 은덕으로 동네가 편안하다고 할 정도였으므로 이장 박인대 씨는 수십 년 넘게 이장을 해도 불평하는 주민이 없었다.

그런 단속에 걸려 살아갈 터전을 잃고 갈 바 없는 떠돌이가 되어야 할 무서운 일이 그 벌금 내는 일이라는 거였다. 그래서 불이 나도 소방서에 알릴 수 없었다. 사람들은 살던 집이 전소되더라도 소방서에서 모르기를 바라는 것이다. 집은 사라져도 땅은 남지 않겠느냐 하는 생각들이다. 그러나 소방대원들이 출동하는 일은 누가 알려서가 아니라 지서(서산경찰서 부석지서) 바로 곁에 있는 소방서 망대에 올라 불난 집을 발견했을 때거나 지나가던 사람이 불난 집을 신고하는 경우였는데 만약 나중에 그 신고한 사람을 불난 집에서 알아낸다면 그냥 두지 않을 터라서 그거야말로 제보자를 보호해줘야 할 정도로 기밀 사항이었다. 마침 그 소방대장도 우리 동네 이장인지라 주민들을 적절히 보호해주는 역할이 그쪽으로도 탁월하다는 평이었다.

소방서에 신고하는 일을 그렇게나 기피하는데도 소방서 사이렌은 자주 울려서 그때마다 우리는 간담이 서늘해졌는데 우리 집과 지서가 가까웠고 사이렌이 매달린 망대가 높아서 그 놀랍도록 크고 공포스런 소리는 듣는 이들을 기겁하게 만들었다. 그게 울리는 시간도 낮이 아니라 대개는 한밤중이거나 새벽녘이라 자다 말고 혼비백산하여 뛰쳐나가 우리 집에 불이 난 건 아닌가, 둘러보는 일부터 하는 것인데 그 놀랄 일은 불이 나는 외에도 해난 사고가 났을 때도 사이렌은 울렸다. 그 때는 천수만 방조제가 생기기 전이니 바로 코앞이 바다라서 어선이 좌초되었거나 뒤집혔다는 소동이 자주 나곤 했다. 소방대원이 있는 집에서는 사이렌 소리가 나자마자 달려가야 했는데 우리 집 뒤로 난 길을 후둥후둥 뛰어가는 발소리들이 요란했다. 그 소리는 사이렌 소리 못지않게 두려운 일이었다. 배가 깨진 상황에 장비가 갖춰지지 않은 소방서원들이 할 일이 무엇이었을지 우리가 상상할 노릇은 아니었지만 그런 밤이면 놀란 엄마 특유의 그 후유, 후유 하는 심호흡 하는 소리릴 들으면서 우리도 가슴이 요동치듯 뛰는 걸 진정하느라 애를 먹곤 하였다.

불이 난 그 밤으로 우리 집 윗방으로 이사 든 일가 여섯 식구를 처음에는 끼니까지 우리 엄마가 책임져야 했다. 우리 가족의 모든 일상도 빈납하고 그 집을 위해 모든 배려와 정성을 쏟았는데 하나뿐인 변소까지 우선권이 그 집 식구들에게 주어졌다. 우리는 겨울이라 그런 거려니, 봄이 되면 뭔가 나아지려니 불편부당을 참고 봄을 기다렸다. 시간이 지나 봄이 오면 그렇게 난데없이 껴든 불편한 남의 가족과의 동거가 마음으로 편해지거나 어디든 집을 구해서 나가리라 기대한 모양이었다. 북풍 몰아치는 겨울도 지나고 드디어 봄이 왔다.

봄이 와서 추위가 물러가니 그 집 말썽쟁이 사내애들은 그야말로 고삐 풀린 망아지였다. 우리 엄마가 처음 경험하는 노릇이었을 터인데 고구마 온상에 들어가 붉은 순을 내미는 씨고구마를 꺼내다 깎아 먹고 재를 묻혀 밭에 심은 감자를 용케 찾아서 구워먹고 완두콩이 매달릴 즈음이면 콩꼬투리가 여물 새도 없이 죄다 훑어다 먹었다. 어디를 가나 그 애들이 눈독들일 게 즐비한 농가였으니 어찌 말릴 재간이 없을 정도로 그 애들은 극성스러웠고 말썽의 종류도 우리 상상을 뛰어넘었다.

그 애들은 너무 데설궂어서 하루해를 채우려면 말썽도 가지가지라 천하에 둘도 없이 무섭다는 우리 엄마도 감당이 안 되는 눈치였다. 그 아이들이 저지른 말썽을 대신 우리가 혼날 때가 많았는데 애꿎은 우리만 더 힘들었다. 우리 엄마의 직설 화법도 별 효력이 없자 엄마는 그 애들 부모가 보는 데서 우리를 잡도리하곤 했다. 그게 우릴 혼내는 게 아니란 것쯤은 아는데 그 건성으로 들어도 되는 욕들마저 가슴으로 파고들어 아프니 탈이었다.

그런 말썽은 생각도 못해 본 우리 형제들은 어이없는 누명 앞에 늘 노출되어 살아야 했는데 우리가 혼날 때마다 내 동갑도 있고 동생들 또래였던 그 애들은 어른들 안 보게 혀를 날름거리거나 용용 죽겠지 약을 올리는지라 더 분통이 터지는 일이었다. 그런 날들을 언제까지 견뎌야 하는 걸까, 갈수록 태산 같은 고난이 우리 길을 막는다는 생각이 들곤 했다. 그 아이들 엄마는 자기네 애들이 그렇다는 것까지 환히 알고 있어서 엄마가 우리에게 하는 심한 말에 모욕을 느끼는 모양, 그때마다 봉락리 친정에 가서 고구마 등에 고슴도치처럼 싹이 올라온 씨고구마를 캐다 심어준다거나 감자 종자를 구해 온다거나 최선을 다하는 눈치였다.

위로 큰 딸은 남의 집 밥데기로 보내고 터울이 우리 형제들과 비슷한 애들을 키우는 형편이라 엄마들은 서로 더 맘이 상했을 듯 나중에 생각하니 그 집 엄마도 속이 쓰린 날들이었을라 짐작되는 바였다.

아무것도 없는 그 집이 무슨 수로 집을 짓느냐고 걱정하던 엄마는 봄이면 나가려니 했으나 한 해가 가고 또 두어 해가 지나자 마음이 급하셨는지 텃밭 가장자리를 내주고 거기에 집을 지으라고 했다. 그 시절은 동네 사람이 다 모여 울력으로 집을 짓던 세월이었다. 장정들이 다 모여 으쌰으쌰 터를 닦더니 어디서 구했는지 기둥이 세워지고 지붕이 올라가고 볏짚을 썰어 넣은 흙벽이 발라지면서 집 형태가 갖춰지기 시작하고 점점 집이 완성되어 갔다. 그 흙이며 짚이며 모두 미리 알아서 구해다 주는 일은 우리 엄마가 맡은 것 마냥 대주는 거였는데 우리 엄마가 한 마디 말을 내면 일꾼이며 집 짓는 데 쓰일 재료에 이르기까지 손이 척척 맞게 준비 되는 것이었다. 물론 우리 집에서 밥쌀이다 뭐다 내주는 형편이었고 우리 엄마 말이라면 토를 달지 않는 동네 청년들의 호응 때문에 집짓기는 순조롭게 이어지고 있었다.

그 탓에 흙을 파낸 우멍한 구덩이며 마구 짓밟힌 우리 텃밭은 한 해 농사를 포기해야 했지만 그럭저럭 그 집이 구들을 말리는 과정도 지나 드디어 이사를 갔다. 그 집이 완성되기를 학수고대했던 우리는 앓던 이가 빠진 듯 홀가분하고 좋았다. 몇 미터 안 되는 거리로 나간 거였지만 그래도 집이 다르다는 것은 변소라도 마음대로 들락거릴 수 있고 모든 성가실 일이 반으로 줄어드는 효과였다. 그 사내아이들이 그후로는 우리 집에 얼씬도 안 하니 말썽 피울 일도 없어 우리가 가장 좋았던 일이다. 아마도 그 애들 엄마의 단도리가 삼엄했으리라는 것은 짐작하고 남는 일이었다.

그 집이 이사를 나가고도 우리 엄마는 끼니때가 되면 그 집 굴뚝에서 연기가 오르는지 무얼 어쩌는지 마음을 써서 쌀이며 보리쌀이며 챙겨 내주는 일을 자주 했다. 우리는 가장이 없는 집이었고 그 집은 젊은 가장이 있던 사정을 돌아본다면 엄마의 오지랖도 어지간했다는 생각이 들긴 한다.

세월이 많이 흘러 우리 텃밭을 팔아야 할 일이 생겼을 때는 경제사정이 그럭저럭 펴서 살만한 그 집에서 그 터를 내놓지도, 그 터를 사지도 않겠노라 하여 어려움을 겪기도 했는데 결국 그 집터를 분할하여 이전해 주는 수고까지 해주고서야 나머지 땅을 팔아먹을 수 있었다.

그래도 다행인 것은 우리 엄마가 "머리 검은 짐승은 거두는 게 아니"라거니 하는 말을 안 하시는 것이었다. 이제까지 해온 일을 물거품으로 날리는 그런 말을 해버린다면 얼마나 씁쓸한 노릇이겠느냐 말이다.

그 방들을 남에게 내주던 날들을 생각하면 우리 엄마도 어지간히 끈질기다는 생각이 든다. 물론 우리 집이 그렇게 방을 내준다는 소문 때문에 엄마에게 와서 딱한 사정을 호소하는 사람들이 끊이지 않는 일은 알고 있었지만 어디서 그렇게 최악의 상황을 거느린 집들만 골라 들이는지 어린 우리들은 불만이 많았다. 우리가 의견을 내거나 할 수도 없는 일이고 모든 일은 엄마의 뜻으로 좌우되는 노릇이라서 세입자들에게 별스런 흠결이 있다손 우리 엄마의 마음을 움직여 한 번 허락이 떨어지면 그 집이 자립해 이사 가기 전까지는 그 불편하고 싫은 느낌은 고스란히 우리가 감당해야 할 몫이었다.

눈만 뜨면 우리를 놀려먹기 위해 태어난 사람처럼 못살게 굴던 사랑방 아줌마라 불렀던 김재운 아저씨 부부가 오래 사랑방에 살았던 일이며 밤늦게 들어와 울고불고 술이 다 깨도록 시끄럽게 굴던 술집 여자 몽은이 엄마며 나쁜 기억으로 남겨진 면면은 사랑방이란 이미지로 남아 돌아보기 불쾌한 구간도 많았다.

가난하더라도 천박하지나 말았으면, 자기들 가족끼리야 어쨌거나 난폭하지나 말았으면, 조금만 조심하면 될 일을 우리가 마음 조이도록 우리 엄마 눈 밖에 날 짓을 골라하듯 하다가 갈 곳도 없는 처지가 되어 결국 쫓겨나기까지 과정들을 걱정하고 근심하게 만들던 딱한 사람들이 들고나며 우리가 받았던 상처들이 적지 않았다는 사실을 우리 엄마가 어찌 아실까.

그 시절은 그랬다고, 보편타당한 얘깃거리도 못되는 어린 날의 숱한 일들이 쌓여 있는 기억의 뒤란, 차곡차곡 정돈할 솜씨가 없어서 내 속이 늘 시끄러운 건지도 모르겠다.

연

취평리는 토질이 유난스레 미끄러운 진흙땅이었다. 비만 오면 찐득 찐득 고무신 운두를 넘어 들어와 맨발에 닿던 흙의 감촉! 세상에 그렇게 섬뜩하고 기분 나쁘게 구질거린 느낌이 또 있으랴.

장화처럼 젖은 땅에 편리한 신도 있었으련만 우리 엄마가 어느 세월에 그런 걸 사주실 리 없으니 가장 좋은 일은 비가 안 오는 것이다. 돼지죽을 주려면 마당으로 나가야 하는데 비가 오나 눈이 오나 그 퍼럭퍼럭 빠지고 찐득거리는 땅바닥을 무거운 구정물 그릇을 들고 한 발씩 옮기려면 코에서 단내가 날 정도로 힘이 든다.

천지가 깡깡 얼어서 땅이 굳어 있을 때나 눈이 와서 흙을 덮어버릴 때는 그래도 나았는데 눈 위에 고무신을 신은 미끄러움이라니, 거기다 얼음이 박혀 감각이 없는 발가락들이 균형을 잃게 해서 더 잘 넘어졌는지 겨울이면 그 넘어지는 일은 그냥 흔한 일상이다. 내 아픔만 참아서 되는 일이라면 문제가 없는데 돼지가 먹을 구정물을 땅에 엎지를 경우 엄마의 꾸중을 견딜 일이 걱정스러운 것이다. 그러니 넘어져 몸을 다치더라도 구정물을 흘리지 않도록 보호하려고 애썼다.

욕먹을 일은 천지에 널려 나를 기다리던 세월, 눈 녹은 물 때문에 땅이 질퍽거리고 미끄러워도 동상 걸린 손발이 아프고 가려워도 애들은 어쩔 수 없는 애들인지 그런 와중에 즐겁던 날도 더러는 있다. 남동생에게 연이나 제기, 또는 팽이 따위를 만들어주거나 깎아주는 일, 무얼 해도 야단치는 엄마나 언니가 유일하게 봐주는 것은 남동생에게 놀잇감을 만들어주는 일이다. 방을 어지르며 연을 만들어도 그 부분은 신기하게도 무사통과였으니 내 행위에 트집을 안 잡히는 드문 일이라면 나를 숨겨줄 큰 바위가 그 아니랴.

장이에게 내일 연 만들어 줄게, 약속한 다음날은 아침에 눈을 뜨면서 아! 좋은날이야, 활짝 갠 기분이 먼저 달려들었다. 회 부대 종이며 밥풀이며 가위 따위를 준비하여 윗방에 들어앉으면 한나절 잠잠해도 야단맞을 일이 없으므로 마음은 자유 천지다.

거기다 연을 완성하여 무사하게 창공에 띄워 동생의 손에 얼레를 넘기고 나면 그 성취감이라니, 나도 연 따라 팽팽하게 줄을 당기며 떠오를 듯이 마음이 술렁거렸다. 장이는 성격도 까다로워서 호락호락하지 않아 연을 만들어 하늘 높이 띄우기까지 공정이 순조로운 것만은 아니었는데 연이 허공을 다 오르지 못하고 뱅글뱅글 돌다가 젖은 땅으로 머리를 처박는다거나 중심이 안 잡혀 비틀거리는 경우 무게중심이 꼬리 쪽에 실리도록 긴 꼬리를 달아야 하는데 그걸 달지 말라고 고집

피우며 운다든지 하면 엄마에게 경을 칠 일이라서 급한 대로 지푸라기를 꼬리에 묶는다.

일단 연을 하늘에 띄워 올려야 하는데 동생은 또 지푸라기가 맘에 안 들어 한나절 넘게 만든 연을 발기발기 찢어버린다거나 방패연의 경우 살의 위치가 삐뚤다고 트집을 잡거나 그림이 그 애 맘에 안 드는 눈치가 보이면 연에게 쏟아야 할 정성을 동생 비위맞추는 일에 쏟느라 허둥댄다.

사실 누가 연을 만들어줘야 할 만큼 나도 어린애인데 그런 관계구조가 불합리하다거나 부당하다는 생각을 못하는 것은 남동생의 존재가 우리 자매들의 생사여탈을 좌지우지하는 양 그 동생이 있어 그나마 너희들이 살 수 있다고 하루에도 여러 번씩 걸어두는 우리 엄마의 주술, 그 저주 비슷한 말씀의 반복이 거미줄처럼 친친하여 정말로 거미줄에 묶인 나비처럼 우릴 꼼짝 못하게 묶어둔 탓이었을 게다. 우리는 그렇게 유복자를 겨우 면하고 세상에 태어난 동생을 호주로 모시고 사는 사람, 남아선호의 기치를 떠받들며 사는 낮은 계급의 천민인 셈이었다.

연은 고생고생 만들어낸 내 눈으로 봐도 조잡스러워 보였는데 변변치 못한 재료 탓이다. 창호지가 없으므로 회 부대 종이를, 잘 다듬은 댓살이 들어갈 자리에 버들가지나 슬쩍 굽혀도 똑똑 부러지는 족제비 싸리가지를 썼으니 오죽했으랴. 지금처럼 좋은 풀이 있었으면 매끈할 부분에 덜 으깨진 보리쌀 알갱이가 우툴두툴 보이도록 이겨 바른 폼새는 더 설명하고 어쩌고 할 필요조차 없다.

그래도 바람결을 따라 띄워 올린 그것이 꼬리를 간당거리며 유유히 바람을 차고 올라 아스라이 멀어져 조그만 점으로 우리를 내려다 볼 때는 세상이 다 환해지는 느낌이 들었다. 내가 띄운 한 점, 저 시원한 바람 같은 것, 소망 같은 것이 하늘에서 지상을 굽어보고 있다니 어찌 안 그러랴. 연을 제대로 띄워 올리기도 전에 남동생이 억지를 써서 소유권을 미리 주장할 경우도 있는데 연이 하늘로 높이 떠올라 안정되면 어련히 알아서 선네주련만 서로 마음이 급해서 아웅다웅할 때도 있는 것이다.

"쬐끔만 더, 제대로 올려주께" 조금, 조금, 그 실에서 손을 떼기 싫어 잡고 있는 순간 전해오는 연과의 소통, 그 짧은 순간을 손맛이라고 해야 하나? 낚시꾼들이 말하는 그것과 비슷한 뜻일 것 같지만 창공을 향해 의젓하게 오르고 있는 연이 제대로 상승기류 위에 얹히고 그곳에서 활개치며 살아남는 과정은 고기를 낚아 올리는 그것과는 좀 다를 듯하다. 한 쪽은 살아 있는 생명을 잡는 일이고 한 쪽은 무생물에 호흡을 넣어 살려 올리는 일이니 더 맑고 더 기쁘고 더 서러운 무엇, 가슴이 벅차오르는 일이다.

바람이 순조롭고 좋은 날, 쌩하도록 눈부시게 파란 겨울 창공에 연을 띄워놓으면 자긍 같은, 자존 같은 감정이 복받쳐서 나도 저렇게 날았으면 했다.

파랗고 차가운 창공을 유유히 떠가고 싶었다. 이리 저리 사람에 치이면서 사는 잡다하고 구질구질한 삶을 벗고 저렇게 고고한 무엇이 됐으면 하였다. 그런 순간은 언니나 엄마, 사랑방 아줌마까지 덩달아 나를 혼내고 놀려먹어 그 싫은 일을 견디며 사는 탐탁찮은 집, 그런 우리 집조차 별스럽게 싫어할 게 없을 듯 마음이 묽어지는 것이다.

창공이 내 안에서 확장되는 듯 무언가 드넓게 트여오는 연 날리기, 동생 연보다 못나고 작게 자투리 종이로 가오리연을 만들어 동생과 같이 연을 띄울 때도 있는데 보리밭을 내달리며 하늘로 연을 올려놓느라 진땀이 나면서도 마음은 벌써 연을 따라 창공을 날아가는 하늘 길 위에 있다.

방패연처럼 의젓하지 못하고 촐싹거리다가 곤두박질을 잘 하는 가오리연은 진중한 맛도 덜하고 실을 타고 전해오는 느낌도 사뭇 다르다. 잘 올라서 숨도 안 쉬는 듯 하늘 위에 안전하게 얹혀 있다가도 어느 순간 뱅글뱅글 돌아 땅으로 내려박히는 가오리연은 경박한 사람처럼 믿을 게 못된다. 물론 내가 만든 것이니 내 솜씨가 따라주지 않아서 그럴 수도 있으나 방패연과 모든 게 비교되는 것이다. 그러나 장이 연과 비슷하게 방패연을 만들면 우선 엄마나 언니의 눈길이 곱지 않을 것이어서 가오리연이라도 감사하면서 연을 띄운다.

붉새 물린 하늘을 보는 것도 좋고 어둠발이 스르르 내리기 시작할 때까지 목을 뒤로 젖히고 하늘을 보며 노는 일은 즐겁다. 싫증이 날 때까지 장이도 연을 내릴 생각을 않는데 그러다 감기라도 들면 큰일이라 말려보기도 하지만 끄덕도 않는다. 나도 하늘을 보는 그 시간이 좋아서 좀 더 그냥 두는데 내심 장이가 집에 들어가자고 할까봐 조마조마한 것이다. 밥 먹을 시간에 늦어도 장이가 함께 있으니 달리 핑계를 대지 않아도 되는 일, 장이가 감기에 걸리지만 않는다면 별일은 없을 것이다.

저무는 하늘을 찬찬히 보고 있으면 건너 마을 뒷산 너머 대용이네 집 쪽이라 짐작되는 곳에서 연이 올라 솔개처럼 가만히 떠 있는 게 눈에 들어온다. 남이 띄운 연조차 보기가 좋아 우리는 꼼짝 않고 그러고 있다. 아득하게 논벌을 지난 그 건너, 아마도 대용이가 띄웠지 싶은 연이 거두어질 때까지 우리도 연을 불러들이는 일을 멈추고 하늘을 눈여기다 보면 관제탑을 지키는 사람처럼 하늘 전체를 조망하듯 시야가 넓어지고 세밀해지는 것이다. 연실을 넉넉히 풀어주며 날리던 연, 내 손끝에서 높낮이가 좌우되던 그 늦춤과 당김을 조절하는 실이 손에 전해주는 느낌, 마치 연이 살아있어서 날개를 파닥이는 생물체인 양 두근거리는 심장 소리가 감촉될 것만 같은 착각이 들곤 한다.

내가 만든 연이 마음에 안 차서 장이가 자꾸만 짜증을 부리면 엄마가 대두리 작은집 오빠를 부른다. 일부러 데려온 건 아니고 장에 나갔다가 작은아버지를 만나 장이가 연을 날리고 싶어 한다는 운만 떼면 그 이튿날 중학교에 다니는 오빠가 우스꽝스럽도록 근엄한 표정으로 방학 중인데도 반듯한 교복에 교표가 반짝이는 모자까지 단정히 쓰고 나타난다.

물론 오빠는 창호지며 댓살까지 연을 만들 재료 일습을 준비해 오는데 엄마나 언니가 집에 있으면 그렇게 깎듯이 예절바른 척하는 사촌오빠는 엄마나 언니가 눈에 안 보이면 사람이 확, 달라진다. 오빠가 아무리 교복 차림으로 으스대며 다녀도 우리 눈으로는 웃기는 일, 바로 옆집에 가면서도 지가 무슨 옛날 선비라고 그렇게 의관정제하고 어색하게 군은 표정으로 점잔을 빼느냐는 말이다. 교복을 차려 입고 다니는 일은 우리에게 뽐내려는 의도라는 게 너무나 잘 읽히는 터라 그 얼굴에 근엄까지 쓰고 있지 않더라도 속이 환히 보여 속으로 웃게 된다.

우리 자매들은 죽었다가 깨어난다 해도 중학교에 들어갈 수가 없는 켓속이므로 더 그렇게 약 올리듯 중학생이라는 표를 붙이고 다니는 걸 누가 모르랴. 우리 자매들은 학교성적이 우수하여 그쪽으로 눌렸던 오빠가 분풀이하듯 시위하듯 그럴 터이지만 제 옷 저 입고 다니는데 뭐랄 건 없어도 속으로는 마음이 좀 안 좋았다.

아무리 윗사람 행세를 해도 오빠의 면면은 짓궂은 애들이라는 게 금방 드러나서 이것저것 잔심부름 시키는 일이야 그렇다 치더라도 코앞에 있는 물건도 스스로 집어다 쓰는 법이 없이 요거해라, 저거 치워라, 속이 보이게 성가신 것이다. 거기다 말투는 왜 그렇게 야비한지 들어줄 수가 없는 지경인데 힘으로는 감당이 안 되는 오빠인지라 거역할 수도 없고 얄미워도 참고 말을 듣는다. 오빠의 얄미운 짓들을 막을 수 있는 건 마실 간 엄마나 언니가 돌아오는 일, 꼭 필요할 때는 나타나지 않는 속성을 지닌 사람들이 또한 엄마와 언니여서 얼른 연 만들기가 끝나서 오빠가 자기 집으로 가버리기를 바랄 수밖에 없다.

그런 점은 내가 작은댁에 심부름을 갔을 때도 똑같은데 어른들 눈앞에서는 근엄하게 그 우스꽝스런 몸가짐이다가 보는 눈이 없으면 간지럼을 친다거나 힘으로 저항할 대상이 못되는 내게 못되게 굴었다. 뺨을 꼬집거나 귀를 잡아당기는 정도는 참겠는데 간지럼을 치려고 들면 숨이 막혀 죽을 것 같다. 아무리 버둥거려도 놔주질 않았다가 "엄마!" 소릴 질러야 나를 풀어주는 것이다.

그런 일들은 시시콜콜 말하기 싫어하면서도 언젠가 또 사촌 오빠가 연 만들러 온다기에 엄마한테 오빠가 못살게 군다고 적나라하게는 못하고 슬쩍 비쳤는데 그 말은 그냥 묵살되고 말았다. 작은댁은 딸이 없어서 니들이 귀엽다고 그런다는 한 마디로 일축하셨는데 뭔지 모를 위협을 느껴서 말해봤자 엄마와 생각이 다르니 더는 고자질할 거리도 안 되는 노릇이라 그런 상황이 오지 않기를 바랄 뿐이었다. 힘이 못 미치면 머리를 써야 한다는데 무슨 뾰족한 대책이 없는지라 생각다 못해 사촌오빠가 연을 만들러 오는 날은 만복이를 불러서 함께 있었다. 숙제하자면 만사 제치고 달려오는 만복이는 언제나 고마운 내 친구였다.

그렇게 무슨 기술자인 양 폼을 잡고 와서 꼬박 하루해를 보내며 만들어놓고 간 오빠표 연은 이튿날 띄우려고 보면 허우대만 멀쩡해 보이는 조잡하기 짝이 없는 것이었다. 댓살 간격이 맞지 않는다거나 균형을 잡아줄 실이 너무 느슨하다거나 뭐 한군데 제대로 된 것이 없고 보기만 그럴싸하게 돼먹어서 하늘에 띄울 수가 없는 것이다.

그 오빠는 중학생이라도 공부 쪽으로는 취향이 아닌지 머리가 나빴는지 공부하는 걸 못 보았다. 물론 작은 아버지가 하시는 말이 공부를 잘 못한다 하셨던 적이 있었으니 정확한 말씀은 아니더라도 비슷한 뜻이었으리라 짐작은 되었다. 어쩌다 내가 들춰본 노트들은 학년이 끝나가는 겨울방학인데도 모두 앞쪽 몇 장을 썼다 뜯어낸 정도였고 글씨는 지렁이 사촌 같았고 맞춤법도 제대로 못 배웠는지 틀린 글자들이 많았다.

내게는 이상한 편견이 있었는데 아무리 공부를 잘한대도 맞춤법에 안 맞거나 받침을 빼먹어 이상한 내용이 돼버리는 필기를 하는 사람을 은근히 깔보는 버릇이 있었다. 초등학생 주제에 중학생인 사촌오빠의 공책을 본 뒤로는 별소릴 다 한대도 '제까짓 게 뭘?' 하는 이상한 대응이 되는 거여서 다음부터는 간지럼을 친다거나 힘으로 당할 수 없는

186

짓을 하려는 낌새만 보여도 "엄마!" 큰소리를 질러 가시를 세웠다. 그런 게 먹혀들었는지 오빠도 철이 들어가는지 힘으로 누르려는 짓을 삼가는 게 보이기 시작했다.

오빠는 손재주가 워낙 없어서 시간만 많이 먹히고 재료만 아까운 연을 띄워 올리려면 그 이튿날은 나도 오빠 안 듣는 데서 흉을 보는 건데 '종이가 아깝다, 종이가 아까워 쯧쯧쯧' 한다거나 '발로 만들어도 이보다는 낫겠다' 어쩌구 어른들 흉내를 내며 그러고 나면 짜증이 좀 가시던 거여서 혼잣말로 흉보는 일도 더러 해볼 만했다.

훗날 내가 크면 관제사가 되고 싶었다. 비행기를 띄우고 내리게 한다는 관제사, 그건 건강이 시원찮아도 가능할 것 같으니 관제사가 되어서 마음대로 비행기들을 내려앉히고 띄워 올리며 하늘 길을 통제하거나 여는 일이라면 얼마나 멋질까. 그런 일을 하면서 하늘을 오래 바라보며 사는 사람이 되고 싶었다. 나중에 사촌오빠는 공군에 입대했는데 파일럿이나 관제사와는 거리가 먼 일반 사병이었다. 활주로의 눈을 쓸고 비행기 몸체를 닦는 일을 한다는데 그게 좀 우습기는 하지만 그래도 하늘을 나는 물체에 가까이 다가갈 수 있다는 게 어디냐, 조금 부러운 느낌이 스치기도 하였다.

내가 처음에 꿈꾸었던 것은 파일럿이 되는 일이다. 그런데 전투기 한 대가 감나무 집 고모네 뒷밭에 불시착한 사고가 났다던 얘기를 들은 뒤로 그 꿈을 접었다. 물론 그것은 내가 태어나기 전, 한국전쟁 때 얘기고 그 조종사는 군인이었고 눈이 파래서 사람 같지 않고 도깨비 같더라는 외국인, 더군다나 전투기를 조종하는 일은 숱한 사람들을 죽이는 일이라는 얘기를 전해 듣고 보니 파일럿은 못할 것 같고 사람에게 폭탄을 던지고 어쩐다는 부분에선 혐오감까지 올라오는 일이어서 나는 가당치 않다는 생각을 했기 때문이다.

그 벽안의 조종사는 부대에 연락이 닿기까지 감나무 집 고모네서 임시 숙식을 했다는데 덩치도 크고 끼니마다 고기만 먹는데 양이 엄청났다고 했다. 한 번 출격하면 체중이 몇 킬로그램씩 빠진다는 얘기는 창공을 난다는 일이 엄청난 체력을 갖춰야 가능하다는 걸 어렴풋이 짐작하게 되었다.

비행기를 몰고 다니는 일이 그렇게 힘이 드는 거라고 어른들이 하는 말을 들었으므로 나는 키도 작고 몸무게도 우리 반 88명 중에서 두 번째로 가벼웠으므로 어림없는 꿈이로구나, 짐작이 되었던 거다. 거기다 나는 여자라서 이래저래 결격 투성이었으니 현실이 팍팍하여 그냥 꿔본 헛꿈이었다고 스스로 마음에 맞게 변명을 해본다. 누가 들으면 어이없어서 웃지도 않을 품목들이 또 있었는데 나중에 커서 해보고 싶던 꿈 중에는 패러글라이딩이나 스킨스쿠버 따위도 있었다. 그게 왜 남들의 웃음이나 사는 노릇인지 모르겠는데 한사코 감춰서 마음속에만 존재했던 것들이었다.

꿈을 꾼다고 누구에게 해가 된다거나 폐를 끼치는 일도 아니고 그런 것들이 나를 나로 살게 하는 건 맞는데 연이나 비행기도 하늘을 하늘답게 하는 이름이듯이 실현 가능성이 전혀 없는 내 꿈들도 나를 나답게 한다면 누가 토를 달아서는 안 되는 일 아닌가? 그 부분은 여전하게 풀리지 않아 치워놓은 숙제 같아서 여태껏 마음 안에 남아있다.

애써 연을 만들고도 내가 띄워선 안 되는 것처럼 내가 발 디딘 자리는 언제나 바라봄만 허용되는 석연찮은 자리, 창공을 가득 안고 내려다보는 연의 자리가 아니라, 하도 아득하고 서럽고 쓸쓸해서 죽을 것만 같은 기분으로 올려다봐야 하는 거기에 내 혼의 거처가 있다는 자각이 드는 날, 사는 일이 지지리 궁상이다 싶어 말도 하기 싫은 날은 그래 그래 찬성할 동무가 있어 연을 만들자고 꼬드겨 창호지를 구하고 댓가지를 다듬어 겨울 창공에 연을 올리자 한다면 균형이 잘 잡힌 연을 만들리라. 홍치마, 청치마, 먹치마 맘 놓고 그려서 함께 오르리라 했다.

만복이가 친한 친구였고 미자도 다정한 사이였지만 그 애들은 머리에 꽃을 리본이라면 모를까, 연 따위에 관심을 가질 리가 없어서 그걸 만들어 함께 띄우자는 말은 내보지도 못하다가 그 연을 띄워도 무난했을 세월이 다 가버렸다. 내게는 하고 싶은 놀이를 하며 친구들과 오순도순 어린 시절을 보낼 시간이 없었다. 여러 여건이 나를 향해 포위망을 좁혀 들어오듯 학년이 올라갈수록 불안한 미래가 발등에 떨어진 불똥처럼 다급하게 다가오고 있었는데 그런 게 꼭 외부에서 달려드는 여건이었을까. 따져보면 마음 안에서 시작된 상황이었고 마음에서부터 출발한 굴레 같은 무엇이었다.

아무려나 내겐 한가하니 나를 가꿀 어린 날이 사라져간다는 안타까움조차 제대로 바라보지 못하고 서둘러야 할 세월 속에서 불이 날 듯 부대끼게 하는 그것도 향학열이라 뭉뚱그려 불러도 좋다면 그 다급한 기류에 밀려 '진달래 먹고 물장구치고 다람쥐 쫓던 어린 시절'은 자진 반납하고 살았던 셈이다.

연 만들러 오던 사촌오빠가 애늙은이처럼 근엄한 표정을 쓰고 있었듯이 나도 잘 웃지 않는다는 지적을 받는 일이 잦아지면서 생각하니 또래의 아이답지 않게 심각이나 우울을 둘러 쓴 채 그렇게 보낸 어린 시절이었던 것 같다. 그러고 보면 사촌오빠가 어떻다고 웃을 일도 아니던 것인데 숙부나 숙모가 큰집 아무개 봐라, 따위 말로 노상 훈계를 삼았을 터이라서 남자로 태어났다고 어릴 적부터 대단한 긍지를 갖고 있던 사촌오빠가 얼마나 상처를 받았을 것인가. 그 부분 내 잘못은 아니라지만 정황은 짐작되는 바여서 안 되었다는 마음이 들기는 했다. 너나없이 어려웠던 시절 상처 없이 자란 누가 있을 것인가, 하면서도 조금은 미안한 생각이었다.

시끄럽고 정신없는 세상, 내가 하고 싶지 않은 일만 시키는 세상이 싫어서 살기가 어려웠던 세월을 넘기고 그래도 예상을 뒤엎고 오래 살았는데 이렇게 가거나 저렇게 걷거나 닿는 곳은 비슷하다는 말이 맞는다면 사람살이 무엇을 대단하다 하겠는가. 결과만 가지고 셈을 한다면 하릴없이 시시한 게 그의 일대기겠는데 우리에겐 깨알 같은 여정이 있어서 나는 특별하다는 위안을 삼으며 간다. 어찌 지나온 굽이거나 소중하지 않은 구간은 없었다는 얘기다. 깨알처럼 자잘한 굽이들을 무난하게는 아니더라도 아무튼 살아서 지나왔으므로 연 날리던 날에 내 안에서 꿈틀대던 희망들을 이루지는 못했더라도 여태껏 주저앉지 않고 서 있다는 건 긍지를 삼아도 좋을 듯하다.

누군들 어린 날에 꿈 몇 자락 창공에 띄워보지 않았으랴만 내가 꾸었던 꿈이 말도 안 되는 무지몽매에서 발원한 것일지라도 내가 살아 숨 쉬며 걸어온 길에 그런 것도 있었구나, 짚어보면 어이없어서 웃을 수도 있으니 좋은 일 아니냐는 얘기다.

칠게 잡이

학교에서 돌아와 시간이 남는 날에 물때가 맞으면 순구와 나는 능쟁이 잡으러 바다로 갔다. 칠게를 우리 동네선 능쟁이라 불렀는데 뻘 색깔과 똑같은 외양은 이쁜 구석이 없으나 우리 집이나 이웃들에게는 요긴한 반찬거리였고 지금 생각하면 드문 단백질 공급원이었다.

간만의 차이가 많이 나는 서해바다, 들쭉날쭉한 물때라는 걸 계산할 줄 모르는 우리는 어른들이 가라면 가고 오늘은 물이 안 쓴다고 가지 말라면 또 물때가 안 맞는구나, 바다에 가고 싶어도 능쟁이 잡으러 가는 일을 접고 만다.

썰물이 나가고 갯벌이 비는 시간이 긴 날이면 우리는 신이 나서 바다로 간다. 우리 학교 뒤쪽으로 난 길을 따라 산길을 걷고 대두리 동네를 지나 한참을 더 가면 또 논길이 나오는데 벼를 벤 그루터기에 파랗게 새순이 올라온 게 추워 보이는 논두렁 길, 물가로 우렁이가 나와 해바라기하는 거기를 지나 좀 더 가면 원둑이라 부르는 직선 길이 나온다.

원둑에 올라서면 쏴아, 바람결이 달라지는 길, 찝찔한 피 냄새도 같고 살아 있는 무엇이 꿈틀대는 듯 거대한 짐승의 체취 같은 비릿한 냄새, 원둑에서 내려설 때는 왕모래가 깔린 비탈을 반드시 미끄럼을 타면서 내려갔다. 옷에 구멍이 나기 쉬운 짓이라서 어른들이 알면 야단을 치겠지만 우리는 장난기가 그들먹한 아이들인 것이다. 어른들 눈에서 벗어나면 마냥 좋아서 어쩔 줄 모르는 아이들, 거기서 조금 걸어가면 능쟁이가 사는 갈마리 갯벌이 나온다.

일요일에 왔을 때는 서리가 내린 아침결이라 발이 시려서 혼난 대신 발자국마다 나와서 해바라기하는 능쟁이를 주워 담으며 곰져서 낄낄댔는데 오늘은 오후라서 그런 즐거움은 없으나 발이 감전된 듯 찌릿찌릿 시리던 고통이 없으니 좋았다.

여린 햇볕에 등을 말리듯 발자국에 모여 있는 능쟁이는 동작이 굼떠서 살금살금 조심할 것도 없이 집어 담으면 되는데 제 집에 들어 있는 놈들은 뻘흙을 파내려가서 잡아내야 하므로 한 마리를 잡자면 그만큼 수고를 해야 한다. 국방색 옷을 입고 있는 능쟁이는 뻘과 같은 색이어서 구별이 잘 안 되므로 움직이는 걸 보고 잡는 것인데 파내려간 뻘 속에서 죽은 척 엎드려 있으면 안전할 것을 꼬무락거리다가 들키는 게 좀 우습기도 했다.

겉으로 난 구멍을 잘 봐서, 어느 쪽으로 들어갔을까 예상되는 쪽을 디뎌 퇴로를 막고 파보면 꼼짝없이 죽 같은 뻘에 섞여 나오는 능쟁이,

게장을 담가 먹을 때는 아이들 새끼손톱만 한 잔챙이가 좋은데 잡을 때는 클수록 재미가 난다. 부피가 커야 바구니를 채우는 속도가 나는 것이다.

순구와 나는 싸운 것처럼 입을 다물고 게를 잡는 일에만 열심인 날도 있고 자꾸 말을 시켜 게를 잡는 손길이 더디도록 서로 성가신 날도 있는데 샘이 많은 순구가 내 바구니를 기울여 보곤 하므로 되도록 적게 잡은 척 엄살을 떤다. 집으로 돌아오기 전 수문 턱에서 뻘흙을 닦아보면 금방 드러날 일이지만 그렇게 서로 내 것이 작네, 네 것이 많네 징징거리며 은근히 경쟁을 하는 것이다.

해가 설핏해지고 먼데서부터 들릴 듯 말 듯 가늘고 높게 부는 휘파람소리가 나면서 물을 데리고 돌아오는 바람 소리가 시작되고 주변이 선득하고 부산스러워지는 느낌이면 들물이다. 허벅지까지 빠지는 뻘속을 돌아다녔으니 지치기도 해서 누가 먼저랄 것 없이 가자고 조른다. 게 잡는 일에 손은 안 떼면서 입으로만 얼른 나가자고 그러길 계속하다 돌아보면 물끝이 우리를 덮칠 듯 가까워져 있다. 그제야 깜짝 놀라 둘러보면 어스름이 내리는 갯벌에 우리만 남았다는 걸 알고 허둥지둥 개뻘 밖으로 나와 원둑 아래 수문 구멍 앞에까지 와서야 안심을 하는 것이다.

게를 닦고 몸에 묻은 뻘흙을 닦아내노라면 지쳐서 말도 하기 싫은데 통통하고 건강한 순구는 내 게가 많다고 계속 뭐라고 한다. "우리 엄마 느이 집에 있으면 너 바구리 뒤로 감추고 들어가라"거니 되지도 않을 소리를 하면서 나와 비교를 당하여 혼날 걱정을 하는 것이다. 내가 보기는 순구 바구니나 내 바구니나 크기도 비슷하고 거기 담긴 능쟁이의 양도 엇비슷한데 괜히 입에 발린 걱정을 하는 걸로 보이므로 그럼 아예 게 바구니를 바꾸자는 제안을 하게 된다. 그렇게 무질러놔야 순구의 그 성가신 투덜거림을 막을 수 있어서다.

그 애도 누구 게가 많은지 확신이 서지 않으면서 그렇게 내 게가 많다면서 내가 또 아니라고 우겨주기를 바라는 모양이다. 지쳐서 발을 떼기도 힘 드는데 친구의 투정까지 받아줄 여력이 없는 나는 그렇게 그 애의 말을 막아버리고 오직 걸음을 옮기는 일에만 집중하며 돌아오는 길, 가도 가도 집이 안 나올 듯 몇 발짝 못 떼고 주저앉을 것만 같아 불안한 마음처럼 어스름은 짙어만 가고 눈물이 날 듯 먹먹해지는 벌써 그 저녁 시간인 것이다.

그래도 누가 보는 데서 그렁거릴 수는 없으므로 참으며 걷는다. 대체 우리 집은 언제 나오나, 코에서 단내가 나도록 나는 열심히 움직이는데 자꾸만 순구와 거리가 벌어진다. 약한 체질로도 걸음걸이는 엄마를 닮아서 성큼성큼 잘 걷는다는 소릴 듣는데 바닷길을 헤맨 날은 체력이 형편없다는 걸 여지없이 드러내고 만다. 그런 걸음으로 성안 벌 가까이 들어섰을 때다.

누가 확, 내 앞으로 달려들며 소리친다. 심장이 자는지 뛰는지 맥없이 겨우 걷던 나는 머릿속이 화—해진 듯 서 버린다. "병길아! 여기 좀 나와 봐!" 나를 막아서며 소리 지른 건 우리 선배언니 병남이, 가지 못하게 손으로는 나를 잡고 입으로는 병길아! 병길아, 소리만 치고 있으니 이상한 일도 다 있다. 무슨 상황인지 어리둥절한 내 앞에 선 것은 우리 일 년 아래 학년, 키가 크고 얼굴이 하얀 남자아이였는데 누나의 부름에 얼결에 뛰어나온 듯 머뭇머뭇 얼굴이 빨개진 채 어쩔 줄을 모른다, 저만치 앞서가던 순구가 되돌아오고 우리는 무슨 일인지 궁금한데 병님이 언니가 동생에게 말하고 있다.

"얘가 임명희야, 너 궁금하다고 했지?" 자기들 남매끼리 우리가 알아들을 수 없는 말을 하면서 내 손을 놓지 않으니 그냥 갈 수도 없고 이 상황이 뭔지 순구도 눈이 동그래서 겁을 먹고 섰는데 그제야 병님이 언니는 축하한다거니 어쩌면 그렇게 대단하냐느니, 참 장하다고 부럽다고, 나를 보고 과한 몸짓을 섞어 반가워한다.

무슨 소릴까, 무언가 오해가 생긴 모양인데 얼른 감이 오질 않는다. 우리 학교를 졸업하고 도시로 떠났다는 그 언니는 이쁘고 세련되어 곁에 가기도 어려워 보이는 도회 여자가 다 돼 있었는데 자신이 잡고 있는 내 손이 갯물에 건성건성 닦아서 얼마나 더러운지를 모르는 듯 그러고 있다. 간신히 그 언니의 말을 조합해보니 학교 대표로 도내 글짓기 대회에 나가서 장원을 한 일로 그러는 모양이었다. 우리 가족들도 영문을 몰라 입에 안 올리는 그 일, 조회 때 교장선생님이 길게 칭찬을 하시긴 했지만 가까운 친구인 순구도 처음 듣는 소리였을 그게 누구한테는 내가 궁금하고 누구는 부럽고 장해서 칭찬이 될 수도 있는 일이었던 것일까?

뻘흙이 잔뜩 묻어서 무슨 색깔 옷이었는지 바탕이 보이지도 않는 헌 옷을 걸친 모습이며 갯내가 물씬 나리라 짐작되는 내 꼴이 부끄러워 얼른 그 자리를 모면하고 싶은데 그 집 남매는 나를 잡고 긴 얘기가 하고 싶은 모양이어서 참 딱한 장면이었다. 순구를 따라 그곳을 빠져나오듯 발길을 서두르며 오다가 생각하니 나는 한 마디 말도 안 했다는 게 마음에 걸렸다. 나는 옷이나 얼굴이나 뻘흙투성이라는 게 걸려서 그랬는데 그들 남매가 오해를 할 수도 있겠구나 미안한 생각이 드는 것이다.

식구들이 밥상에 둘러앉은 집에 들어와 털썩 마루에 주저앉으면 밥이고 뭐고 그냥 드러누워 잠을 자고 싶다. 갯물에 대충 닦고 온 손발이며 옷이며 소금버캐가 앉았을 터인데도 그렇다. "어이구, 오늘은 밥값 했네" 엄마는 모처럼 칭찬을 하고 언니는 그게 못마땅한지 샐쭉한 눈으로 흘겨보며 밥을 가지러 부엌으로 가고 저물어 어둑한 방에서 등잔불도 안 켜고 밥을 먹는 가족들, 나중에 보탠 생각이겠지만 고흐의 '감자먹는 사람들'에 나오는 풍경과 닮았다. 그 명화 속 인물들이 고스란히 우리 집 저녁 밥상에 둘러앉아 짜디짠 게꾹지 뚝배기에 달그락달그락 젓가락질을 하며 밥을 먹는 것이다.

나도 이제 얼마 안 남은 저 그림 속 사람노릇을 하기 위해 들어가야 한다. 들어가서 채워질 그 한 귀퉁이를 더 우울하게 완성해야 한다. 이것도 나중에 정리한 생각일 터이지만 어둠 속에서 먹는 음식이란 게 그랬다. 쓸쓸하고 서러운 느낌으로 목구멍을 열어 안 넘어가려는 밥을 밀어 넣는 일, 이런 느낌은 내가 오래 싫어했던 것이었으나 나중에라도 그 화폭에 들어있던 구성원 중에 누가 나가서 돌아올 수 없는 빈자리로 남는다면 그리운 무엇이 될까. 모르긴 하지만 그건 그리움이 아니라 아픔이리라. 아파서 들여다보기 싫은 그림이 될 거라는 예감 같은 것 말이다.

그래도 아침이 오고 밝은 날이면 굵은 능쟁이를 골라 마늘과 고춧가루를 넣고 파를 송송 썰어 넣은 양념간장에 촐싹거려 밥솥에 쪄내면 노르스름하게 색깔이 변한 능쟁이가 맛있는데 밥솥이 뜨거워지면 게 들은 뿔뿔이 달아나다가 양념 그릇을 나와 밥 속에 박히는 것들도 있다. 동생들은 서로 그 슴슴하고 고소한 걸 먹겠다고 다른 사람 밥그릇에 들어있는 것이라도 탐을 낸다. 밥에 콩처럼 박혀 있는 그걸 떠내서 동생 밥 위에 얹어주면 살짝 메스꺼움이 스쳐 지나곤 했다. 그 게가 살아서 팔팔하던 모습이 어리는 탓이었다.

겨우 탈출한 곳이 밥솥 안이라는 사실을 알았더라도 그들은 한사코 탈출하려 했을까? 생각하면 나는 게가 아니라서 다행스럽고 게가 아니라서 능쟁이들에게 잠깐 미안해지는 것이다. 내 생각이야 어느 지경을 헤매거나 말거나 그렇게 우리 가족은 반찬이 한 가지 늘어난 밥상을 대할 것이고 잔챙이 능쟁이는 짜게 다려놓은 간장에 담갔다가 깨물면 파삭 부서지는 짠 맛으로 상에 오를 것인데 그런 것들에 무슨 의미를 부여하고 싶어 하는 이상한 버릇이 있던 이상한 시절이었고 그야말로 아이답지 않게 모든 게 심각하게만 다가오는 우울한 계절이었다.

잠자리에 누워도 가슴이 뛴다. 여태껏 그렇게 심하게 심장이 뛰고 있었나 모르겠지만 병님이 언니가 내게 한 말들이 자꾸만 생각나서 그랬고 그 동생이라는 아이가 이름과 나를 연결할 수 없어 그토록 궁금했다는 사실이 그랬다. 누구의 관심 대상이라는 사실은 내게 흔한 노릇이 아니라서 아주 특별난 켯속의 설렘이던 것이고 잠 못 이루게 하는 자극이었던 모양이다.

글짓기 시상식이 있었던 날 시상식 장소였던 서산극장으로 나를 데려간 담당교사는 이정자 선생님이었는데 돌아오는 차 안에는 교장 선생님과 교감 선생님, 우리 집에 하숙하셨던 허창섭 선생님까지 함께 계셨다. 마침 그날은 우리 집 벼를 떼는 날, 집에서 먼 턱고개 논에서 벤 벼를 논두렁에 가리를 쳐서 세워두었다가 바심할 때가 되도록 마르면 그걸 집 마당으로 옮겨오는 일을 벼를 '뗀다'고 했는데 지게질 잘하는 장정들이 모여 하는 일이었다. 그 벼 토매들은 마당이며 밭둑이며 다시 가리를 쳐 세워놨으므로 아이들은 한동안 술래잡기 놀이를 할 수 있는 좋은 구조물이 생긴 것이다. 미로처럼 이리저리 꼬부라져 돌아가고 어디로 들어가면 막다른 골목이 되어 달아날 곳이 없이 생긴 볏가리 정도에도 농촌의 아이들은 환호작약하였다. 그것도 벼알을 떨어뜨릴 짓을 안 해야 거기서 놀아도 되는 허락을 얻어낼 수 있는데 조심하다가도 놀다 보면 뛰어넘거나 타 넘어야 할 일이 생기고 벼 토매를 쓰러뜨릴 경우도 있어서 바심 날이 오면 그 좋은 놀이터가 사라질 터인데도 얼씬 못하고 바라만 봐야 하는 애석한 경우도 있다.

그날은 또 보리를 가는 날, 보리 종자를 땅에 심는 걸 '간다'고 했는데 일꾼들 한 패는 밭에서 일하고 다른 한 패는 먼 논을 오가며 벼를 뗀는 날, 어지간해서는 내가 빠져나갈 방법이 없던 날이었다. 다행이 허 선생님이 원군으로 나서서 나를 도우셨다. 학교를 빠지라는 엄마에게 큰일 날 소릴 다 한다고 이건 가문에 경사고 학교가 다 들썩거릴 장한 노릇인데 집안 일 도우라는 건 말도 안 된다고 단호하게 엄마를 가로막고 들었다.

내가 듣기에도 허 선생님의 너스레가 좀 과해 보이는데 어쩐 일인지 엄마가 마음을 접는 눈치였다. 그뿐만 아니라 선생님은 극장에서 시상식을 한다는 점을 되짚으면서 가장 좋은 옷을 입혀서 내보내라는 말까지 하셨으므로 우리 엄마도 더는 어쩔 수가 없으셨던지 물러서고 말았다. 좋은 옷, 그게 풀을 너무 **빳빳**하게 먹여서 발다듬이로 건성드뭇

만져둔 푸른색 소창지 치마와 홑겹 광목 가운이었으니 철이 늦은 옷들이어서 한기가 들었다.

몸에 감겨들지 않고 뻣뻣하게 들뜨는 옷을 트집 잡을 일이 아닌 내 형편으로는 집에 붙잡혀 일하지 않고 놓여날 수 있다는 것만 다행이라서 들뻗치는 치마를 대강 훑어 내리며 학교로 갔다. 심했던 멀미 탓인가 내가 종일 어디서 무얼 했는지는 생각도 가물거리는데 어둑어둑 노을이 스러지는 시간쯤에야 집에 돌아왔다. 집에 올 때는 교감 선생님이며 여러분의 선생님들이 함께 왔던 기억이 난다.

"아주머니 축하주 내놔!" 우리 엄마와 너나들이 하며 허물없는 선생님들은 부엌으로 들어가 밀주를 더듬어 마시고 방에서는 하루 종일 일을 해주신 아저씨들이 저녁상을 받고 있었다. 상황 파악이 안 된 듯 멀거니 서 있던 내게서 상장이며 상품이 든 꾸러미를 홱, 나꿔채 마루에 던지면서 언니가 "뭐 장한 일 했다고 등신같이 그렇게 섰냐"고 일갈한다. 종일 놀다 온 게 괘씸해서 그랬겠지만 방에서 저녁상을 받고 있던 경식이 아버지며 아저씨들이 '승네기 살았으면 엥간이 좋아했겠'다느니 한 마디씩 거드는 말에 화가 난 듯 나를 밀쳐냈다.

하루 종일 아무 생각 없이 먹먹했던 마음으로 울컥 물이 차올랐던가. 극장에서는 학예회 공연이 있었는데 그 공연이 끝나고 시상식이 있었기 때문에 늦은 것이다. 우리 학교는 글짓기 부문만 대상을 탔는데도 교장 선생님까지 오셨던 걸 보면 그 상의 비중이 컸었던 모양이다. 아무튼 언니의 행동은 내가 하루 종일 놀다 와서 미안하다는 생각 대신 서운함으로, 서러움으로 감정이 바뀌게 만들었다. 다른 학교 애들은 입선작으로 올라온 경우라도 부모가 따라오고 야단법석이던데 이

건 상 받아 온 일을 가지고 오히려 지청구를 먹어야 했으니 말이다.

시상식을 하던 그날을 떠올리니 더군다나 잠이 달아났다. 한나절을 뻘밭을 헤맨 뒤끝이라 피곤은 극에 달해서 물먹은 솜처럼 몸은 가라앉는데 당최 올 생각을 안 하는 잠, 나는 잠을 자고 싶어 머리가 깨질 듯한데 방법은 없으니 눈을 감고 별을 센다. '별 하나 따서 또깨 덮고 또깨 덮고, 별 둘 따서 또깨 덮고 또깨 덮고……' 왜 별에다 뚜껑을 덮으라는지 또 생각은 곁길로 들어서기도 하고 그 별은 백 개를 다 못 따고 잊어 먹어서 별만 딴다거나 덮은 뚜껑에 또 뚜껑을 거푸 덮는 헛짓을 하면서 다른 생각 속으로 다시 들어갔다가 나오길 거듭한다.

그렇게 잠을 못 이루는 밤, 깜깜한 천장을 보고 있으면 꾸물꾸물 능쟁이가 기어 나온다. 옆을 봐도 아래를 봐도 꾸물거리는 능쟁이들, 정강이에 감기던 뻘의 감촉과 함께 온 몸을 스멀스멀 기어 다니는 능쟁이들, 몸이 피곤할수록 잠을 못 드는 상태가 무얼 의미하는지 모르겠지만 건강한 몸이 아니어서 그러는 것만은 확실한데 아무도 그런 내 몸이나 마음을 걱정하거나 물어봐 줄 사람이 없는 것이다. 말해야 뜻도 모를 것 같은 동생을 잡고 그런 얘길 할 때도 있긴 하지만 어린 동생에게 이해될 일도 아니라서 나는 늘 캄캄했고 늘 쓸쓸했던 것, 속마음에 일고 잦는 것들을 말할 곳이 없어 늘 억울했고 서러웠고 목이 메는 것이다.

잠깐이었지만 그 억울하고 쓸쓸하던 감정이 싹 가시게 해줬던 게 병님이 언니와 그 동생의 관심이었던 셈인데 생각할수록 마음이 밝아오는 것이었으니 피곤해서 눈이 떠지지도 않는 몸 상태로 잠을 못 이루면서도 내게도 긍지 같은 게 삐죽삐죽 돋아나고 있었다. 근거 없는 자존감이나 뭐 그 비슷한 감정이 되곤 했던 마음 안의 비밀이 그런 것이었을까. 누군가가 알아주는 날이 올 것이라고, 그래도 우리 집 밖으로 나가면 나를 칭찬하는 누군가가 있었다는 사실들이 하나 둘 기억으로 뻘흙 속에서 능쟁이가 꼬물거리듯 살아나오던 것이다.

우리 집 바로 뒤 학교 쪽 방향으로 정미소가 있었는데 그 집에서 일하는 기모 아저씨는 내가 지나갈 때마다 나를 불러 세웠다. "어이, 소설가!" 한다거나 "이봐, 문장가 양반!" 했는데 그게 무슨 소린지 제대로 된 말일 수 없는 소리로 왜 그러시는 것일까, 턱도 없이 큰 소리로 실없는 소리를 한 마디 하면 마당에 있던 사람들이 다 쳐다보는데 그게 창피해서 뛰어서 지나간다. 어디서 무슨 소릴 듣고 그러는지 알 수는 없지만 정미소를 저만치 뒤로 두고 학교 마당으로 들어서면 그때까지 사람들이 나를 보고 있는가, 뒤를 돌아보게 된다.

조회 시간이면 교장 선생님이 긴 훈화를 하셨다. 그 소리가 운동장에 모여 있는 우리들보다 학교 울 밖에 있는 방앗간 마당에서 듣는 게 더 뚜렷하다는 사실은 진작 알고 있었는데 어느 날 교장 선생님이 길게 칭찬한 그 아이가 나였다는 걸 기모 아저씨가 알았고 그렇게 놀려먹듯 눈에 띌 적마다 한 마디씩 하는 건데 어색하고 멋쩍으면서도 내게는 드문 그 관심이 기분 좋았다.

우리 막내삼촌처럼 살갑던 기모 아저씨에게 말을 건네거나 대답을 한 적은 없었지만 그 아저씨는 내 편일 것 같은 어렴풋한 짐작이 되던 것, 그런저런 일들이 기억 속에서 밀려오고 스러지는데 생각하면 평소에는 누구의 관심도 내게 머물 일이 없고 아무런 일을 해도 봐주지 않는 나를 알아봐 주는 건 그 상을 받았을 때였다. 결국 내가 내보일 것은 그런 면밖에 없다는 결론인데 내게 무슨 재주가 있어서 계속 상을 받을 것이며 더구나 중학교로 진학할 수 없을 것은 태어나기 전부터 정해져 있었던 듯 완고한 운명 같아서 머리로 운명이란 걸 들이받는다면 내 머리만 부서질 일이라는 게 저주처럼 달라붙어 꼼짝도 할 수 없으니 나는 집을 떠나야 그 주술에서 풀려날 것만 같았다.

순구는 병남이 언니와 만났던 날 뒤로는 바다에 함께 가도 말을 잘 안 했다. 무엇에 단단히 토라졌는지 속내를 알 수가 없는데 아무리 생각해도 내가 뭘 잘못했을까, 아무리 기억을 되돌려 봐도 모르겠다. 조잘조잘 말을 쉴 새 없이 하던 때는 일일이 대꾸하기가 귀찮아 그 애 말수가 적었으면 좋겠다는 생각이 들곤 했었다. 그런데 요즘 순구는 묻는 말에만 심드렁한 대답을 하는지라 마치 내가 잘 모르는 아이 같이 서먹했다.

그러는 순구가 마음에 걸려 능쟁이 잡는 일도 신이 나지 않을 정도로 그 애가 게를 잡는 일에만 코를 박고 있으니 그 애 바구니는 잘 차오르고 마음에 그늘이 지는 나는 일손이 뜨므로 그 애와 경쟁 대상이 아니었다. 그런 날은 순구가 꼭 우리 집을 들러서 가는 통에 언니한테 게 바구니를 보여주게 되고 뭐 순구가 바라던 게 그런 상황이었는지 잘은 모르겠으나 나는 우리 언니의 심한 소리를 다 들어야 했다. 게을러터진 것은 어딜 가도 표 난다거나, 같은 밥 처먹고 그것도 못 하냐거나, 눈이 없냐 손이 없냐 하는 곱지 않은 소리들이 끊이지 않아서 뒤란으로 귀를 쉬려고 스며들 듯 들어가 버린다.

뒤란, 내 뒤란은 구새 먹은 사과나무가 있고 봄이면 햇잎 순이 솟고 새잎이 피면 반짝이는 잎에 구르던 이슬방울마다 햇살이 튀어서 눈이 부시던 빛살. 금강석이 그럴까? 초록 잎에 맺힌 이슬들은 모두 아름다워 눈을 가늘게 모아 뜨고 바라보고 있으면 무아지경이 되도록 고왔다. 풀이 우거진 쪽은 놔두고 장독이 줄느런한 뒤쪽으로 고운 흙이 떡가루처럼 모여 있는 곳이 내가 쪼그려 앉기를 좋아하는 자리였다.

그곳에 생각 없이 오래 그러고 있으면 시끄럽던 마음이 가라앉아 속이 조용해진다. 뒤란 담 밖은 길이었으므로 지나다니는 사람들이 두런두런 말하면서 지나가면 목소리로 그게 누군지 안 봐도 환하므로 그곳은 누구네서 무슨 일이 있었는지 소식을 알아내는 비밀스런 자리도 된다. 그래서 밤 말은 쥐가 듣고 낮말은 새가 듣는다고 했나? 나는 쥐도 새도 아니지만 아줌마나 언니들이 소곤소곤 지나며 하는 말들이 재미있을 때도 있다. 속말 누구네서 꿔간 보리쌀을 갚으러 왔는데 가져간 분량보다 한 홉이 비더라는 말을 하던 이는 강냄이 각시, 누구네 며느리가 버선 수눅을 바꿔 신고 장에 나왔더라고 웃던 것은 남례 엄마, 누구네 딸이 이웃 총각과 정분 났다는 얘기까지 동네서 들어내 놓고 말할 소식거리도 못 되거나 입길에 올라 무릎맞춤에 들기 좋을 얘기들을 하기도 하는 것이다.

잔뜩 골이 났다거나 억울한 말을 들어 서러워 들어와 앉은 뒤란에서 그런 소리를 늘 들을 수는 없지만 일 년 다 가야 한두 건 있을까 말까 한 일이라도 내가 뒤란을 규정할 때 비밀을 엿들을 수도 있는 공간이라고 생각되는 노릇이라서 뒤란은 새싹이 돋아 잡초가 우거지고 더러는 대추가 익어가는 곳, 구새 먹은 사과나무 등걸에 새순이 돋으면 드물게는 사과꽃이 한두 송이 피어나기도 하는 곳, 가을밤이면 귀뚜라미가 울어 새는 곳이었으므로 어찌 보면 사람의 머릿속을 닮아 있었다. 때로 즐겁기도 하고 쓸쓸하기도 하고 얽히고설킨 풀처럼 단순하지 않을 때도 있듯이 말이다.

우리 엄마는 내가 반드시 알고 있는 사실도 털어놓지 않는다는 걸 아신 뒤로는 나만 알고 있음직한 숙모 얘기거나 꼭 알아내야 할 일을 묻다가 실패할 때마다 '소 물려 죽은 귀신'이라 하셨다. 소가 물기도 하나? 의문이 들긴 했지만 묻자올 상황이 못 되므로 그 소리가 나올 적마다 궁금하면서도 그런 비밀들이 누설되는 순간 불이익을 당할 사람들은 늘 약자였으므로 내 편이었던 그분들이 해를 당할까봐 입을 열 수가 없는 것이다. 그게 언제 내게 들어온 고집인지는 모르지만 시집살이 하는 숙모를 보호하는 방편이 되었지 싶긴 했다.

아무려나 순구와 능쟁이 잡으러 바다로 가는 일은 그 후로 뜸해져서 같이 간다 해도 전처럼 신나는 길이 아니라 뭔지 모를 거리가 생겨서 어색했다. 만복이네는 아이에게 그런 험한 일을 시키지 않는 집이라 함께 가자고 해본 적도 없고 설사 게를 잡으러 함께 간다 해도 게를 잡아와야 할 이유가 없는 그 애를 뻘에 들여놓고 마음고생할 일도 걸리는 일, 아이들 일이라도 일마다 동질감이 있어야 편했다.

그러니 일 따라 맞춤한 사람은 따로따로였다. 성태나 만복이는 곱게 공부나 해야 할 애들이고 순구나 나는 밭 매고 우렁이를 잡고 게를 잡아 반찬거리를 장만하며 집안 살림을 도와야 하는 아이들인 것이다. 그러니 순구는 나무하러 가거나 쑥을 뜯거나 함께 다니며 일을 함께 할 동무였고 만복이나 성태는 심심할 때 필요한 친구였으니 능쟁이 잡으러 가는 길에는 순구가 제격이었던 것이다.

고모

아버지의 누나인 우리 고모는 선무당이었다. 육덕이 좋았던 기억은 나는데 얼굴 모습은 가물가물하여 윤곽이 무너진 희끄무레한 모습, 가족사진 같은 게 존재할 리 없으니 기억을 일깨워줄 무엇도 없고 그 고모가 막골에 살았다는 사실은 세월이 많이 흐른 나중에 모항으로 이사 가서 알았다. 고모가 살았다던 오막살이집은 내가 살던 가락골에서 가까웠는데 고모의 기억 안 나는 얼굴처럼 그 집도 다른 사물과 경계를 놓고 무너져 내리는 중이었으므로 희끄무레한 인상이었다.

고모가 돈을 받고 남들의 점을 쳐주거나 굿을 하는 것은 아닌데 혼자 좋아서 점을 보러가거나 객귀를 물리는 따위를 즐겨 우리 집에 오실 적마다 어수선한 분위기를 몰고 와서 집안을 뒤숭숭하게 만드는 일들이 잦았다. 고모가 우리 집에 들어서는 순간부터 우리 집의 모든 주도권은 고모에게로 넘어가서 일마다 고모 뜻에 따라 통솔되는데 미신을 좋아하는 고모가 싫고 미울 적마다 우리가 천하게 여기는 '선무당'이라는 이름을 고모에게 붙여보는 것이다.

물론 그 말이 욕은 아니지만 그런 말을 속으로 한다는 사실은 고모에게 싫은 내색이나 항의를 할 수 없는 아이들 처지로는 그나마 숨통이 트이는 노릇, 그게 우리 자매들이 모두 그랬는지 나만 못돼먹어서 그랬는지는 확인한 바가 없으나 아마도 옥희는 너무 어려서 몰랐을 것이고 언니도 나처럼 고모에게서 받는 부당한 차별을 견뎠을 것이므로 무언가 자구책으로 써먹는 게 있었을 터다.

고모 소생으로는 나보다 여섯 살 위로 병렬 오빠가 있고 내 동갑내기 금자가 있었다. 고모는 병렬 오빠를 부석중학교에 넣느라고 우리 집에 두었는데 그 까닭이었는지 고모의 왕래가 잦아서 우리 집에서 사는 날이 절반은 되는 것 같았다. 고모 기억을 해보면 먼저 떠오르는 장면이 병렬이 오빠 옷이 걸린 말코지에 내 옷을 걸었다고 야단치던 일인데 "지지배가 감히 어디다 옷을 걸어? 하늘같은 오라비 옷 근처에 얼씬도 말라니께, 본디뱅디 없게 누가 그런 버르쟁이를 갈치디?" 호통을 치던 것이었다.

고모는 엄마가 우릴 잡도리하는 식보다 더 심하게 혼냈다. 우리 엄마는 아무리 화가 난다해도 어딜 쥐어박거나 때리는 일은 없었는데 엄마한테도 맞아본 적 없는 우리들이 고모한테 쥐어 박히고 힘센 손아귀에 잡혀 마구 흔들리고 나면 쓰러질 지경까지 세상이 뱅뱅 돌도록 충격을 받는데도 호소할 곳이 없었다. 엄마에게는 고모가 손위 시누이인지라 다른 때는 강한 척 하시는 엄마도 고모 앞에선 꼼짝을 못하는 것이어서 그게 또 두고두고 서운했다.

저항할 힘도 없는 약자인 우리에게나 호랑이처럼 무섭게 하지 우리를 누가 해코지한다 해도 아무런 방패막이가 못 돼주던 엄마. 아마도 우리가 경우 없는 고모 손에 맞아죽는대도 엄마는 그렇게 얌전하게 입을 닫고 구경만 하고 있을 듯한 절박한 감정이다가 고모 손에서 놓여나면 우리를 말려주지 않던 엄마가 고모보다 더 서운하였다.

어느 날은 오빠 책을 봤다고 또 고모한테 혼이 났다. 내가 아는 한글이 아닌, 그렇다고 한문도 아닌 이상한 글자가 세상에 존재한다는 사실을 병렬 오빠의 영어책을 보고 처음 알았는데 오빠가 책을 펼쳐놓고 놀러나간 사이 잠깐 들여다봤다고 고모에게 잡혀 또 죽지 않을 만큼 호되게 야단을 맞은 것이다. 손으로 책장을 넘긴 일도 아니고 펼쳐 놓은 책을 눈으로만 들여다 본 것도 그렇게 심하게 야단맞을 사항이었으므로 고모가 우리 집에 오시면 우리들은 뿔뿔이 흩어져 잘 안 보이는 구석에 숨어 몸도 마음도 표면을 줄이고 웅크리듯 숨도 크게 못 쉬고 살았다. 식량을 대는 것 같지도 않고 우리 집에 득이 될 무얼 하는 일도 없으면서 자식을 맡겨놓은 처지인데 고모는 뭐가 그리 당당하셨던 것일까.

고모가 우리 집에 오시면 그날 저녁은 굿판인지 뭔지 수상한 일들이 벌어지곤 했다. 우선 쌀을 담가 떡방아를 찧고 흰무리떡을 쪄서 시루째 뒤란 장독대 앞에 모셔놓고 뭔가를 한다. 뭔가를 한다는 건 직접 고모가 뭘 하시는지 우리는 본 적이 없다는 말이다. 엄마가 그쪽에 눈도 주지 못하게 얼씬하지 말라는 눈치를 주었으므로 우리는 쥐죽은 듯 구석에 박혀 소리를 죽이는 건데 뭔지 모를 쉬쉬하는 기분 나쁘고 조심스런 기운은 고모가 모항으로 돌아가기 전까지 계속되었으므로 우리는 고모가 얼른 자기 집으로 돌아가기만을 기다렸다.

고모가 우리 자매들을 쓸데없는 것들이라고 구박하면서 눈 한 번 곱게 뜨는 걸 못 봤으므로 고모는 남자만 좋아하는 줄 알았다. 그런데 고모의 딸, 금자를 데려온 날이면 그게 아니라는 게 확연하게 드러났다. 응석을 부리느라고 말 한 마디 제대로 하는 법 없이 혀 짧은 소리를 내면서 징징대는 금자를 끔찍하게도 위하는 고모를 보면서, 재수없게 지지배가 오빠 물건을 만졌다거나 일어서다가 실수로 병렬 오빠 어깨를 짚었을 경우 정신 줄을 놓듯 펄펄 뛰던 고모는 그 한 장면만 봐서는 남아선호가 무척 심한 모습인데, 금자를 끼고 도는 모양은 딸이라서 더 이뻐하는 양이니 대체 실체가 뭘까, 의문이 들곤 했다. 엄마가 고모에 대해 나쁘게 표현할 때 더러 써먹는 그 '선무당'이란 말이 맞는다는 생각이 들었다. 뭐에 들리지 않고서야 어른이 할 행동들이 아닌 것이다.

우리 엄마가 가장 싫어하며 질색하는 게 그 미신이었는데도 툭하면 살풀이 한다고 수수팥단지를 해놓고 북새를 떨고 객귀 물린다고 뒤란에서 이상한 소리를 내는 고모의 뒤겪이를 꼼짝없이 해내고 있는 엄마의 면면도 우리가 생각하기는 불가사의였다. 물론 고모에게 들리도록 말한 적은 없었지만 '선무당'이란 말을 할 때면 경멸을 뭉쳐 던지듯 그런 느낌이었는데 그 괄괄한 성격으로 한바탕 말다툼이라도 하실 일이지 난데없는 웬 순종인가 싶은 것이다.

호리호리한 몸매로 보거나 툭하면 어지럽다 하는 엄마였으므로 덕대 같은 고모의 덩치만 봐도 지레 주눅이 들 일이긴 하지만 엄마에게는 아무도 못 당하는 말발이 있지 않은가. 험상궂은 장정들이 물꼬 쌈을 걸었다가 일거에 제압당한다는 논리 정연한 독설, 그 독설까지는 아니라도 우리에게 하듯 무섭게 몰아세우면 고모라고 별 수 있으랴 싶은데 손위 시누이라는 게 그렇게 떠받들어 모실 대단한 어른인가 모를 일이었다.

수상스런 소리가 나고 엄마는 우리를 향해 손가락을 입술 앞에 세우고 수문장처럼 험하게 경계하는 뒤란, 그 뭔지 모를 기운이 보소소 소름처럼 살갗에 일던 것들이 궁금했다. 엄마가 우리에게 보여주지 않으려고 그토록 무섭게 잡도리를 해도 애들이란 어쩔 수 없는 호기심 덩어리여서 자매들 중에 가장 겁쟁이인 내가 안방 뒷문 맨 아래 칸살 창호지를 살짝 뚫어 놓고 그 궁금한 뒤란을 내다본 일도 있다. 아래칸살이라서 방바닥에 배를 깔고 누워 내다봐야 하는데 겨우 보이는 것은 고모의 버선발 근처였다. 위쪽으로 문구멍이 뚫리면 들킬 염려가 있어서 나름으로는 머리를 쓴 것이 그 지경이었다. 그런데 문구멍 위치가 지면과 가까워서 그 버선발이 홀렁홀렁 뛰어오르고 치맛자락이 춤을 추듯 출렁거리며 뭐라 잘 알아들을 수도 없는 주문 같은 게 중얼중얼 들렸을 뿐, 전모를 알 수 없는 수상스런 일이 벌어지는 건 확실한데 땅바닥 근처만 보인다는 건 더 궁금하고 답답한 노릇, 소리로 미루어 마당벌 숙모가 곁에서 함께 손을 비비며 중얼거리는 그 판이 뭔지 몰라도 가지런히 깔아놓은 짚 위에 물바가지도 놓여있고 부엌칼도 있는 등 그 품목들이 심상치 않아 궁금증은 자꾸만 커져갔다.

갑자기 고모가 칼과 바가지를 들어 올려 사방에 대고 "엣쎄이~ 물러가라"는 호령과 함께 물을 끼얹으며 치마 끝단이 지면에 서렸다가 버선발이 시야에서 사라졌다를 반복했다. 내가 훔쳐본다는 걸 알아차려서 문구멍에 대고 물을 뿌리는 줄 알고 기겁해서 눈을 뗐다. 방문이 벌컥 열리고 쉿소리가 될 줄로 짐작하여 숨을 멈추고 곧 떨어질 벼락을 상상하였다. 그런데 문도 열리지 않고 뒤란은 이상하게도 조용했다. 뭔가 고시랑거리는 일이 계속되고 있었으므로 다시 문구멍에 눈을 대려는데 된장냄새가 진동했다. 아마도 바가지에 담겼던 것은 된장물인 모양이었다.

그렇게 뒤란에서 수군대고 뭔지 모를 불길하고 흉흉한 느낌이 드는 수상한 일이 벌어지고 나면 집안 곳곳에는 빨간 황토가 한 무더기 또는 세 무더기씩 뒤주 앞이며 변소 앞, 대문 앞이며 곡식을 넣어두는 광 앞에까지 놓이는데 고모에게 야단맞지 않으려면 그걸 밟지 않게 조심조심 지나다녀야 했다.

금자와 나는 엄마들이 그렇듯 서로 말을 잘 섞지 않았는데 내 쪽에서는 그럴 수밖에 없었던 것이 툭하면 우는 응석받이 금자가 내 말에 트집이라도 잡아 운다면 다시없을 정도로 난감한 일이 닥친다. 왜 애를 울리냐고 또 고모가 나를 잡도리할 것이 뻔하고 눈앞에서 아이고, 울 애기를 못된 것이 어쨌다고 하실 터이니 빈정 상하는 꼴을 보게 되는 것이다. 덩치로 보나 힘으로 보나 둘이 싸웠다면 약자인 내 편을 들어야 하는 것 아닌가? 생일이 두 달 빠르다고 금자를 언니라고 부르라는데 어느 한 구석 언니다워야 그런 호칭도 나오는 것이니 잔뜩 깔보일 짓만 하는 아이에게 내가 언니라 부를 턱이 없는데도 그 부분 때문에도 고모에게 툭하면 트집이 잡히곤 했다.

고모가 아무리 옥박지르고 무섭게 해도 끝내 그 언니라는 살가운

호칭이 나올 리 없어서 더 그랬을까. 응석이 뻗쳐서 애기 짓을 하는 금자도 가관이지만 그런 것을 다 알 터인데도 울 애기, 울 애기 금자만 감싸는 고모도 웃기는 모습인 것이다. 그런 때라도 내 억울함을 역성 들어 줄 리 없는 엄마에게 기대할 아무것이 없다는 걸 아는지라 나는 될수록 금자를 피해 다녔다. 피해다닌다고 해봤자 좁은 집안에서 어디로 가겠는가만 마음이 그랬다.

늘 한 공간에서 부딪치게 되는 금자, 나는 파를 다듬느라 눈물 콧물을 짜며 고생하는데 천연덕스런 그 애는 무더운 날 악을 쓰는 매미처럼 아침부터 내내 노래를 부른다. 말이 노래지 생철을 손톱으로 긁듯 갈라지는 소리를 지르는 일, 가뜩이나 파 다듬기에 짜증이 오르는데 귀가 얼얼하도록 지르는 소리가 고역이었다. 내가 다듬어야 할 파는 동산처럼 쌓여 있고 도와줄 일손은 아무도 없고 금자의 목이 쉬어서 잠길 것 같지도 않아 울고 싶은 판이었다.

"아가야 나오너라 달 따러 가자, 앵두 따다 실에 꿰어 목에다 걸고……" 금자가 유일하게 아는 노래가 그뿐이었는지 지치지도 않고 되감기하듯 부르는 노래, 금자는 대문턱에 앉아 발을 가둥거리며 거듭 그 노래를 부른다. 그 계속되는 노래라는 게 가사도 음정도 박자도 엉망이어서 듣다 못한 내가 고쳐 불러준 일이 사단이 되어 또 금자를 울리게 되었다. 비질비질 울음을 준비하는 듯하더니 노래로 목청을 가다듬은 효과인지 앙앙 귀청이 떨어져라 소리를 지르며 운다. 노래를 따라 불렀다는 게 그렇게 큰 소리로 울 일인가. 정작 울고 싶은 쪽은 나였으므로 기막혀 금자를 쳐다보는데 고모는 어디서 몰래 지켜보셨는지 대뜸 싸리 가지부터 꺾어들고 들어오신다.

그 서슬 퍼런 고모 뒤에 따라오던 엄마가 고모 어깨너머에서 내게 눈짓을 한다. 얼른 내빼라는 신호 같았다. 그게 아마도 우리 엄마가 나를 비호하려 들었던 처음 일이었다고 그 와중에도 그 걸 생각하면서 어떻게 뛰었는지 고모가 나를 잡을 거리가 아니게 도망을 쳤다. 끝까지 따라올 줄 알았던 고모가 금자를 잡고 응석을 받아주는 사이 나는 윗집 종오 오빠네 담 밑으로 겨우 몸을 피했다. 금자를 달래놓은 고모가 나를 찾느라 사방을 두리번거리고 내가 달아난 방향을 손가락질 하는 금자가 보였으나 웬일인지 고모가 더는 쫓아오지 않았다. 그냥 끝낼 모양이었다.

일단 위기는 넘겼다 싶으니 긴장이 풀리면서 서러웠다. 내가 앉아 있는 곳이 남의 집 담 밑이라는 사실도 잊고 자꾸만 눈물이 났다. 내가 콩쥐 역할을 맡고 있는 것 같기도 하고 우리 엄마가 커다란 소가 되어 하늘에서 나를 도우러 내려온다는 뒷얘기를 상상하다가 또 울고, 엄마가 내 편을 들었다는 사실이 왜 서러운지 파를 다듬던 손으로 만진 눈은 더 부풀어 오르고 쓰렸다. 고모의 손에 잡히지 않고 잘 달아났으므로 안심이 되고 기꺼워야 할 일인데 뭐가 서러운지 모를 일이었다.

종오 오빠네 담 밑에 그렇게 오래 앉아 있다가 중학생인 그 오빠가 껄렁껄렁 웃으면서 나올지도 모르는데 병렬이 오빠와 가장 친한 친구인 종오 오빠는 내가 거기서 우는 걸 안다면 또 병렬 오빠에게 왜 애를 때렸냐, 농담을 할 것이 뻔해서 내게 불리한 노릇이었다. 집으로 들어갈 수도 없고 다른 곳으로 숨을 수도 없고 몸을 움직여 어디로 가고 싶은 의지도 없어서 그냥 눈물이 난다. 생각할수록 내 처지가 딱하다. 그러니 우는 이유도 새삼스러울 일이 아닌데 내게는 내가 하는 모든 행위마다 답을 찾아내야 시원한 고집 같은 게 있던 모양이다. 왜 눈물이 나는 것일까? 잘못한 게 없는 내가 왜 울어야 하느냐고 자꾸만 의문이 드는 것이다.

생각을 몰아가다 보니 확실한 내 편, 외할머니 생각에 또 눈물이 났다. 우리 외할머니는 왜 안 오시나, 눈물을 훔치며 곰곰이 짚어 보면서 고모가 우리 집에 오면 외할머니는 발길을 안 하신다는 사실에 생각이 닿았다. 배가 고프다. 외할머니 생각 때문이다. 늘 배가 고프셨다는 외할머니, 세상에 제일 부지런하고 올바른 우리 외할머니는 왜 그렇게 가난하셨을까. 저절로 내 배까지 고파지면서 더 서러운 것이다. 이래저래 고모가 빨리 고모 집으로 가야 할 터인데 이번에는 금자까지 데려오셨으므로 우리 집에서 묵는 시일이 오래 걸릴 모양이다. 고모부는 집에 붙어 있는 날이 거의 없으시다니 고모가 빨리 돌아가 보살펴야할 식솔이 있는 것도 아니고 정말로 큰일이었다.

고모부는 금니쟁이라고들 불렸는데 해마다 한철쯤은 우리 사랑방에 기거하면서 동네 사람들 이도 빼주고 금니를 해 넣어주는 일을 했다. 지금 생각하면 도구라고는 금을 녹이는 화로 하나뿐이었는데 치과 의료장비 하나 없이 아무 사고를 안 내고 어떻게 그런 일을 했을까. 그 부분도 불가사의였다. 고모부는 이를 뺀 사람들에게 약도 줬는데 그게 커다란 단추처럼 생긴 노란 겡가랍이라 불리던 약이었다. 나중에 알기로 그 약은 설파제였다니 부작용 때문에 사용이 금지된 약이었다. 반짇고리나 책상서랍에 흔히 굴러다니던 그걸 장이가 삼켜서 소동을 벌인 일이 있고부터는 집 안에 뒹구는 그런 것들을 죄다 쓸어다가 아궁이에 넣어버렸다.

고모부는 해마다 비슷한 계절에 오셨던 것 같은데 그렇게 한마을에 묵으면서 사람들의 이빨을 고쳐주고 이곳에서 저곳으로 옮겨 다니며 불법 의료행각을 하는데도 그 어느 곳에서도 고모부를 저지하거나 잡아가지 않았다. 사회가 어둑하여 그런 부분까지 공권력이 닿지 않았던 모양이다. 고모부는 우리 집으로 오신 날부터 우리 엄마에게 금니를 해 넣자고 기회가 생길 적마다 권하는 것이었는데 우리 엄마가 시누이 남편 앞에 누워 입을 벌리고 생이빨을 뺀다는 것은 하늘이 무너지는 것보다 더 큰 이변이나 난다면 모를까 어림없는 소리였다. 우선 엄마는 고모부의 기술을 못 미더워했고 설사 고모부가 기술이 좋다는 걸 믿었더라도 그건 말이 안 되는 일이었다.

엄마가 입 밖에 내서 말한 적은 없었지만 평소 고모부를 조금 폄하하는 듯한 느낌을 받을 때가 있는데 고모부의 행동거지 면면이 전주 이씨 규범 틀 밖으로 나가는 경우였다. 엄마는 때때로 그 양반 가문의 딸이라는 긍지 같은 게 겉으로 드러났는데 그걸 잣대로 적용할 대상이 나타났을 경우가 그때였다. 누가 그 잣대를 비켜 살아남을 수 있으랴. 대개는 엄마 마음속에서 일고 잦는 일이었겠지만 '상것'이라는 확인이 필요한 부분에 등장하는 잣대여서 우리들도 느낌으로 슬쩍 스쳐 알아챌 뿐 말은 될 수 없는 일들이었다.

고모부에게 그런 평가가 이미 내려진 뒤라도 엄마가 고모부를 대하는 태도에는 변함없이 깍듯했는데 그런 엄마에게 금니를 해 넣어준다느니 하는 말은 실없는 헛소리가 되는 일, 아마도 오랜 동안 기식하고 있는 게 미안하기도 해서 해보는 소리였으리라.

작은 처남댁인 마당벌 숙모는 고모부의 제안을 얼른 받아들여 썩은

이를 빼고 새로 이를 해 넣었는데 마취도 없이 이를 빼느라고 아프다고 소리 지르고 실랑이하는 걸 밖에서 들은 엄마가 '상것'이라는 간단한 발음을 냈는데 그게 어떤 긴 욕설로도 표현 못할 모멸을 담고 있다는 건 그 차가운 온도, 단호하게 뱉어내듯 엄마의 억양에서 풍겨나는 그 얼음 같은 느낌 때문이었다. 무엇으로 더 설명하랴, 엄마가 잘 써먹지 않는 그 '상것'이라는 말이 시대착오적이긴 하지만 사실 그 말보다 더 적확한 상황 묘사가 또 있겠는가.

가장 내외를 해야 할 대상들이 입속을 들여다보고 입 속에 손을 넣고 아프다고 신음소릴 내고 그 모든 환경이 어린 내가 생각해도 욕을 먹어 마땅해 보였다. 시대가 어떻게 흐르거나 말거나 엄마의 사고방식에서 가장 기본이 되는 무엇, 그 속에는 굳건한 틀이 있을 것이어서 내외를 해야 할 대상 첫 순위는 제수와 손위 시아주버니, 시누이 남편과 처남댁을 꼽는데 그런 걸 알 턱이 없을 숙모는 저렇게 자유로운 마음인 것이니 손위 동서인 우리 엄마에게는 깔봐도 마땅한 대상이던 것이다.

우리는 엄마의 규범을 벗어난다는 게 어떤 건지 잘은 모르지만 언어로 짚어지지도 않는 그게 사람이 지녀야 할 최소한의 바탕 예절이고 덕목이리라는 느낌으로만 받아들여지던 것들이 있었다. 내 자식들은 굶겨도 이웃이 곤경에 처했을 때는 망설이지 않고 돕는 엄마의 모습이 이해 못할 부분이기도 했는데 그건 가난하지만 체통이나 자존을 더 중요하게 여기는 반가의 덕목, 그게 많이는 아니라도 그 조각들이 힐끗 보이곤 하던 그거였구나, 그것도 나중에 세월이 훨씬 흐른 후에야 짐작한 일이었다.

어린 눈으로 바라보면서 이해가 안 되던 엄마의 삶 면면들, 저녁 지을 쌀도 안 남겨놓고 쌀독을 폭 쏟아 굶는 산모에게 이고 간다거나 하는, 그런 켯속의 일들을 우리가 어찌 알았겠느냐 변명을 삼으려 해도 속으로 엄마를 원망했던 마음들이 전후 사정을 알고는 부끄러웠던 것은 사실이지만 지금이라 해도 우리는 흉내도 낼 수 없는 일이었다.

아무리 돌려 생각해도 내 자식들 저녁을 굶기면서까지 쌀을 몽땅 남의 집에 가져다주지는 못할 것 같은데 그런 일들이 맨날 일어나는 것은 아니지만 뭔지 모르게 서운하던 느낌이 들 때마다 두려운 마음도 함께 들던 것이었으니 엄마 의중을 파악하지 못해서 생긴 일이었다. 마음속에 그리 좋은 바탕이 있어서 그런 거라고 생각한 게 아니라 살림을 작파하고 떠날 듯, 우리를 단념하는 수순이 그런 식으로 표현될 수도 있는 거라고 지레짐작했으므로 그건 우리들의 끝이라는 말도 되므로 마음이 캄캄해질 수밖에 없었다. 일의 뜻을 몰라서 그런 불안을 경험하며 자란 것인데 아무리 어린애들이라도 조근조근 설명해서 알려준다는 일이 얼마나 중요한지는 혼자 속셈만 하는 엄마의 습관이 우리를 공포에 빠뜨리고 근심하게 만들던 그 일들에서 얻은 교훈이었다.

엄마는 어린 것들에게 무슨 설명이 필요하냐 했을 터이므로 사사건건 우리 식으로 멋대로 상상하여 마음에 근심을 만들었던 것. 나중에 최명희의 『혼불』을 읽으면서 전주 이씨들의 긍지, 아마도 우리 엄마의 어떤 부분이지 싶어 이해되었다. 그 소설을 읽고 크게 마음에 닿았던 게 '향반'이라는 단어였는데, 아, 그거였구나 짚이는 바가 있었던 것이다. 우리 엄마가 지닌 면면들이 어디로 튈지 모르는 아슬아슬하고 두

216

려운 중에도 그 향반 기질, 향기 나는 반가의 규범이 흐르는 피가 그 기질이 아니었을까 생각하기 시작한 것은 초라하고 누추했던 어릴 적 환경들을 미화시키려는 내 마음속의 요구가 강해서였을 테고 그런 부분은 또한 우리 자매들이 불우했다 여기는 성장기를 그나마 위로받을 빌미쯤으로 보였던 듯하다.

아무튼 우리 아버지의 동생인 마당벌 숙부나 금니쟁이라 불리던 고모부는 행동거지 면면이 엄마의 잣대에 걸리기 마땅한 부분들이 많았다. 우리 눈으로 봐도 불쑥불쑥 보이던 것, 밥상머리에서 숭늉을 입에 물고 풀꺽풀꺽 굴린다거나 젓가락으로 이를 쑤신다거나 가지가지로 그런 체신없는 짓들이 예사로 나오는 분들이었다. 우리 아버지에게는 없는 그런 예절에 어긋나는 습관이나 상스런 어투가 예사로 나오는 시누이 남편이거나 시동생이 까다로운 엄마 눈에 뭐 탐탁했으랴만 다른 사람들이 같잖은 말을 하면 돌을 던지듯 직설을 먼저 던지는 엄마인데 시댁 사람들이라면 별소릴 다 한대도 공손하게 대하는 일은 고마운 노릇이었다. 그런 쪽으로 본다면 적어도 엄마가 우리를 내다버리는 일 따위는 쉬 일어나지 않을 거라는 안도감을 가져도 된다는 믿음 같은 것, 실낱 같은 신뢰의 감정이었다.

상명하복이 깍듯한 고모와 엄마의 관계도 나중에야 안 일이지만 고모는 한 때 엄마가 은인처럼 기대고 도움을 받았던 사람이었다는 것이다. 신혼 초에 아버지가 농사일만 평생 해봤자 형편이 나아질 리 없다고 판단하여 북녘땅 어딘가에 있다는 공장으로 일하러 떠나서 소식이 없었던 때가 있었는데 우리가 태어나기 전이었던 그 때 엄마가 아버지를 찾아 헤맸다는 그 먼 노정에 앞장섰던 사람이 고모였다는 것이다.

노자도 변변치 않게 들고 떠난 긴 여행길에 수단이 좋은 고모가 아무 곳에서나 남의 일도 해주면서 돈을 벌어 길을 가다 다시 찻삯이 떨어지면 노자를 벌기 위해 낯선 사람들 앞에서 스스럼도 없이 일을 하고 돈이 들어오면 다시 길을 나섰다는 것이다.

고모는 어린 손아래 올케를 보호하려고 필사적이었다고 했다. 앳되고 예쁜 엄마 얼굴에 아침마다 검댕이 칠을 시키면서 별스런 꾀를 다 내어 그렇게 원산이며 함흥, 영변에서 다시 홍남으로 되짚으며 나진까지 갔다가 청진으로 내려와서야 아버지를 만났다는데 북녘 땅 곳곳을 헤매면서 고모가 엄마에게 보여준 정성은 더할 수 없이 극진하셨다고 했다. 아무려나 엄마가 처음 접하는 바깥세상은 별천지였고 신기하였다는데 사방에 무서운 사람들이 득시글거리던 타향이라도 고모의 철저한 보호 아래서는 아무런 두려움 없이 산천경개가 아름답기만 하더라는 것이다. 걱정은 고모가 다 알아서 할 일이어서 그렇게 마음 편케 지나던 길들이며 만나는 사람들이 신기하고 좋았다니 소풍 나온 아이처럼 눈에 닿는 것들이 모두 호기심을 끌던 여행길이 아름답기만 하던 것은 오직 엄마를 지켜내느라 혼신을 다했던 고모의 보호 덕분이었음을 엄마는 잊은 적이 없다고 하였다.

아버지가 머물렀던 곳을 간신이 찾아가 보면 얼마 전에 다른 일터로 떠났다 해서 다시 길을 떠나고 천신만고로 다시 찾아간 곳에서 다시 며칠 전에 다른 공장으로 떠났다는 소식을 듣고 길을 또 떠나면서도 엄마는 근심이 안 되더라는 것. 소식의 꼬리가 잘리는 게 문제지 다시 찾아갈 곳이 나왔는데 뭐가 걱정이냐 안심을 했다는 엄마의 밝은 마음과 내내 속을 끓였을 고모의 근심이 대비되는 부분이어서 그런 얘길 옛날 전래동화쯤으로 듣다 보면 철딱서니 없는 공주를 모시고 피난길을 떠난 망국의 충신 같은 고모가 더러는 가엾다 여겨지기도 했다.

엄마가 그렇게 소풍처럼 행복하게 느꼈던 날도 어렵사리 찾아낸 아버지를 만나고 그동안 아버지가 모아놓은 뭉칫돈을 받아들면서 끝이 나고 말았다는 것이니 뭔가 잃을 것이 많다는 것은 사람이 사는 길에 약점인 것은 분명한 것 같다. 집으로 돌아오던 얘기부터는 고생스럽고 위험한 여정이었는데 황무지에 아무 대책도 없이 내몰린 젊은 두 여인들에게는 그야말로 힘든 길이었을 듯했다.

고모가 흥남까지 와서 엄마에게 배만 타면 고향까지 금방이니까 육로로 올 때와는 다를 거라고 여기서부터는 혼자 배 타고 가서 이리저리 집으로 가라, 깨알 같이 이르고 당신은 취직을 하겠다고 떠났다는 것이다. 엄마 혼자 돌아와야 할 길이 캄캄하기만 했던 거기부터는 모든 게 엄마가 스스로 책임져야 할 몫이었는데 일부러 험한 옷을 입고 여관방에서 남쪽으로 가는 배를 기다리면서 취직한다고 떠난 시누이가 마음을 돌려 돌아오기를 목이 빠지게 기다렸다는 것이다.

돈뭉치만 없다면 근심할 일도 없을 것 같았다는 나날, 엄마는 세상 짐이란 짐을 다 보탠 듯한 그 무게에 짓눌려 죽을 것만 같아서 고모가 더 애타게 그리웠다는 것인데 세상에 나서 누가 그렇게 그리워 보기는 처음이었다는 말을 할 적마다 엄마는 울컥 목이 메고는 하셨다. 그렇게 울면서 기다리던 고모는 끝내 오지 않고 누군가 맘씨 고와 보이는 사람이 다가와 급히 가는 배를 태워준다고 해서 선불로 적잖은 돈을 주고, 다음날은 또 다른 사람이 와서 어제 그 사람이 보냈다고 돈이 부족하니 급히 돈을 더 보내라는 쪽지를 건네줘서 의심 없이 또 돈을 떼어 주었다는 것이다.

그 돈의 액수가 뱃삯으로는 경우 없이 큰돈이라는 사실도 눈치 못 챌 정도로 세상 일을 모르던 엄마는 몇 날을 아무 기별도 없는 사람들을 기다리다가 또 다른 사람이 접근했는데 앞에 왔던 사람들은 사기 꾼이니 조심하라면서 자기가 잘 아는 선장들이 있는데 자기 말 한마디면 배를 띄울 수 있다고 하더란다. 얼른 뜨는 배를 알아볼 터이니 자기를 믿고 뱃삯을 선불로 내라고 해서 또 목돈을 뜯기고 이리저리 돈을 내주면서 무서운 동물들이 우글거리는 정글 같은 이상한 세상을 겨우겨우 통과해 우여곡절 끝에 집에 돌아와 어렵기만 했던 시부모님 앞에서 우선 다리 뻗고 한바탕 통곡을 했다는 젊은 엄마가 가져온 것은 아버지가 돈을 묶어준 노끈뿐이었다고 했다.

흥남에서 엄마가 고향 사람을 만났던 일도 있었다. 얼마나 반가운지 "할아버지!" 하고 싶을 만큼 눈앞이 환해지던 노릇이었는데 고향이 같은 부석면 가사리에 산다는 그 아저씨에게 수중에 돈뭉치를 숨기고 가는 중이라는 말까지 다 털어놓게 되었다. 며칠을 더 기다려도 배가 뜬다는 소식은 없고 서울에서 사업을 한다는 그 고향 아저씨는 남은 돈을 자기에게 꿔달라고 조르기 시작하고 망설이는 엄마에게 그렇게 미덥지 못하거든 절반이라도 꿔달라고 해서 거절하는 일로 또 며칠을 보냈다. 그 아저씨의 말이 사기꾼들이 아주머니가 돈을 가지고 있는 걸 이미 냄새 맡았는데 곱게 보내주겠냐면서 돈의 액수를 줄여놓는 것이 그나마 살 길이라고 협박 반 동정 반, 어르고 달래는 통에 고향 사람인데 사기야 치겠냐 싶어 거기서 또 남은 돈 반을 떼 주었다고 한다.

숙식비도 비싼데 믿었던 고향 아저씨도 다른 볼 일이 있어 육로로 떠나고 배는 뜰 것 같지도 않고 나중에는 뱃삯으로 모갯돈을 가져간 사람이라도 찾아야 되겠다 싶어서 엄마가 직접 알아보려고 부두에 나섰다가 떠나려는 배를 타게 되었다는데 남쪽 땅까지 와서부터는 고모에게 배운 대로 남의 일을 해주고 노자를 벌면서 걷기도 하고 차를 타기도 하면서 어찌어찌 고향을 찾아 돌아왔다는 것이다. 나중에 알고 보니 처음부터 그렇게 배가 뜨고 안 뜨는 일이 돈으로 좌우되는 일이 아니고 정기 여객선이 있었던 것인데 부두에 한 번이라도 나와 알아봤더라면 금방 알았을 일을 세상물정 모르는 젊은 아낙이 돌아다니면 큰일 난다고 겁주는 여인숙 아줌마, 그도 숙식비를 몇 갑절씩이나 받아 챙기느라 잡아두려고 했던 거짓말에 속아서 고생을 했던 것이었다.

집에 도착한 다음에는 그 가사리에 산다는 사람, 유 씨라는 성만 아는 그 남자를 눈이 빠지게 기다리며 살았다고 했다. 믿었던 고향사람에게 돈을 떼인 일이 포기가 안 돼서 엄마가 울기라도 하면 생불이라는 별명이 있었다던 우리 할머니, 엄마의 시어머니는 "네가 살아왔으니 되었다" 다독거리며 오히려 엄마를 위로해 세월이 가면서 마음에 조금씩 위안이 찾아들더라고, 엄마는 할머니를 추억할 적에도 글썽였다. 내가 엄마도 아버지도 안 닮고 형제자매들과도 닮지 않아서 키도 작고 그런저런 단점들만 모아 태어난 걸 원망하면 사람들은 우리 할머니, 내가 기억도 못하는 우리 할머니를 꼭 빼닮았다는 말끝에 그런 분은 다시없다고 칭송하곤 했다.

할머니를 닮았다는 말이 반가울 일도 없고 뭐 하나 득이 될 것도 없어 시큰둥한 내게 동네 사람들이 일러주던 할머니의 성품, 오죽했으면 살아있는 부처란 말을 들었겠냐던 얘기가 어느 때부터인가 솔깃해지기 시작했다. 우리 엄마의 왈그락거리는 성격도 할머니 앞에서는 순하디 순하게 변했다는데 그럴 수 있는 할머니 인품이 어땠을까, 궁금해지는 것이다. 우리 엄마가 무슨 일을 저질러도 울 애기, 우리 큰 애기, 감싸고돌아 주변에서 보는 사람들이 어리둥절할 지경이었다니 대충 짐작이 되던 할머니는 감상적인 사람이기도 했던 듯 오고가는 기러기만 봐도 "저기 가는 서 기러기……" 글썽이는 분이셨고 윤택한 가세도 아니고 그렇고 그런 농촌의 빠듯한 살림인데도 행색이 초라한 나그네가 지나면 불러들여 반드시 음식을 대접해서 보냈다는 것이다. 같은 말을 이 사람 저 사람에게 들을 때는 할머니가 궁금하기도 하여 내가 할머니를 닮았다는 말이 싫지 않게 느껴지기도 했다.

그런 할머니의 성품에 내린 하늘의 상이었는지 엄마의 마음이 가라앉아 잃은 돈 때문에 입은 상처도 아물 즈음 가사리 그 아저씨가 아버지 이름만으로 물어물어 우리 집을 찾아 왔더라고 했다. 처음엔 엄마가 몰라봤는데 엄마에게서 꿔간 돈이라며 이자까지 쳐서 내놓아 알아봤다는 그 은인의 등장은 여러 모로 우리 집에 서광을 비춰준 일이 되었을 터였다.

돈을 꿔갔다가 갚는 사람이 뭐 은인 반열에까지야 오를 일이랴만 할머니가 그 아저씨를 얼싸안고 고맙다고 우리 집 은인이라고 울면서 그러셨다는데 그 돈으로 산 논이 턱고개 논 닷마지기였다. 물론 아버지가 보낸 돈의 반의반 토막을 겨우 찾은 것이지만 집안의 경사였을 터, 할머니가 걱정하신 부분은 며느리인 우리 엄마가 그 상처로 골병이 들까봐 그렇게 노심초사했노라고 그때서야 털어놓으셨다는 것이다.

고모에게 그토록 의지하며 매달린 세월이 있었던 엄마가 그 손위시

누이에게 남다른 켯속의 무엇이 생기지 않을 수가 없었던 것, 그 시누이가 나중에 별 미운 짓을 다 한다 해도 그날 생각을 하면서 홀대할 수 없었던 관계였던 것이다. 엄마가 고모를 별로 존경하는 것 같지도 않은데 말대꾸 한 마디 없이 온갖 시중을 다 드는 게 이상하기만 하였던 그 의문이 풀리고 나서도 우리 엄마가 지키는 그게 의리라면 그것도 좀 지나친 일 같았다.

엄마의 그런 부분도 좋은 품성이었다는 것은 나중에 우리가 그날의 엄마 나이가 되어보니 느껴지던 것, 은혜를 입었으면 잊지 말아야 한다는 엄마의 말들을 엄마가 실천하며 살고 있었으니 고모에게 쓴소리 한 마디 안 하는 부분 때문에 이상해 보였던, 그래서 서운한 적이 많았던 우리 어린 날 생각들이 또 틀렸던 것이다.

세월이 가고 튼튼하고 욕심스러웠던 금자도 돌림병에 죽고 고모도 젊은 나이에 돌아가시고 나니 고모가 우리에게 심하게 했던 부분들은 뭐였을까, 아무리 궁금해도 알 수 없는 일이 되고 말았다. 아버지 형제들이 모두 단명하여 아무도 안 계시니 어디에 묻자올 데도 없어졌고 우리 엄마는 늘 엄마에게 잘한 부분만 기억하시는지라 고모가 엄마한테 야단을 하셨거나 심하게 대한 적이 있었다면 또 모를까, 우리들이 고모에게 당한 구박 부분은 아마도 엄마 기억에 저장된 일조차 없을 터이므로 물으나마나 "별 귀꿈자리 같은 소리를 다 한다" 핀잔이나 날아올 일이다.

그러니 노쇠한 엄마를 존경하고 받들어야하는 의무 속에는 그런 덕목을 지닌 엄마가 우리 성장기에 해가 되었을 숱한 시행착오를 일삼았더라도 이해하고 용납해야 할 당위가 들어있더라는 말이다. 마음

안에 미화하고 윤색하여 긍지로 삼고 싶은 내 허영기 같은 무엇이 끼어든 부분이 있을지도 모르겠고 엄마거나 고모거나 긍정적인 면에 조명하여서 우리의 어린 날이 불우했던 것만은 아니었노라고 나 자신에게 긍지를 북돋우고 싶은 궁여지책 같은 무엇은 또 없었을 것인가 모르겠다.

이제 고모에게 씌워놨던 '선무당'이라는 비하의 말도 걷어내야 할 것 같다. 고모가 살았던 나이를 훌쩍 넘긴 여기까지 살면서 고모에게 반감이 남아있다고 해서야 말이 되겠느냐, 우리 고모가 신내림굿을 한 것도 아니고 그냥 좋아했던 한 취미라거나 그게 약하다면 신앙 비스름한 무엇이라고 두둔해도 무난했던 일들을 뭐 그리 싫어하는 일에 진을 뺐을까. 기억에 떠올리기만 해도 서운한 생각이 먼저 드는 고모지만 '선무당'이라는 이름은 좀 억울하실 것 같아 서운한 마음을 지우자는 것이다.

2월

   국민학교를 졸업하고 그 캄캄하던 자리에서 바라보면 사방 어디로 눈을 돌려봐도 빛이 새어나오는 곳이 없었다. 마음으로 집을 떠나야 한다는 결심은 굳었는데 무얼 어쩔 것이라는 구체적인 아무 계획도 세우지 못한 채로 2월이 다가오고 있었다. 뭐가 그리 캄캄했나 따져보면 단순하게 중학교에 들어가지 못해서 그랬다고 보기는 어려울 복잡하고 다급한 감정이었다. 나를 해석하려는 버릇이 든 건 더 어려서부터지만 그쯤이 되어서는 그 습관이 심해지면서 성가시던 일이었다.

   울적하다가도 내 마음이 왜 울적해야 하지? 다른 쪽에서 그 '울적'에 대하여 이의를 달고 나오는 일은 잘못하면 정신에 문제가 생긴 건 아닐까 의문이 들 법도 한 일, 고민을 해야 할 일이었다. 아무튼 그게 뭐가 되었든 의지로 하고 안 하고가 마음에서 조절되는 일이 아니라서 성가신 것들이었다.

엄마에게 감히 왜 학교에 안 보내 주느냐고 대들지는 못하고 겨우 이불을 쓰고 울다 밥을 몇 끼 건너뛰는 게 고작이었지만 나중에는 그조차 야단을 맞는 일이 되어서 엄마가 눈치를 못 채게 몰래 우는 버릇이 들었다. 애들이 하는 일을 어른이 모를 리는 없고 우리 엄마처럼 눈치가 빠르고 시침을 잘 뗄 때는 단수 높은 어른에게 마음을 들키지 않고 산다는 것도 어려운 일이라서 그런 내 속을 환하게 다 읽었을 엄마가 선심을 쓰듯 제안을 하셨다. 서당에 보내준다는 것이었다. 기간은 한 달, 그걸 거절한다고 중학교 들어가라 하실 리는 없을 터이므로 그조차 뭐가 어떻다고 불평을 한다거나 어줍잖은 의견을 내세웠다간 우리 엄마가 금방 말을 걸어 들일 판이라서 얼른 눈물 시위를 접고 대답을 했다.

턱고개 논으로 가는 길목에 있는 남례네 사랑방에 세를 들어 학생을 가르치는 훈장님은 북녘 땅에서 행세하던 가문의 학식 높은 분이라는 소문은 들은 적이 있었다. 호구를 위해 그런 일을 할 분이 아닌데 동네 어른들이 사정사정 하여 그곳에 거처를 마련하고 아이들을 부탁했다고 들었다. 훈장님은 자그마한 체구에 강단 있게 생긴 할아버지였는데 그런 외모의 어른들이 늘 그렇듯 꼬장꼬장하고 융통성이 적어 뵈는 분이셨다.

논에 가는 길에 마주치면 인사는 하면서도 나와 연결될 일이 없는 어른이라 별로 마음에 닿지는 않았는데 잠깐이라도 그분의 가르침을 받을 일이 생긴 것이니 캄캄하던 앞에 뭔가 새로움을 향한 호기심이 술렁거리기 시작했다.

그곳에 다니는 학생 중에는 입학한 지 5년차가 넘는 어른도 있고 3년차, 4년차, 한 달이라는 말도 안 되는 시한을 들고 들어선 내게는 우주적 시간 개념인 광년이라는 말에 버금가게 들리는 긴 세월을 공부한 선배들이 즐비했다. 천자문을 배우는 애들이라도 보통 1년이 넘은 아이들이었다. 나처럼 단기간에 끝내야 하는 다급한 사정을 안고 있는 아이가 없으므로 그것도 답답한 노릇이었다. 아무리 계산을 해도 내가 가진 시간은 한 달인데 어째야 좋을지 갈피가 서지 않는 일이다.

기껏해야 천자문 몇 페이지 넘기다 말 형편, 아무리 궁리해 봐도 내게는 시간이 없다는 절박한 사정만 철옹성처럼 앞을 막고 있었다. 며칠을 다니며 수업방식을 보니 한 단락을 넘어가려면 그 범위 안에 든 모든 글자를 척척 읽어야 되는데 무작위로 아무 글자나 짚는 선생님의 지휘봉 끝을 따라 읽는 일이 쉽지 않겠다는 생각이 들었다.

하루에 100자를 읽고 쓴다 해도 열흘이라는 기간을 천자문으로 흘려보내야 한다는 절망스런 답이 나온다. 그것도 말이 100자지 그 많은 분량을 하루 만에 어떻게 소화해 낼 수 있다는 말인가. 단순하게 글자를 익히는 일이야 나 혼자도 할 수 있는 일, 내가 탐내는 건 한자를 읽는 게 아니라 한문을 해석하는 능력이었으니 한자로 이루어지는 통문장이 알고 싶었던 것, 무지하기 때문에 할 수 있던 생각이었다. 그러나 천자문을 통과하지 않고는 어디로도 들어갈 수 없는 일이라서 앞에 떡 버틴 채 문을 막고 있는 천자문은 애물단지 같았다. 마음속에는 이런 저런 생각이 넘나들어 고심고심 사흘을 다니고는 일단 하루에 100자씩 나가자, 마음을 굳혔다. 그런 말씀을 드렸더니 선생님은 달다 쓰다 말없이 그냥 허허 웃으셨다. 어이가 없으신 모양이었다. 천자문만 처치하면 뭔가 내 뜻대로 들어가 볼 곳이 많을 법하므로 선생님이 기막혀하셔도 어쩔 수 없는 일이라고 생각하였다.

곁에서 개구리처럼 와글와글 자기 진도대로 글을 소리 내서 읽는 애들도 어색하고 유치해 보여서 싫고 선생님 앞에 나가서 독대하고 축문 읽듯 소리 내서 읊어야 할 일들이 마음에 안 들지만 어쩔 수 없었다. 중간에 글자를 못 읽어서 더듬거린다거나 해석을 못하면 그날은 진도가 넘어가지 못하고 다시 내일로 넘겨지는 일이라서 죽기 살기로 틀리지 않도록 달라붙어야 될 노릇이었다.

천자문 두어 페이지를 넘기기 전에 내가 미리 준비한 책은 '명심보감'이었다. 그야말로 명심해야 할 좋은 글만 모아 놨다는데 그 책은 아무 의미도 알 길이 없는 검은 것은 글자요 흰 것은 종이라는 사실밖에 없는 그 속으로 한 뼘도 들어갈 방법이 없는 무의미 덩어리였다. 무슨 방법을 쓰더라도 나는 그 안에 든 뜻이며, 향기며, 모든 여백의 느낌까지 한 달 안에 열어야 했다.

선생님께는 차마 한 달이란 시한을 말할 수가 없어 마음속에만 담아 놨다. 그런데 잘 웃으시지도 않고 엄격하신 선생님이 어느 날 내게 뒤에서 호랑이가 쫓아오느냐, 농담을 하시는 것이다. 근엄한 분이 모처럼 하신 농담인데 내 속을 다 들킨 듯 정곡을 찔린 탓에 움찔했다. 내 뒤에는 호랑이보다 더 무서운 내 미래, 혼자 힘으로 살아내야 할 그 두렵고 암울한 호랑이가 있었지, 내가 읽고 싶은 것은 소학이나 논어, 중용이나 맹자였으니 천자문이 걸리적거리지 않을 수가 없었다. 하루에 100자씩 익혀 천자문을 처치하고 내가 들어갈 문을 뚫어야 하는 날들이 첩첩하고 한심하였다.

선생님도 내가 하는 공부가 틀려먹은 식이라는 걸 아셔서 내게는 다른 아이들이라면 그냥 넘어갈 부분도 걸려 넘어지게 이런저런 장치들을 더하셨다. 여기저기 무작위로 지휘봉을 대던 읽기가 끝나고 처음부터 끝까지 소리 내서 음률을 붙여 읽으면 다 되는 노릇을 느닷없이 아무 글자나 가리키며 획순에 맞게 쓰라고 하신다. 다른 애들에게는 전혀 안 시키는 부당한 노릇이었지만 첫날만 창피를 당하고 다음부터는 더 심하게 공부했다. 선생님이 지적하는 글자들은 거의가 쓰기 어렵게 획이 엉킨 글자들이었고 틀리기 쉬운 것들이라는 걸 알아채고는 쏟아지는 잠과 씨름하면서 날을 세워 획수가 많은 글자는 반드시 쓸 수 있도록 준비하고 획순을 다 외우고서야 서당에 갔다.

그런 날이면 내 마음을 다 읽으셨던 모양, 선생님이 아주 쉬운 글자를 쓰라 하셨고 획이 촘촘한 글자만 연습한 나는 허를 찔렸으므로 버벅거리는 일, 그게 가위바위보처럼 상대의 수읽기 싸움이 되어버렸다. 선생님의 눈은 정확하게 나를 꿰뚫어보셨으므로 며칠 지나서는 선생님께 다 들킨 수법을 버리기로 했다. 애들이 감히 눈속임을 하여서 넘기려는 걸 놓칠 어른이 아니었다. 그걸 깨닫고는 마음을 다 읽으시는 선생님 앞에 더는 얕은 수를 버리고 100자 전수를 읽고 쓸 수 있도록 악쓰듯 외우고 썼다.

서당은 밤이면 동네 경로당 노릇을 한다고 했는데 학식이 높으신 훈장님의 얘기를 들으려고 할아버지들이 모여드는 장소였다. 나중에 감나무 집 할아버지가 그 곳에서 들은 얘기를 전하는데 이런 아이는 난생처음 만났다고 선생님이 내 얘길 하시더란다. 애가 머리는 좋은데 뭔가 사정이 있는 것 같다고 하셨다는 것인데 마음이 안 좋았다. 다 들킨 것이다. 물에 비친 삼층 누각이 아름답다고 1, 2층은 필요 없으니 빼고 3층만 지으라 했다는 어리석은 부자 꼴이 된 것 같아 속이 상한 것이다. 어떻게 한 달이란 시한 얘기를 선생님께 이실직고할 수가 있겠으며 그래서 호랑이에게 쫓기듯 헐레벌떡 뛰어다니는 내 속내를 말씀드릴 수가 있겠는가. 그 일이 알려지면 우리 엄마는 또 어떤 평가를 받을 것인가. 따져보지 않아도 무식이 다 들통 날 일이어서 웃음거리로 오르내릴 일이 싫었다.

그렇게 열이틀 만에 천자문을 뗐다. 천자문만 떼면 저절로 훤해지리라, 대책 없이 기분이 좋았는데 하루는 공부하는 시간대가 다른 언니들이 내가 집으로 오는 길목을 막아섰다. "니가 그 천재냐?" 첫마디부터가 많이 비틀려 있다고 생각하며 눈을 들었는데 비비 꼬인 말투 따위를 생각할 한가한 때가 아닌 듯하였다. 혼기가 찬 나이 든 처녀들이 몽둥이만 안 들었지 살벌한 얼굴로 인적 드문 길에서 나를 벼르고 있었던 것이다.

"너, 천자문 뗐다며? 책 한 권을 다 배우면 어떻게 해야 하는지도 몰라?" 가슴을 쿡 찌르듯 민다. 예서제서 내게 비난할 거리들이 많은 듯 돌멩이처럼 아프게 날아드는 말, 나는 그 말들을 잘 알아듣지 못하는 양 눈만 멀뚱거린다. 사실 '책씻이'란 말은 미리 듣고 있었다. 한 책을 다 배우면 선생님께 고맙다고 예를 갖추고 동문수학하는 학생들에게도 고마운 표를 내면서 서로 축하하는 자리를 만들어야 하는데 자기 집에서 떡을 하고 술을 빚어 서당으로 이고지고 와야 되는 묵계 같은 거였다. 그 '책씻이'는 미리 들어 알고 있었다한들 입학한 지 열이틀 만에 무슨 그런 번거로운 일을 차릴 것이며 우리 엄마에게 그런 말을 내

났다간 당장 그만두라고 벼락을 맞을 일이라서 엄마에게 말도 꺼내보지 못한 일, 그런 게 있다는 걸 엄마가 아는 일이라 해도 행여나 떡을 하고 술을 빚어서 선생님을 찾아뵐 일은 일어나지 않았을 것이었다. 평소에 말도 섞지 않고 혼자 뛰어왔다가 공부가 끝나면 또 뛰다시피 혼자 사라지는 내게 감정이 상한 아이들이 많다는 건 전혀 짐작을 못한 일이었고 열흘 정도의 시간에 누가 누굴 싫어하고 미워할 일이 생긴다는 일도 뭔지 억울한 느낌이었다. 저들이 아는 나는 누구일까, 내무엇을 안다고 내게 미워하고 싫어하는 감정을 모은 것일까.

초라한 옷차림이며, 고개 푹 숙이고 다니며 사람을 쳐다보지도 알은체도 안 했던 부분도 그들이 나를 싫어할 빌미였으리라는 건 짐작도 못했던 일이니 그곳에도 눈에 보이지는 않지만 규율이란 게 있고 나름대로 저희끼리 뭉쳐 서로 언니, 동생 친밀감을 나눠왔을 사회였다. 그곳에 이물질처럼 이상한 내가 끼어들어 불편했을 것이라는 생각이 든건 훨씬 뒷날의 일이었지만 길에서 언니들에게 잡혀 혼이 난 일은 두고두고 마음에 옹이가 되었다.

이제 얼마 안 있으면 그녀들을 볼 일이 또 있겠느냐 싶은 오기가 나면서 떨리던 마음이 수습되고 앞뒤가 정리되면서 나는 잘못한 게 없고 영문을 모르는데 내게 함부로 쿡쿡 찌르고 비꼬면서 위협하고 있는 언니들을 향해 그러니 어쩌라는 거냐, 항의가 솟았다. 저들이 말하는 건 책씻이 문제지만 내 버릇을 고치겠다는 생각으로 길을 막고 이런다는 게 가당치 않다는 생각이 들면서 스멀스멀 올라오는 결기. 결기가 돋은들 내가 무얼 어쩌겠냐만 더욱 굳게 입을 닫고 그들이 길을 터주기만 기다린다.

한 마디 말마다 손가락으로 쿡쿡 찌르는 것도 힘센 처녀들이라서 아프고 자존심 상하는 일, 내게는 저들을 제압할 아무런 힘도 없으나 그들의 처신을 부끄럽게 하자면 으앙, 울음이라도 터트려야 되겠는데 저들 앞에서 왜 잘못도 안 한 내가 우냐 싶으니 더 고집스럽게 입을 닫을 수밖에 없는 상황, 그들은 내가 말을 안 섞고 혼자 배도는 일을 들추면서 도도하고 교만하다는 욕을 했는데 그런 대단한 단어들을 사용하는 게 웃겼다. 그건 소외감에 찌들어 주눅을 먹고 사는 내 처지를 모르는 얼토당토않은 소리였고 선생님이 천재니 어쩌니 하신 말씀도 사실이 아니라는 것은 저들이 먼저 알고 있을 터였다. 그럼에도 그들은 빈정이 상했을 것이어서 그런 부분도 내 다급한 시한을 안다면 다 걷힐 오해인데 나는 입을 열기가 싫은 것, 아니 싫다기보다 입을 열어 속내를 말할 기회를 놓친 것인데 사실은 사정을 제대로 설명한다 해도 누가 내 처지를 이해할 것 같지 않은 불신이 문제인지도 모른다.

나를 두르고 있는 여건이란 게 말하는 순간 이상하게 꼬여 이해불가의 괴상한 덩어리가 하나 더 생기던 느낌을 알고 있는 내가 살갑게 나를 열어 보이기는 쉽지 않은 일이었다. 그러니 내게는 무난하게 사람 속에 섞여들 방법을 모른다는 게 제일 문제였다. 그걸 알고 있더라도 노력 여부로 달라질 일은 아무것도 없다는 것 또한 어찌 해 볼 수 없는 능력 밖의 일이어서 그날 일로 쓸쓸한 추억하나를 더 만든 셈이지만 무슨 반성을 한다거나 말로라도 미안하게 되었다거나 할 리가 없다는 걸 그 언니들이 알았다면 좋았겠지만 그렇게 나오는 상대에게 속을 보이는 일이 이로울 게 하나도 없다는 것도 알고 있었다.

늘 오해를 받고 그 오해로 미움 받는 일만 당하면서 살았으므로 이런 상황도 결국 낯설지 않은 풍경인 것이다. 상황이 풍경이라니 좀 우습지만 마음은 벌써 나를 포함해 내게 되먹지도 않은 트집을 잡으면서 덤비는 그녀들을 멀찍이 원경으로 밀어놓고 바라보고 있는 것이니 풍경이란 말은 맞다. 말이 말 같지 않냐고 목소리를 높여 때릴 기세로 한 발짝 다가서는 대두리 언니를 가로막으며 다른 한 언니가 가라고 길을 터주기까지 그 익숙한 풍경은 살면서 곧잘 만나는 그림으로 마음에 새겨졌다. 어떤 사람들에게는 내가 말을 닫고 가만히 있는 게 그렇게나 화나고 약이 오르는 일인 것 같다.

천자문을 뗀 그 다음에 달라붙은 곳이 미리 구해다놨던 '명심보감'이었는데 거기서부터는 얼마나 수월하고 재미있는지 얼마 안 남은 날짜, 그 바짝바짝 졸아들어 과거로 물러나고 있는 2월 한 달이라는 시한만 아니라면 더할 나위없는 좋은 날들이었다. 한 구절씩 뜻이 해석되는 글자들의 집합, 그것들이 만들어가는 내용을 읽어내면서 다른 언니들이 들고 다니는 나달나달하게 모서리가 닳은 논어나 중용 따위들을 나도 들어가 보고 싶었다.

천자문을 겨우 뗀 주제에 웃기는 생각이지만 그 천자문을 그냥 뗀 게 아니지 않은가, 그런 식이라면 어려울 게 없는 일인데 문제는 시간이었다. '명심보감'부터는 아는 글자도 더러 나오고 무엇보다 좋은 내용만 모아놓은 얘기여서 머릿속으로 쏙쏙 들어오니 거저먹기 같았다. 내게 시간을 달라고 어디 대고 빌 데가 있다면 그러고 싶었다. 수족 어느 부분과 시간을 바꾸자 한대도 기꺼이 그랬을 듯 절박했고 세상에 가장 융통성이 없는 엄마와 한 약속인데 어디를 두드려도 어림없는 걸 알면서도 그런 생각을 해봤을 정도로 절실하였다.

그놈의 절실, 내게로 오는 것들은 뭐가 그리 절실하고 심각했는지 나중에 돌아보면 실없어 웃게도 되지만 버릇 같은 무엇, 혼을 쥐어짜 듯 그런다고 달라질 게 아무것도 없는데도 그런 습관이 골수에 박혔던 모양이다.

감나무집 할아버지가 우리 집에 일부러 놀러 오셔서 내 얘기를 하고는 했는데 훈장님이 칭찬하신다는 소리에 엄마가 솔깃해 하는 것도 들을 때뿐이고 길게 다닐 생각을 말라는 다짐을 다시 두곤 하는 엄마. 새삼스러운 일도 아닌데 서러워지려는 마음을 돌리면서, 그래 집을 떠나자, 엄마 슬하를 떠나면 무슨 기회가 생기겠지, 마음을 다잡곤 하였다. 문제는 몸이 시원찮아 잘 앓아눕는 일인데 어디를 간들 우리 엄마의 독설과 무심보다 더한 환경이 또 있으랴 싶은 생각이 그 부분을 괜찮다고 스스로 다독거리며 안심시키곤 했다.

그런데 나중에 보니 더 손해를 본 것은 서당에 들어간 날이 하필이면 2월 1일, 28일이 한 달이던 그 불운의 달이었다. 3일 정도에 뭘 더하겠냐, 누가 들으면 웃을 노릇이지만 하루가 일 년 같이 아깝던 처지에 3월부터 다닐 것을 그랬다고 두고두고 후회가 되는 일이었고, 가차 없이 그 3일이 부족한 2월 마지막 날에 서당을 그만두고 말았으니 융통성 없는 우리 엄마나 철딱서니 없는 나나 얼마나 딱한 사람들이었는지 설명도 필요 없는 노릇이었다.

서당에 다니던 비슷한 시기에 언니에게도 똑같은 제안을 했던 엄마는 언니가 서당은 싫고 양재학원을 다닌다고 한 것을 허락했으나 언니가 선택한 양재학원을 다닌 지 한 달이 되자 그만두라 하셨다. 그런데 언니에게는 어림도 없는 소리였다. 기어이 고집대로 밀고 나가는 언

니를 보면서 거침없고 대범하다는 것은 얼마나 대단한 장점일까 생각
했다. 들이받듯 마구 덤벼 엄마를 이겨먹고 자기 뜻을 밀고 나가는 언
니의 방식은 부럽고 존경할만한 일이었다.

　얼마 되지 않는 기간이었지만 언니가 재단하는 옷들의 그림을 그리
던 일을 내가 했는데 그게 또 상상 외로 재미있었다. 나만 보면 그야
말로 못 잡아먹어서 으르렁거리는 맹수를 연상케 하던 언니가 그 일을
하면서부터는 살가워져서 내 비위를 맞추는 느낌을 주는데 왜 아니 좋
으랴.

　빈 종이만 보면 사람을 그리던 내가 하얀 도화지를 만났으니 갖가
지 형태의 옷을 입은 예쁜 여자들의 모습은 대리만족 같은 감정을 부
여받고 태어나는 무엇이었다. 언니와 같이 양재학원에 다니던 동네 언
니들이 몇 더 있었는데 그 언니들의 숙제도 내가 그림을 그려줘야 완성
되는 것이어서 내 앞날을 근심하는 한 편으로는 그렇게 신나는 일도
섞여 있었다.

　언니의 가장 친한 친구 강유 언니에게는 더 정성을 들여 그려줬다.
얼굴을 그릴 때 눈이나 입을 생략하고 코만, 그것도 각도만 짐작되게
한 획만 그어 놓으면 보는 사람 마음대로 눈이며 입이며 상상이 되므
로 예쁜 것도, 분위기도 품위도 마음대로 보인다는 장점이 있다. 그런
데 그렇게 생략된 여백을 제대로 볼 줄 모르는 언니들이라 해도 좋아
하는 경우가 있고 뭔가 서운해 하는 언니가 있었으나 생략의 효과가
왜 발생하는 건지 나도 잘 모르므로 설명을 제대로 못한 채 그냥 그려
줄 뿐인데 강유 언니는 그걸 군소리 없이 고마워했다. 아마도 내 눈치
를 보느라 그랬을 수도 있지만 조금 모자란들 어떠랴, 너그러운 마음

으로 받아들였던 것 같기도 했다.

같은 방법을 언니 숙제장에 그려봤다가 펄펄 뛸 듯이 성질을 내던 언니에게는 꼬박꼬박 눈을, 입을, 귀를 넣어서 촌스러운 표정을 여백 없이 그려 주었다. 어딘가 한 군데 조잡한 불균형을 넣어 그림의 격을 떨어뜨리는 일을 해도 언니는 몰라봤으므로 욕을 먹은 복수를 그렇게 했다. 그래도 하얀 도화지에 그림을 그려볼 수 있다는 게 어디냐, 마음이 좋았다. 물론 그림 속 인물들의 옷은 그날 배울 정해진 디자인이 었으므로 호주머니 위치며 단추 몇 개가 어디에 달리는지 정해진 대로 그려야 했지만 같은 옷이라도 갖가지로 심술을 부려놓을 수는 있어서 좋았다.

강유 언니 것은 허리를 더 잘록하게 그려준다거나 다리 선을 매끈하고 길게 잡는다거나 방법은 얼마든지 있는데 우리 언니 숙제에는 안짱다리를 그려놔도 다행스럽게 내가 장난을 치는 마음을 언니는 꿈에도 상상을 못하는 모양이었다.

옥희는 내가 하는 일을 따라하는 걸 좋아했다. 그림도 나를 따라 그리기 시작하더니 나중에는 제법 잘 그려서 감탄이 절로 나오도록 솜씨가 뛰어났다. 그림 솜씨도 좋고 노래도 잘 부르고 무용도 잘해서 학예회 때가 되면 담당 선생님들이 서로 데려가려고 하셨다. 나는 동생이 나처럼 중학교 진학을 못하고 좌절하는 게 언제나 가슴에 얹힌 체증 같아서 어떻게 하든 옥희를 공부시켜야 하겠다는 마음이 굳어가고 있었다. 어떻게? 누가 묻는다면 거기서 답은 콱 막혀버리는 꿈이었지만 마음이 그랬다.

나중에 들은 말인데 선생님들은 장이가 별로 공부를 못하고 빌빌거리자 누나들에게 치어서 그런 거라 했다. 그 부분도 적잖이 억울한 노릇, 장이를 받들면서 자란 우리가 그 애에게 꿈을 걸고 살아온 세월이 그런 식으로 폄하당한다는 것은 뭔가를 크게 잘못한 것 마냥 질책을 받는 느낌이었으니 마음이 좋을 리 없었던 것이다. 장이가 공부도 잘하고 씩씩하게 자라서 그야말로 호주 노릇, 태어난 지 7개월부터 해온 집주인 노릇을 잘 해야 엄마의 아들 타령이 완성되는 것인데 선생님들의 평가가 신통치 않다는 것은 유감이었다. 뭔지 기분이 어둑해지던 것이었는데 엄마의 뜻에서 비껴가는 유일한 일이 자식 키우는 노릇일 것 같아서 더 그랬다.

장이가 공부에 뜻이 없거나 말거나 그 애가 커가면서 어려서처럼 앓지 않고 튼튼해진다는 것이 어디냐고 생각하면 그보다 더 대단한 일이 있으랴 싶기는 했으면서도 마음이 좋지 않았다.

2월이 다른 달보다 3일이나 적어서 속이 상했던 일도 잠시, 그래도 그 28일은 내게 유익하여 생애 전체를 따라다니며 나를 도왔다는 걸 느낀다. 우선 5학년 때부터 강우규 선생님이 대주시던 『현대문학』한자 투성이의 세로쓰기 책이었던 어려운 문학지를 읽어내는 일부터 도움이 되었다. 적어도 잘 모르는 글자가 없이 읽히는 일이 신기하고 고마웠다. 그러나 무슨 일에나 마음이 급해 그렇게 얼렁뚱땅 속전속결로 끝내려 했던 버릇 또한 길게 나를 따라다니며 여백을 없애는 꼴이 되었는데 이제 생각하면 살아가는 일마다 손해를 끼치는 그 단점이 호랑이가 쫓아오느냐 물으시던 서당 선생님 말마따나 빨리 해치우려는 버릇 때문에 생겨나는 노릇이었다.

뒤에서 쫓아오는 호랑이의 정체가 무엇인지 분별할 새도 없이 다급하게 뛰어간다는 건 결과만 잡으려는 탓인데 과정은 생략되고 쉽게 손에 넣는 결과가 뭐 신통한 것이 있었으랴. 그래서 가방끈이라는 게 무서운 것이었다. 가방끈이 전혀 없이 살아온 때문인지 내게는 과정을 무시하고 얻어진 것들뿐이니 28일을 투자에서 획득된 한자들을 기꺼워 할 일만은 아닌 것이다. 그 행간마다 사건 사고며 깨알 같은 느낌들이 끼어들 여백이 없다는 건 그림자 없는 사람, 결국 나는 귀신처럼 살았다고 할 수도 있는 것이니 학과뿐만 아니라 다른 모든 부분에도 적용되어 이순이 돼 봐도 여전히 시간이 없고 삶에 윤기가 없는 그런 허깨비 놀음을 하더라는 말이다. 정성들이고 공을 들여 이룬 게 없이 삶을 후루룩 뚝딱 먹어치우듯 살아낸 건 아닐까, 자괴감에 시달리는 게 당연한지도 모르겠다.

지인들이 심심하면 던지는 말 중에 내 심기를 비트는 게 있는데 방통대 '라도' 가보라는 말이다. 그 학습방식을 쉽게 보거나 뻔한 것이라고 치우자는 뜻은 아닌데 공부라는 이름으로 무얼 붙들고 있는 것이 당치않은 노릇인 것을 잘 아는 이들이 할 소리는 아니라서 성의 없고 배려 없는 소리를 하필이면 그들은 왜 내게만 자꾸 말하고 싶은 것일까. 네가 내 상황이라면 그런 소릴 하겠느냐, 싶어 서운한 건지 모르지만 자주 만나는 아줌마 대학생들, 주변 지역 대학교에 다니는 그들의 숙제를 해주면서부터는 더 그런 생각이 드는 것이었다. 그럴 거면 거긴 왜 다니는 걸까. 단지 '대학생'이라는 이름에 연연하는 거라면 그 세월이 너무 아까운 노릇 아닌가, 바라보고 있노라면 내게 없는 그 한가하고 느리게 쓰는 그들의 시간이 부러워 토심스런 마음이 끼어드는 것일지도 모르겠다.

내가 서당을 다닌 그 28일 때문에 2월을 싫어하는 사람이 되었듯이 엉뚱한 곳에 베풀이하는 버릇이 생긴 것도 살면서 만나는 경우 없는 정황들이 다른 사람보다 많았던 때문인지도 모르겠다. 정신 차려보면 다시 다짜고짜로 달려드는 미래, 생각하고 어쩔 새도 없이 생활이란 것에 치이면서 여유라고는 씨알도 없던 몹쓸 마음자리 탓에 어린 날 집을 떠나야 했던 상처까지 짐으로 얹혀 몸과 마음 모두 불균형을 만들어 놓은 게 아닐까 짚이는 데가 있는 것이다.

아무튼 그 2월, 28일이 되던 마지막 날 명심보감을 떼고 가발공장에 다닌다는 미자에게 편지를 썼다. 반색하는 미자의 답장을 받고 엄마에게 시늉이라도 허락을 받기로 하였다. 우선 차비가 있어야 움직일 일이기도 하고 '무단가출' 누명을 쓰지 않으려면 어쩔 수 없는 일이었다. 엄마는 몇 초 망설이더니 가라고 허락하셨다. 그나마 그 몇 초가 고마운 것은 내 말이 끝나기도 전에 가버리라고 하실 줄 알았는데 준비한 듯 말끝에 떨어지는 허락이어서 다행스러웠다.

입을 옷도 없고 어디로 보나 나이보다도 더 어려 보여서 취업할 나이가 아닌 것이 한눈에 티가 나는 지라 그것도 걱정이 되었다. 키도 작고 비쩍 마른 초등학생 같은 나를 어느 공장에서 받아줄 것인가. 미자가 걱정 말고 올라오라니 그 말만 믿고 다른 부분은 다음에 생각하자 덮어 놓고 서울 가는 버스를 탔다. 드디어 빗돌머리 시대가 가고 면목동에서 영등포로 공장을 전전하던 시대가 시작되려는 것이다. 그 곳에서는 또 어떤 부당한 일들이 나를 기다리고 있는지 모르면서 내가 서 있는 자리, 그 현실에 넌더리를 내느라고 미래라는 낯선 호랑이는 잠깐 잊고 있었다.